U0727059

世界少年文学名著文库

唐吉诃德

插图本

[西班牙] 塞万提斯／著　刘京胜／译

中国书店

图书在版编目（CIP）数据

　　唐吉诃德/（西）塞万提斯（Cervantes,M.D.）著；刘京胜译.
－北京：中国书店，2007.2（2012.12 重印）
　　（世界少年文学名著文库.第4辑）
　　ISBN 978-7-80568-816-9

　　Ⅰ.①唐…　Ⅱ.①塞…②刘…　Ⅲ.①长篇小说－西班牙－中世纪
Ⅳ.①I551.43
　　中国版本图书馆 CIP 数据核字（2011）第 038756 号

世界少年文学名著文库（第4辑）唐吉诃德

作　　者：（西）塞万提斯　（Cervantes,M.D.）
译　　者：刘京胜
责任编辑：陈连琦
装帧设计：施凌云
执行编委：（按姓氏笔画排序）
　　　　　王小彬　冉华蓉　连微微　张荣华　陈婧岩　欧阳秀丽　龚雪莲

出版发行：中国书店
地　　址：北京市宣武区琉璃厂东街 115 号
邮　　编：100050
经　　销：全国新华书店
印　　刷：北京一鑫印务有限责任公司
开　　本：880mm×1250mm　1/32
印　　张：109
插　　图：554 幅
字　　数：2636 千
版　　次：2007 年 2 月第 1 版
印　　次：2012 年 12 月第 2 次
书　　号：ISBN 978-7-80568-816-9
定　　价：357.60 元

序

2002 年，位于奥斯陆的挪威图书俱乐部组织了一次"最值得一读的小说"评选。经过来自 54 个国家的大约 100 名著名作家的推选，《唐吉诃德》以超过 50% 的得票率在 100 部入选作品中雄居榜首。组织者在宣布这一结果时说："如果说有一部在死之前必须要读的小说的话，那就是《唐吉诃德》。《唐吉诃德》故事的构思最为奇妙，最引人入胜，同时又十分简单。"陀思妥耶夫斯基在评论塞万提斯的《唐吉诃德》时这样说："到了地球的尽头问人们，'人们可明白了你们在地球上的生活？你们该怎样总结这一生活呢？'那时，人们便可以默默地把《唐吉诃德》递过去，说，'这就是我给生活做的总结。你们难道能因为这个而责备我吗？'"

《唐吉诃德》描述了一个看来是荒诞不经的骑士，但它并不仅仅是一部讽刺骑士文学的小说。它很不同于其他文学作品。从创作手法看，它本身的两重性，或者其种种强烈的对比，也许能说明这一点。主人公是个无视社会现实、日夜梦想恢复骑士道的疯癫狂人；但就像书中介绍的那样，只要不涉及骑士道，他又是非常清醒明智的，而且往往能高瞻远瞩地针砭时弊，道出了许多精微至理。

唐吉诃德余勇可贾，结果丑态百出，令人捧腹，最后败归故里，直到寿终正寝之前才翻然悔悟。这仿佛是喜剧，却更像悲剧。究竟是喜是悲，读者可自下结论。但译者以为，它就像人们说《红楼梦》那样，嬉笑怒骂皆成文章，人们肯定会从跌宕诙谐的故事情节中领略到它的堂奥。

有的作家评论说，塞万提斯在《唐吉诃德》一书里最大限度地发挥了人类的想象力，杜撰出了各种超常规的奇遇。也许这是作品能够流传于世的原因之一。作者这种超常的创造想象力至今很少得到超越。它为读者提供了广阔的想象空间，让人回味无穷，不忍卒读，也激发了读者的兴趣和想象。同时它也为许多作家的创作手法开拓了先河。

塞万提斯是受到文艺复兴人文主义影响的几位重要作家之一。同时，塞万提斯的《唐吉诃德》又对后来的一些著名作家产生了影响。笛福曾自豪地称鲁滨逊具有一种唐吉诃德精神；菲尔丁曾写过一部名为《唐吉诃德在美国》的喜剧；陀思妥耶夫斯基说，若想看懂他的《白痴》，必须首先阅读《唐吉诃德》；福克纳更是每年读一遍《唐吉诃德》，声称"就像别人读《圣经》似的"。

作者塞万提斯命途多舛，一生坎坷，曾做过士兵、军需官、税吏，度过了多年俘虏生活，又数度被陷害入狱。据说，甚至连《唐吉诃德》这部小说也始作于狱中。作者最后竟落得个坟茔不知下落的下场，更是让人感到了一种凄风苦雨。

作者逝世于 4 月 23 日，与另一位文学巨匠莎士比亚同日驾鹤西征。这一天被联合国确定为"世界读书日"。

塞万提斯曾戏谑说，中国的皇帝希望他把唐吉诃德送到中国去。译者以为这表达了作者的一种愿望，企盼他这部作品能够流传到整个世界。因为在西方人的观念里，中国是最遥远的地方，能够传到中国，就意味着已经传遍了全世界。可以令作者欣慰的是，他这部举世公认的不朽名著迄今不仅在中国一直是最为人们熟知的西班牙文学作品，在世界其他国家也是如此。

前不久，世界各地都举行了各种活动，纪念《唐吉诃德》发表四百周年。这使人想起在贝多芬的诞辰纪念日，来自世界各地的歌唱家们曾聚集一堂，同声高歌《欢乐颂》。一个作家或艺术家的生命力，一部作品的不朽精神也就表现在此吧。

现在唐吉诃德已经成为一种精神，一个代名词。这里有悲壮，也有自豪。有些人笑称别人是唐吉诃德，也有很多人以自诩为唐吉诃德为骄傲。总之，唐吉诃德已经被赋予一种深刻的社会意义，远远超过了当今无存的骑士范畴。

我曾两度怀着一种朝圣般的感觉，徜徉于西班牙的"唐吉诃德之路"上。我也曾数次拜谒塞万提斯的故居，听管理员如数家珍地讲着作者家族的逸事。每次，我都有种灵魂得到了净化和升华的感觉。当我对这部作品进行缩写时，心灵也再一次受到了震憾。

《唐吉诃德》已经被改编成为电影、话剧及其他艺术形式，显然那是要对作品进行认真揣摩和提炼之后才能做到的。而我对于缩写《唐吉诃德》倍感吃力，就像当年翻译它时一样。对于这部巨著的各个部分，也都难以割舍。什么是忍痛割爱，这次有了深刻的体会。

当然在这个缩写本里，读者可以领略到这部精华作品中的最精华部分，可以以最快的速度接近它的精髓。不过如果读者以后能够再读一下它的全本，大概可以获得更多的收益。我想无论作者还是我这个译者都有这个愿望。

至于对作品内容的理解，我不做什么指导，一是因为本人才疏学浅，二是因为读者也会因此失去一种品味的享受，同时这也是对作者的一种不恭甚至是亵渎。现在言归正传，该阅读了。

刘京胜

目　录

第一章 ………………………………………………………… 1

第二章 ………………………………………………………… 7

第三章 ………………………………………………………… 12

第四章 ………………………………………………………… 18

第五章 ………………………………………………………… 25

第六章 ………………………………………………………… 31

第七章 ………………………………………………………… 38

第八章 ………………………………………………………… 44

第九章 ………………………………………………………… 51

第十章 ………………………………………………………… 57

第十一章 ……………………………………………………… 68

第十二章 ……………………………………………………… 75

第十三章 ……………………………………………………… 88

第十四章 ……………………………………………………… 94

第十五章 ……………………………………………………… 102

第十六章 ……………………………………………………… 107

第十七章 ……………………………………………………… 111

第十八章 ……………………………………………………… 116

第十九章 ………………………………………………… 128

第二十章 ………………………………………………… 135

第二十一章 ……………………………………………… 143

第二十二章 ……………………………………………… 158

第二十三章 ……………………………………………… 165

第二十四章 ……………………………………………… 177

第二十五章 ……………………………………………… 193

第二十六章 ……………………………………………… 202

第二十七章 ……………………………………………… 211

第二十八章 ……………………………………………… 218

第二十九章 ……………………………………………… 223

第三十章 ………………………………………………… 237

第三十一章 ……………………………………………… 244

第三十二章 ……………………………………………… 250

第三十三章 ……………………………………………… 255

第三十四章 ……………………………………………… 261

第三十五章 ……………………………………………… 266

第三十六章 ……………………………………………… 271

第 一 章

著名勇敢贵族唐吉诃德的品性与行为

曼查有个地方，地名就不用提了，不久前住着一位贵族。他那类贵族，矛架上有一支长矛，还有一面皮盾、一匹瘦马和一只猎兔狗。锅里牛肉比羊肉多，晚餐常吃凉拌牛肉丁，星期六吃脂油煎鸡蛋，星期五吃扁豆，星期日加一只野雏鸽，这就用去了他四分之三的收入，其余的钱买了节日穿的黑呢外套、长毛绒袜子和平底鞋，而平时，他总是得意扬扬地穿着上好的褐色粗呢衣。家里有一个四十多岁的女管家，一个不到二十岁的外甥女，还有一个从备马到修剪树枝样样都行的小伙子。

我们这位贵族年近五旬，体质健壮，肌肉干瘪，脸庞清瘦，每天起得很早，喜欢打猎。据说他还有一个别名，叫基哈达或克萨达，对此各种记载略有不同。推论起来，应该叫吉哈纳。不过，这对我们的故事并不重要，只要我们谈起他来不失真实就行。

人家说这位贵族一年到头闲的时候居多，闲时常读骑士小说，而且读得爱不释手，津津有味，几乎忘记了习武和管家。他痴心不已，简直走火入魔，居然卖掉了许多田地去买骑士小说。他把所有能弄到的骑士小说都搬回家。不过，所有这些小说，他都觉得不如闻名遐迩的费利西亚诺·德席尔瓦写得好，此人的平

1

铺直叙和繁冗陈述被他视为明珠,特别在读到那些奉承话和战书时更是如此。许多地方这样写道:"以你无理对我有理之道理,使我自觉理亏,因此我埋怨你漂亮也有道理。"还有:"高空以星星使你的神圣更加神圣,使你受之无愧地接受你受之无愧的伟大称号而受之无愧。"

这些语言使得这位可怜的贵族神魂颠倒。他夜不能寐,要理解这些即使亚里士多德再生也理解不了的句子,揣摩其意。他对唐贝利亚尼斯打伤了别人而自己也受伤略感不快,可以想象,即使高明的外科医生治好了病,也不免会在脸上和全身留下伤疤累累。然而,他很欣赏书的末尾说故事还没有完结,很多次,他甚至提笔续写。如果不是其他更重要的想法不断打扰他,他肯定会续写,而且会写完的。

他常常和当地的神甫(一位知识渊博的人,毕业于锡古恩萨)争论,谁是最优秀的骑士,是英格兰的帕尔梅林呢,还是高卢的阿马迪斯?可是同村的理发师尼古拉斯师傅却说,谁都比不上太阳神骑士。如果有人能够与之相比,那么只能是高卢的阿马迪斯的兄弟加劳尔。他具有各方面的条件,不是矫揉造作的骑士,而且不像他兄弟那样爱哭,论勇敢也不比他兄弟差。

总之,他沉湎于书,每天晚上通宵达旦,白天也读得天昏地暗。这样,睡得少,读得多,终于理智殆尽,精神失常,满脑袋都是书上虚构的那些东西,都是想入非非的魔法、打斗、战争、挑战、负伤、献殷勤、爱情、暴风雨和难以置信的胡言乱语。他确信他在书上读到的所有那些虚构杜撰都是真的。对他来说,世界上只有那些故事才是真事。他说熙德·鲁伊·迪亚斯是一位杰出的骑士,可是与火剑骑士无法相比。火剑骑士反手一击,就把两个巨大的恶魔劈成了两半。他最推崇卡皮奥的贝尔纳多。在龙塞斯瓦列斯,贝尔纳多借助赫拉克勒斯把地神之子安泰举起扼死的

方法，杀死了会魔法的罗尔丹。他十分称赞巨人摩根达。其他巨人都傲慢无礼，唯有他文质彬彬。不过，他最赞赏的是蒙塔尔万的雷纳尔多斯，特别是看到故事中说，他走出城堡，逢物便偷，而且还到海外偷了全身金铸的穆罕默德像的时候，更是赞叹不止。为了狠狠地踢一顿叛徒加拉隆，他情愿献出他的女管家，甚至可以再搭上他的外甥女。

实际上，他理性已尽失。他产生了一个世界上所有疯子都不曾有过的怪诞想法，自己倒认为既合适又有必要，既可以提高自己的声望，还可以报效他的国家。他要做个游侠骑士，带着他的甲胄和马走遍世界，八方征险，实施他在小说里看到的游侠骑士所做的一切，赴汤蹈火，报尽天下仇，而后流芳千古。可怜的他已经在想象靠自己双臂的力量，起码得统治特拉彼松达帝国。想到这些，他心中陶然，而且从中体验到了一种奇特的快感，于是他立即将愿望付诸行动。他首先做的就是清洗他的曾祖父留下的甲胄。甲胄长年不用，被遗忘在一个角落里，已经生锈发霉。他把甲胄洗干净，尽可能地拾掇好，可是他发现了一个大毛病，就是没有完整的套头盔，只有一个简单的高顶盔。不过，他可以设法补救。他用纸壳做了半个套头盔接在高顶盔上，看起来像个完整的套头盔。为了试试头盔是否结实，是否能够抵御刀击，他拔剑扎了两下。结果，刚在一个地方扎了一下，他一星期的成果就毁坏了。看到这么容易就把它弄碎了，他颇感不快。他又做了一个头盔。为了保证头盔不会再次被毁坏，他在里面装了几根铁棍。他对自己的头盔感到满意，不愿意再做试验，就当它是个完美的头盔。

然后，他去看马。虽然那马的蹄裂好比一个雷阿尔①，毛病

----

① 此句为双关语。"蹄裂"的原文又是一种辅币夸尔托。一个雷阿尔等于八个夸尔托。

比戈内拉①那匹皮包骨头的马毛病还多，他还是觉得，无论亚历山大的骏马布塞法洛还是熙德的骏马巴别卡，都不能与之相比。

他用了四天时间给马起名。因为（据他自言自语），像他这样有名望、心地善良的骑士的马没有个赫赫大名就太不像话了。他要给马起个名字，让人知道，在他成为游侠之前它的声名，情况怎么样。主人地位变，马名随之改，这也是合情合理的。得起个鼎鼎煊赫、如雷贯耳的名字，才能与他的新品第、新行当相匹配。他造了很多名字，都不行，再补充，又去掉。最后，凭记忆加想象，才选定叫罗西南多②。他觉得这个名字高雅、响亮，表示在此之前，它是一匹瘦马，而今却在世界上首屈一指。

给马起了个称心如意的名字之后，他又想给自己起个名字。这又想了八天，最后才想起叫唐吉诃德。前面谈到，这个真实故事的作者认为他肯定叫基哈达，而不是像别人说的那样叫克萨达。不过，想到勇敢的阿马迪斯不满足于叫阿马迪斯，还要把王国和家乡的名字加上，为故里增光，叫高卢的阿马迪斯，这位优秀的骑士也想把老家的名字加在自己的名字上，就叫曼查的唐吉诃德。他觉得这样既可以表明自己的籍贯，还可以为故乡带来荣耀。

洗净了甲胄，把顶盔做成了头盔，又为马和自己起了名字，他想，就差一个恋人了。没有爱情的游侠骑士就好像一棵树无叶无果，一个躯体没有灵魂。他自语道：

"假如我倒霉或走运，在什么地方碰到某个巨人，这对游侠骑士是常有的事，我就一下子把他打翻在地或拦腰斩断，或者最终把他战胜，降伏了他。我让他去见一个人难道不好吗？我让他进门跪倒在我漂亮的夫人面前，低声下气地说：'夫人，我是巨人卡拉库利安布罗，是马林德拉尼亚岛的领主。绝代骑士曼查的

---

① 戈内拉是意大利的滑稽家，有一匹瘦马。
② 按照原文发音，罗西南多是"瘦马"和"第一"的合音。

唐吉诃德以非凡的技艺将我打败了，并且命令我到您这儿来，听候您的吩咐。'"

哦，一想到这段话，我们的优秀骑士多得意呀，尤其是当他找到了他可以赋予恋人芳名的对象时，他更得意了。原来，据说他爱上了附近一位漂亮的农村姑娘。他一直爱着那位姑娘，虽然他明白，那位姑娘从不知道也从未意识到这件事。她叫阿尔东萨·洛伦索。他认为，把这位姑娘作为想象中的恋人是合适的。他要为她起个名字，既不次于自己的名字，又接近公主和贵夫人的名字。她出生在托博索，那就叫"托博索的杜尔西内亚"吧。他觉得这个名字同他给自己和其他东西起的名字一样悦耳、美妙、有意义。

第 二 章

足智多谋的唐吉诃德初离故土

事已就绪，他迫不及待地要把自己的想法付诸实施。他要铲除暴戾，拨乱反正，制止无理，改进陋习，清偿债务，如果现在不做，为时晚矣。在炎热的七月的一天，天还未亮，他没有通知任何人，也没有让任何人看见，全副武装，骑上罗西南多，戴上破头盔，挽着皮盾，手持长矛，从院落的旁门来到了田野上。看到宏图初展竟如此顺利，他不禁心花怒放。可是刚到田野上，他就想起了一件可怕的事情。这件事情非同小可，差点儿让他放弃了刚刚开始的事业。原来他想到，自己还未被封为骑士，而按照骑士规则，他不能也不应该用武器同其他任何一个骑士战斗。即使他已被封为骑士，也只能是个候补骑士，只能穿白色的甲胄，而且盾牌上不能有标志，标志要靠自己努力去争得才会有。这样一想，他有点犹豫不决了。不过，疯狂战胜了他的其他意识，他决定像小说里看到的许多人所做的那样，请他碰到的第一个人封自己为骑士。至于白色甲胄，他打算有时间的时候把自己的甲胄擦得比白鼬皮还白。这么一想，他放心了，继续赶路，信马而行。他觉得是一种冒险的力量在催马前行。

这位冒险新秀边走边自语道：

"有谁会怀疑呢？将来有关我举世闻名的壮举的真实故事出版

时，著书人谈到我如此早又如此这般的初征时肯定会这样写：
'金红色的阿波罗刚刚把它的金色秀发披散在广袤的地面上，五
颜六色的小鸟啼声婉转，甜甜蜜蜜地迎接玫瑰色曙光女神的到
来。女神刚刚离开多情丈夫的软床，透过房门和阳台，从曼查的
地平线来到世人面前。此时，曼查的著名骑士唐吉诃德离开舒适
的羽绒床铺，跨上名马罗西南多，开始行走在古老而又熟悉的蒙
铁尔原野①上。'"

　　他的确是走在那片田野上。接着，他又自语道：

　　"幸运的时代，幸运的世纪，我的功绩将载在这里。它应该
被铭刻在青铜版上，雕琢在大理石上，画在木板上，流芳千古。
哦，还有你，聪明的魔法师，无论你是谁，这段非凡的历史都由

----

　　① 蒙铁尔原野是著名的古战场。

你来写。我请求你不要忘记始终处处伴随我的良马罗西南多。"

然后，他好像真的在恋爱一样，说道：

"哦，杜尔西内亚公主，你拥有我这颗不幸的心！你撵我，斥责我，残酷地坚持不让我造访你这位国色天香，已经严重伤害了我。美人儿，请你为想起这颗已经被你征服的心而高兴吧，它为了得到你的爱情已饱经苦楚。"

他又说了一串胡话，而且词句上也尽力模仿书上教他的那套。他自言自语，走得很慢，可是太阳升得很快，而且赤日炎炎。如果他还有点头脑，这点头脑也被烈日照化了。

他几乎全天都在走，可是并没有碰到什么值得记述的事情。他感到沮丧。他想马上碰到一个人，以便比试一下自己健臂的力量。有人说，他的第一次历险是在拉皮塞隘口，另一些人说是风车之战。可我的考证结果和曼查编年史的文字记载却是他全天都在游荡。傍晚，他的马和他疲惫不堪，饥饿至极，举目四望，看是否能发现一个城堡或牧人的茅屋，暂避一时，以便充饥、方便。他看到路边不远处有个客栈，仿佛看到了一颗星星，一颗不是带领他去客栈，而是引导他去救赎古堡的福星。他加紧赶路，到达时已是日暮黄昏了。

我们这位冒险家所思所见所想象的，似乎都变成了现实，一切都和他在书上看到的一样。客栈在他眼里变成了城堡，周围还有四座望楼，望楼尖顶银光闪闪，吊桥、壕沟一应俱全。接近那家在他眼里是城堡的客栈时，他勒住罗西南多的缰绳，等待某个侏儒在城堞间吹起号角，通报有骑士来到了城堡。可是迟迟不见动静，罗西南多又急于去马厩，他只好来到客栈门口。

就在这时，一个猪倌从收割后的地里赶回一群猪来。猪倌吹起号角，猪循声围拢过来。这回唐吉诃德希望的机会到来了，他认为这是侏儒在通报他的光临。他怀着一种极度的快乐，来到客栈前。

栈主走出来。栈主很胖，也很和气。看到这个人的反常样子，配备的马嚼、长矛、皮盾和胸甲也都各式不一，他知道这不是个正常人。可是他害怕那堆家伙，决定还是跟唐吉诃德客客气气地说话。他说：

"骑士大人，您若是找住处，这里什么都富余，就是缺少一张床。"

唐吉诃德把客栈看成城堡，把栈主看成谦恭的城堡长官，回答说：

"卡斯蒂利亚诺① 大人，我随便用什么东西都行，因为'甲胄是我服饰，战斗乃我休憩……'"

栈主听到称他为卡斯蒂利亚诺，以为自己像卡斯蒂利亚的善人。其实他是安达卢西亚人，是圣卢卡尔海滩那一带的人，论贼性不比那个卡科差，论调皮也不比学生或侍童次。他答道：

"既然如此，'坚石为您床铺，不寐系您睡眠'。看来您可以下马了，您完全可以在寒舍一年不睡觉，何止一个晚上呢。"

说完，栈主来扶唐吉诃德下马。唐吉诃德很困难、很吃力地下了马。他已经一整天未进食了。

他吩咐栈主悉心照料他的马，因为世界上所有吃食的动物中数它最好。栈主看了看马，觉得它完全不像唐吉诃德说的那么好，连一半都不及。把马安顿在马厩之后，栈主又回来看唐吉诃德还有什么吩咐，问他是否想吃点什么。

"随便什么吧，"唐吉诃德说，"因为我觉得我该吃点东西了。"

恰巧那天是星期五，整个客栈里只有几份鱼，那种鱼在卡斯

---

① "卡斯蒂利亚诺"在西班牙语中有多种含义，可以理解为城堡长官，也可以是卡斯蒂利亚人。此处唐吉诃德是指城堡长官。

蒂利亚叫腌鳕鱼，在安达卢西亚叫咸鳕鱼，有的地方叫鳕鱼干，有的地方叫小鳕鱼。栈主问阁下能不能吃点小鳕鱼，没有别的鱼可吃。

"既然有很多小鳕鱼，"唐吉诃德说，"你们不如给我来份大鳕鱼，就好比八个雷阿尔的零币和一枚八雷阿尔的钱币，对我来说都一样。更何况小鳕鱼还好呢，就像牛犊比牛好，羊羔比羊好一样。可是，不管怎样，得赶紧拿来。这副甲胄又沉又累人，空肚子已经受不了啦。"

客栈门口放了张桌子，那儿凉快。栈主给他端来一份腌得不好、烹得极差的咸鱼，还有一块像他的盔甲那样又黑又脏的面包。他吃饭的样子真能当做大笑料。他吃饭时仍戴着头盔，只是把护眼罩掀了起来，因此，如果别人不把食物放到他嘴里，光靠自己的手，他什么东西也吃不到嘴里。于是栈主吩咐人给他喂食，但喂水还是不行。多亏栈主捅通了一节芦竹，一头放进他嘴里，从另一头把酒灌进去。他耐心地吃喝，只求不要把头盔的带子弄断。这时，一位劁猪人恰巧来到客栈。他一到就吹了四五声芦笛，这一下唐吉诃德更确定他是在一个著名城堡里了，音乐是为他而奏的，还认定小鳕鱼就是大鳕鱼，面包是精白面的，栈主是城堡长官，由此断定他决心出征完全正确。不过，令他沮丧的是他还没有被封为骑士。他觉得没有骑士称号就不能合法从事任何征险活动。

第 三 章

唐吉诃德受封为骑士滑稽可笑

他心中不快，迅速吃完了那可怜的晚餐，叫来栈主，两人来到马厩里。他跪在栈主面前，对他说：

"勇敢的骑士，我得劳您大驾。有件事有利于您，也造福于人类。您若不答应，我就不起来。"

栈主看到客人跪倒在脚下，又说了这番话，瞪着眼迷惑不解。栈主请他起来，他坚持不起来，栈主只好说同意帮忙。

"我知道您宽宏大量，我的大人。"唐吉诃德说，"是这样，我要劳您大驾而您又慷慨应允的事，就是要您明天封我为骑士。我今晚就在城堡的小教堂守夜①，明天，我说过，就可以完成我的夙愿，就可以周游四方，到处征险，为穷人解难了，这是骑士和像我这样的游侠的责任。我生来就渴望这样的业绩。"

栈主是个比较狡诈的人，对客人的失常已有所察觉。听完这番话，他对此已确信无疑，为了给当晚增添点笑料，决定顺水推舟，于是他对唐吉诃德说，这个愿望和要求很正确，这是像您这样仪表堂堂的杰出骑士的特性。自己曾接待过各种各样的游侠骑士。这纯粹是出于对骑士的热爱，同时也希望骑士们分些财产给他，作为对其好心的报酬。

栈主还说，城堡里没有用以守夜看护甲胄的小教堂。原来的

---

① 骑士受封前应在教堂守夜，看护甲胄。

12

小教堂已经拆了，准备盖新的。不过，如果需要的话，据自己所知，随便在什么地方都可以守夜。那天晚上，唐吉诃德可以在城堡的院子里守夜，待第二天早晨，有上帝为证，举行适当仪式，他就被封为骑士了，而且是世界上最标准的骑士。

栈主问他是否带了钱。唐吉诃德说身无分文，因为他从未在骑士小说里看到某位游侠骑士还带钱。

栈主说，他搞错了。骑士小说里没写带钱是因为作者认为，像带钱和干净的衬衣这类再明白不过的事情就不必写了，可不能因此就认为他们没带钱和衬衣。他肯定，所有游侠骑士都是腰缠万贯，以防万一。此外，他们还带着衬衣和一个装满创伤药膏的小盒子，因为并不是每次在野外或沙漠发生格斗时受了伤都有人医治的，也没有英明的魔法师朋友乘云托来一位少女或侏儒，送来神水，那水功力之大，骑士只要喝一滴，伤口立刻痊愈，恢复如初。所以，过去的骑士都让侍从带着钱和其他必需品，如纱布、药膏。有的骑士没有侍从（这种情况不多，很少见），他就自己把所有东西都装在几个精巧的褡裢里，挂在马屁股上。褡裢很小，几乎看不见，似乎里面装有其他更重要的东西。所以，栈主劝导他以后出门不要忘了带钱和其他备用品，他将会看到带着这些东西是多么有用，至少得这么想。

唐吉诃德答应按照栈主的劝导一一照办。栈主又让他到客栈一侧的大院子里去看护甲胄。唐吉诃德收拾好全副甲胄，放在一个水井旁的水槽上，然后手持皮盾，拿着长矛，煞有介事地在水槽前巡视。此刻已是垂暮之时。

栈主把他如何发疯，要看护甲胄，等待受封为骑士的事都告诉客栈里所有的人。大家对他这种奇特的发神经方式感到惊诧，纷纷从远处张望。大家看到他举止安详，忽而来回巡视，忽而靠在长矛上，长时间盯着甲胄。暮色已完全降临，然而皓月当空，

13

14

犹如白昼，这位新骑士的一举一动大家都看得清清楚楚。这时，一位住宿的脚夫忽然想起要去打水饮马，这就得把唐吉诃德放在水槽上的甲胄拿下来。唐吉诃德看到脚夫走来，便高声说道：

"喂，你，大胆的骑士，无论你是谁，要是想来动这位最勇敢可是从未动武的勇士的甲胄，就小心点儿！你要是不想为你的莽撞丢命的话，就别去碰它！"

脚夫并没有从他这番话里觉悟过来，却抓起甲胄的皮带，把甲胄扔得老远。这被唐吉诃德看见了。他仰望天空，心念（他觉得心里在念）他的情人杜尔西内亚，说：

"我的心上人，当第一次凌辱降临到这个已经归附你的胸膛的时候，请助我矣！请你在我的第一次战斗中不吝恩泽与保佑！"

说完这些和其他诸如此类的话，他放下皮盾，双手举起长矛，对着脚夫的脑袋奋力一击，把脚夫打翻在地。脚夫头破血流，如果再挨第二下，就不用请外科医生了。唐吉诃德打完后，收拾好甲胄，又像开始那样安详地巡视起来。

过了一会儿，又来了一个脚夫。他并不知道已经发生的事情（那个脚夫还未苏醒），准备打水饮骡子。他刚要挪开甲胄，腾出水槽，唐吉诃德二话不说，也不请谁保佑了，就又拿起皮盾，举起长矛，这次倒是没把第二个脚夫的脑袋打碎，只是打成了三瓣还多——一共四瓣。听到声音，客栈里所有的人都赶来了，包括栈主在内。看到这种情况，唐吉诃德又拿起皮盾，扶剑说道：

"哦，美丽的心上人，我这颗脆弱的心灵的勇气和力量！被你征服的骑士正面临巨大的险恶，现在是你回首垂眄的时刻了！"

他似乎由此获得了非凡的力量，即使全世界的脚夫向他进攻，他也不会后退。脚夫的伙伴们从远处用乱石袭击唐吉诃德，他只能用皮盾尽力抵挡，却不敢离开水槽，怕他的甲胄失去保护。栈主大声呼喊那些扔石头的人赶紧住手，因为已经告诉过他们，唐吉诃德是个疯子，所以，即使他把那些人都杀了，也不会受到制裁的。唐吉诃德喊的声音更大。他把那些人叫做叛逆，还说城堡长官是个坏骑士，竟然纵容他们这样对待游侠骑士。要是他已经接受了栈主授予的骑士称号，决不会轻饶这个背信弃义的臭栈主。"至于你们这些卑鄙下流的家伙，我并不理会你们。你们扔吧，来吧，使出你们的全部本事攻击我吧。你们如此愚妄，看着吧，一定会得到报应！"

他的威严震慑了那些攻击他的人，再加上栈主的劝阻，那些人不扔石头了。于是，唐吉诃德也允许他们把受伤的人抬走，然后继续安然地看护甲胄。

栈主觉得这位客人的胡闹太不像话，决定趁着还没有再出乱子，尽快授予他那个晦气的骑士称号。栈主找到唐吉诃德，为那些蠢人对他的无礼行为表示歉意，说他自己事先对此事一无所知，而且那些人也由于他们的愚蠢行为受到了惩罚。栈主说原来已讲过，城堡里没有小教堂，所以其他的形式也就不必要了。根据自己对授衔仪式所知，最重要的就是击颈击背，而这在田野里也可以进行，更何况他早已达到了看护甲胄的要求。本来，看护两个小时就足够了，而他已经看护了四个小时。

唐吉诃德信以为真，说他悉心遵命，以便尽快完成仪式。受封以后如果再受到攻击，他不会让城堡里留下活人，除非是长官关照的那些人。出于对长官的尊敬，他将饶那些人一命。这位城堡长官听了这话后不寒而栗。他让人马上找来一本记着他给脚夫多少麦秸和大麦的账簿，让一个男孩拿来一截蜡烛头，来到唐吉诃德面前，命他跪下，然后念手中那本账簿（就好像在虔诚地祷告）。念到一半时，栈主抬起手，在唐吉诃德的颈部一记猛击，然后又用唐吉诃德的剑在他背上轻轻一拍，嘴里始终念念有词。然后，栈主命令小男孩向唐吉诃德授剑。仪式以前所未有的快速结束之后，唐吉诃德迫不及待地要飞马出去征险。备好罗西南多后，他骑上马，拥抱栈主，感谢栈主恩赐他骑士称号，说了些莫名其妙的话，无法转述。栈主看到他已出客栈门，便用同样华丽却又简单得多的话语回答他，也没向他索要住宿费，就让他欢天喜地地走了。

第 四 章

我们的骑士离开客栈后的遭遇

唐吉诃德离开客栈时，天已渐亮。他有了骑士称号，满心欢喜，得意扬扬，兴高采烈，差点把马的肚皮给乐破了。他忽然想到栈主曾劝导他要带好必要的物品，特别是钱和衬衣，就决定回家把这些东西置办齐，再找一个侍从。他打算找邻居的一个农民。那农民虽穷，还有孩子，可是做骑士的侍从特别合适。这么一想，他就掉转了罗西南多的头。马似乎也知恋家，立刻蹄下生风一般地跑起来。

没走多远，他就似乎听到右侧的密林中传来微弱的声音，像是有人在呻吟。于是他说：

"感谢苍天如此迅速赐给我机会，让我尽自己的职责，实现夙愿，旗开得胜。这声音一定是某个贫穷男人或女人在寻求我的照顾和帮助呢。"

他掉转缰绳，催马循声而去，刚进森林，就看见一棵圣栎树上拴着一匹母马，另一棵树上捆着一个大约十五岁的孩子，上身裸露，声音就是从他嘴里发出来的。原来是一个健壮的农夫正在用腰带抽打这个孩子，每打一下还训斥一声，说：

"少说话，多长眼。"

那孩子再三说：

"我再也不敢了，主人。我向上帝起誓，我再也不敢了。我保证以后多加小心，照看好羊群。”

看到这情景，唐吉诃德不禁怒吼道：

“无理的骑士，你真不像话，竟与一个不能自卫的人战斗。骑上你的马，拿起你的矛（拴母马的那棵树上正靠着一支长矛），我要让你知道，你这样做不过是个胆小鬼。”

农夫猛然看见这个全身披挂的人在他面前挥舞长矛，顿时吓得魂不附体，只好客客气气地回答：

“骑士大人，我正在惩罚的这个孩子是我的用人，负责照看我在这一带的羊群。可是他太粗心了，每天丢一只羊。我要惩罚这个冒失鬼、无赖。他说我这么做是因为我是个吝啬鬼，想借此赖掉我欠他的工钱。我向上帝、向我的灵魂发誓，他撒谎！”

“卑鄙的乡巴佬，竟敢在我面前说谎！”唐吉诃德说，“上有太阳作证，我要把你用长矛一下刺穿。你马上付他工钱，否则，有主宰我们的上帝作证，我现在就把你结果掉。你马上把他放开。”

农夫低下了头，一言不发地为孩子解开了绳子。唐吉诃德问那个孩子，主人欠他多少钱。孩子说一共欠了九个月的工钱，每个月七个雷阿尔。唐吉诃德算了一下，一共六十三个雷阿尔。他告诉农夫，如果不想丢命的话，就立刻掏钱。惊恐的农夫说，生死关头绝无假话，凭他发的誓（他其实没有发过誓），并没有那么多钱，因为还得扣除他给用人三双鞋的钱和用人生病时两次放血花的一个雷阿尔。

"即便如此，"唐吉诃德说，"鞋钱和放血的钱也被你无缘无故地抽打他抵消了。就算他把你给他买的鞋穿破了，可是你也把他的皮打破了；就算他生病时理发师为他放了血，他没病时你却把他打出了血。这样说来，他就不欠你钱了。"

"骑士大人，问题是我没带钱。让安德烈斯跟我到家去，我如数照付。"

"跟他去?"孩子说，"没门儿! 不，大人，我不去。等到剩下我一个人的时候，他准会像对圣巴多罗美①那样扒了我的皮。"

"不会的，"唐吉诃德说，"只要我命令他听我的，他就得以骑士规则的名义向我发誓，我才放他走。他保证会付给你工钱。"

"大人，"孩子说，"您是这么说，可我的主人不是骑士，也没有接受过任何骑士称号。他是老财胡安·阿尔杜多，是金塔纳尔的邻居。"

"这无关紧要，"唐吉诃德说，"阿尔杜多家族里也有骑士，更何况要以事观人嘛。"

"是的，"安德烈斯说，"可是我这位主人赖了我的血汗钱，该如何以其事观其人呢?"

"我不会赖账，安德烈斯兄弟。"农夫说，"请跟我来，我以世界上所有骑士的称号发誓，按照我刚才说的付给你全部工钱，而且还会多些。"

"多些就不必了，"唐吉诃德说，"你只要如数照付，我就满意了。你发誓就得做到，否则，我也同样发誓会再去找你，惩罚

① 圣巴多罗美是耶稣十二门徒之一，被剥皮而死。

你。即使你比蜥蜴藏得还好，我也一定要找到你。如果你想知道是谁在命令你，好让你更加切实地履行诺言，那么我告诉你，我是曼查的英勇骑士唐吉诃德，专爱打抱不平。再见吧，不要忘记你答应过和发过誓的事情，否则，你就要受到应有的惩罚。"

说完，唐吉诃德双腿夹了一下罗西南多，很快就跑远了。农夫看着他跑出森林，已经无影无踪了，便转向用人安德烈斯，对他说：

"过来，孩子，我想把欠你的钱全部还清，就像那位专爱打抱不平的骑士命令的那样。"

"这我敢肯定，"安德烈斯说，"你得执行那位优秀骑士的命令。他是位勇敢而又善良的判官，应该活上千岁。如果你不付我工钱，他就会回来，按照他说的那样惩罚你。"

"我也敢肯定。"农夫说，"不过，我太爱你了，所以我想多欠你一点儿，好多多地还你钱。"说着农夫抓住孩子的胳膊，又把孩子捆在圣栎树上，狠狠鞭打孩子，差点把他打死。"现在，安德烈斯大人，你去叫那位专爱打抱不平的人吧，看他怎样打抱这个不平吧，尽管我觉得，要打抱不平，他年纪还不算老。我真想剥了你的皮，你最怕我剥你的皮。"

不过，农夫最后还是放开了孩子，让孩子去找那位判官来执行他的判决。安德烈斯有些沮丧，临走发誓要去找曼查的英勇骑士唐吉诃德，把刚才的事情一五一十地告诉他，让农夫受到加倍的惩罚。虽然嘴上这么说，孩子还是哭着走的，而农夫却在那里笑。英勇的唐吉诃德就是如此打抱不平的，而且他自己还得意至极，觉得自己在骑士生涯中已经有了一个极其顺利和高尚的开端，对自己非常满意，一面往村里走一面轻声说道：

"你真是世界上最幸运的人，托博索美丽绝伦的杜尔西内亚！你有幸拥有英勇著名的骑士唐吉诃德在你面前俯首听命。众所周知，他昨天得到了骑士称号，今天又讨伐了最无耻、最残忍的罪恶行径。今天，那个残忍的敌人无缘无故地鞭打那个瘦弱的孩子，他从那个敌人手里夺下了鞭子。"

这时他来到了一个十字路口，忽然想起游侠骑士常在交叉路口考虑该走哪条路。于是他也装模作样地站了一会儿，最后才考虑成熟了。他放开了罗西南多的缰绳，任它选择。马凭着它的第一感觉，朝着有马群的方向走。走了大约两英里，唐吉诃德看到一大群人，后来才知道，是托莱多的商人去穆尔西亚买丝织品。有六个人打着遮阳伞，四个用人骑着马，还有三个骡夫步行。刚从远处发现他们，唐吉诃德就想到又遇上了新的冒险行动。他尽力模仿书上的情节，只要有可能，他就模仿。他觉得又有了一次机会。于是他风度翩翩、威风凛凛地在马上坐定，握紧长矛，把皮盾放在胸前，停在路当中，等待那些游侠骑士到来。他觉得那些人就是游侠骑士。待那些人走到跟他可以互相看得见、听得着的距离时，他傲慢地打了个手势，提高声音，说道：

"如果你们这些人不承认世界上没有谁比曼查的女皇、托博索的杜尔西内亚更漂亮，就休想过去。"

听到这番话，商人们都停了下来。看到说话人的奇怪样子，再听他那番话，商人们立刻意识到这是个疯子。不过他们不慌不忙，还想看看他这番话的下文。其中一个人爱开玩笑却又很谨慎，对他说：

"骑士大人，我们不知道谁是您说的那位美丽夫人，让我们见见她吧。如果她真像您说的那么漂亮，我们诚心诚意地自愿接受您的要求。"

"你们见到了她，才能承认这样一个明显的事实吗？"唐吉诃德说，"不管你们是否见过她，重要的是你们得相信、承认、肯定、发誓并坚持说她是最漂亮的。否则，你们这些高傲自大的人就得同我兵戎相见。现在，你们或者按照骑士规则一个个来，或者按照你们的习惯和陋习一起上，我都在这里等着你们。我相信正义在我一边。"

"骑士大人，"那个商人说，"我以在场所有王子的名义请求您，让我们承认我们前所未见、前所未闻的事情，实在于心不安，而且，这会严重伤害阿尔卡利亚和埃斯特雷马杜拉①的那些女皇和王后们。烦请您让我们看看那位夫人的画像吧，哪怕它只像麦粒一般微小。这样一了百了，我们满意了，放心了，您也高兴了，满足了。我们渴望瞻仰她的芳容。即使她在画像上是个独眼，另一只眼流朱砂和硫磺石，为了让您高兴，我们也会按照您的意愿夸奖她。"

"无耻的恶棍，"唐吉诃德怒气冲天地说，"她眼里流出的不是你说的那些东西，而是珍贵的琥珀和麝香。她也不是独眼或驼背，而且身子比瓜达拉马的纱锭还直。你们亵渎我如此美丽的夫人，该受到惩罚。"

说罢，他抓起长矛向刚才说那些话的人刺去。他愤怒至极，要不是幸好罗西南多失蹄跌倒在路上，那位大胆的商人就遭殃了。罗西南多一倒地，它的主人也摔得滚了很远。他想站起来，可是长矛、皮盾、马刺、头盔和沉重的盔甲碍手碍脚，就是站不起来。他挣扎了一番还是站不起来，嘴里仍在说：

"别跑，胆小鬼，卑贱的人，你们等着。我站不起来，这不怨我，是马的错。"

其中一个骡夫，也许人不太好，见他倒在地上还如此狂妄，忍不住要把他痛打一顿。那骡夫走过去，抓住长矛，撅成几截，拿起一截抽打唐吉诃德。虽然唐吉诃德身着甲胄，可还是被打得遍体鳞伤，商人们直喊骡夫别打得那么厉害，赶快放了他。可骡

---

① 阿尔卡利亚和埃斯特雷马杜拉是当时西班牙最落后的地区，并非两个国家。

夫已经怒不可遏，直打到怒气全消才住手。然后，骡夫捡起其余几截断矛，扔在唐吉诃德身上。唐吉诃德虽然见到乱棍如雨般打在他身上，却仍然不住嘴地吓天吓地，吓唬那些他认为是坏蛋的人。

骡夫打累了，商人一行又继续赶路，一路上一直谈论这个被打的可怜虫。唐吉诃德看到只剩自己一人了，又试图站起来。可是他身体无恙时都站不起来，现在被打得遍体鳞伤，又怎能站起来呢？他暗自解脱，认为这是游侠骑士必遭之祸，而且全是马的错。他浑身灼痛，自己根本站不起来。

第 五 章

我们这位骑士的遭遇续篇

看到自己动弹不得，唐吉诃德想起了自己的老办法——回想小说中的某一情节。他又疯疯癫癫地想起巴尔迪维诺在山上被卡尔·洛托打伤后遇到曼图亚侯爵的故事。这个故事孩子们知道，青年人知道，老年人更是大加赞赏，深信不疑，就像笃信穆罕默德的故事一样。唐吉诃德觉得这个情节与自己的处境极其相似，便作悲痛欲绝状，在地上打滚，嘴里还气息奄奄地说着据说是那位受伤的绿林好汉当时说的话：

你在哪里，我的夫人？
难道对我毫不怜悯？
夫人也许真的不知，
还是
虚情假意，早已变心？

然后，他又继续念小说里的歌谣，一直念到那句韵文：

哦，显贵的曼图亚侯爵，
我的舅父，长辈大人！

刚念到这句，当地的一位农夫，他的邻居，正巧送麦子到磨坊经过此地。农夫看到地上躺着一个人，就过去问他是谁，哪儿不舒服，何以如此伤心地呻吟。唐吉诃德认定这人就是他的舅父曼图亚侯爵，所以什么也不回答，只是继续念叨歌谣，诉说自己的不幸，还有什么五子和他夫人偷情，等等，全是按照歌谣的内容说的。

　　听了这番疯话，农夫惊讶不已。农夫掀开唐吉诃德的护眼罩，护眼罩已经被打碎了，拂去他脸上的灰尘，认出了他，说：

　　"吉哈纳大人（在他尚未失去理性，由安分的贵族变成游侠骑士之前，大概是这样称呼他的），谁把您弄成这个样子？"

　　可是不管农夫问什么，唐吉诃德只是继续说他的歌谣。这位好心人只好脱掉唐吉诃德的护胸护背，看看是否有伤，结果并没有发现血迹和伤痕。农夫把他从地上使劲扶了起来，又觉得还是自己的驴稳当，就把他扶到自己的驴上，费力可真不少，然后又收拾好甲胄，连同断矛一起捆在罗西南多的背上，牵着马和驴的缰绳回村，路上仍一直琢磨唐吉诃德那些胡言乱语的意思。唐吉诃德也不好受，遍体鳞伤的身躯在驴上摇摇晃晃，不时仰天长叹，于是农夫又问他哪儿难受。看来魔鬼又适时给他的记忆带来了故事，否则他怎么会在这个时候忘了巴尔多维诺斯，却想起了摩尔人阿温达赖斯被安特奎拉的要塞司令罗德里戈•德纳瓦埃斯捉住，送往要塞辖区的事呢。因此，农夫再问他感觉怎样时，他就用阿温达赖斯回答罗德里戈•德纳瓦埃斯的话回答农夫。这些话是他从豪尔赫•德蒙特马约尔的故事《迪亚娜》里读到的。农夫听他这么胡说八道，简直跟见了鬼似的，便明白了自己的邻居精神已经不正常，于是加紧往回赶，以免让唐吉诃德的滔滔不绝搅得心烦意乱。最后，唐吉诃德说：

　　"您应该知道，唐罗德里戈•德纳瓦埃斯大人，我刚才说的美

26

人哈丽法就是当今托博索的美人杜尔西内亚。我已经为她、正在为她并且将继续为她创造世界上绝无仅有的最辉煌的骑士业绩。"

农夫回答说：

"大人您看看，请恕罪，我不是唐罗德里戈·德纳瓦埃斯，也不是曼图亚侯爵。我是您的邻居佩德罗·阿隆索。您既不是巴尔多维诺斯，也不是阿温达赖斯，而是光荣的贵族吉哈纳大人。"

"我知道我是谁，"唐吉诃德说，"我知道我不仅可以是我刚才说过的那些人，而且还可以当法兰西十二廷臣，甚至当世界九大俊杰。他们的业绩无论从总体看还是以个别论，都比不上我。"

他们边说边走，回到村庄时天已渐黑。不过，农夫还得等天色完全黑下来，以免人们看到这位遍体鳞伤的贵族骑着这匹劣马。农夫觉得到时候了才进村，来到唐吉诃德家。唐吉诃德的家里熙熙攘攘，其中有村里的神甫和理发师，他们都是唐吉诃德的好朋友。女管家正高声对他们说：

"佩罗·佩雷斯神甫（这是神甫的名字），您估计我的主人遇到了什么麻烦？他已经两天没露面了，马也没了，皮盾、长矛和甲胄都不见了。真倒霉！现在我才明白，事情本该如此，就像有生必有死的道理一样。那些可恨的骑士小说他读起来没完，结果把人读傻了。现在我想起来了，以前我经常听他自言自语，说要去做游侠骑士， 到各地去冒险。 这些小说是教人学撒旦和巴巴拉①的，这不，全曼查最精明的人也完了。"

他的外甥女也这么说，而且还说：

"您知道吗，尼古拉斯师傅（这是理发师的名字），有很多次，我舅舅连续两天两夜读那些晦气的勾魂小说，看完后，把书一扔，拿着剑对墙乱刺，刺累了，就说自己已经杀死了四个高塔

_____

① 耶稣在耶路撒冷被捕监内的一囚犯。

般的巨人，累出的汗是搏斗中受伤流的血。然后，他喝一大罐凉水，才安静下来，还说那水是他的朋友大魔法师埃斯费贤人送给他的圣水。不过，都怪我，没有告诉您我舅舅这些疯疯癫癫的事，趁他还没变成现在这个样子之前管管他，把那些邪书都烧了。他的很多书都应该像对异教邪说那样一把火烧掉。"

"我也这样认为，"神甫说，"明天一定要公审那些书，并且处以火刑，以免让那些读了这种书的人像我的善良的朋友一样做出那些事。"

这些话全被农夫和唐吉诃德听到了。农夫这才明白唐吉诃德得的是什么病。于是他大声说：

"请你们给巴尔多维诺斯大人和曼图亚侯爵大人开门，他伤得很重；还有摩尔人阿温达赖斯大人，他把安特奎拉的要塞司令，那位勇敢的唐罗德里戈·德纳瓦埃斯给抓来了。"

农夫这么一喊，大家都跑了出来，有些人认出这是他们的朋友，两个女人也认出了她们的主人和舅舅。唐吉诃德还骑在驴上，下不来，大家只好跑过去抱住他。他说：

"你们听着，我受了重伤，这全怪我的马。你们把我送到床上去。如果可能的话，叫乌甘达女巫来治治我的伤吧。"

"您看，真不幸，"女管家说，"我的心灵告诉我，我主人的一条腿跛了。您正好上床去，不用找什么乌疙瘩了，我们知道怎么给你治。那些该诅咒上百次的骑士小说把您害成了这个样子。"

人们把他抬到床上检查伤口，可是一个伤口也没找到。他说，他的伤全是在他的坐骑罗西南多跌倒时摔的。当时他正同十名世界罕见的胆大妄为的巨人搏斗。

"好啊，好啊，"神甫说，"这回还有巨人！我向十字架发誓，明天天黑之前我要把他们都烧死。"

大家向唐吉诃德提了很多问题，可是他一个问题也不愿回答，只是要求给他吃的，让他睡觉，现在这最重要。于是，神甫详细地询问农夫是如何找到唐吉诃德的。农夫把碰到唐吉诃德时他的丑态，以及带他来时半路上说的那些疯话都介绍了一遍。这回神甫听了愈发想找一天做他想做的那件事了。第二天，神甫叫上他的朋友尼古拉斯理发师，一同来到唐吉诃德家。

第 六 章

神甫和理发师在足智多谋的贵族书房里
进行了别有风趣的大检查

唐吉诃德还在睡觉。神甫向唐吉诃德的外甥女要那个存放着罪孽书籍的房间的钥匙，他的外甥女欣然拿出了钥匙。大家进了房间，女管家也跟着进去了。他们看到有一百多册装帧精美的大书和一些小书。看到这些书，女管家赶紧跑出房间，然后拿回一碗圣水和一把刷子，说：

"拿着，神甫大人，请你把圣水洒在这个房间里，别留下这些书中的任何一个魔鬼，它会让我们中邪的。我们对它们的惩罚就是把它们清除出人世。"

女管家考虑得如此简单，神甫不禁笑了。他让理发师把那些书一本一本地递给他，看看都是什么书，也许有些书不必处以火刑。

"不，"外甥女说，"一本都不要宽恕，都是害人的书。最好把它们都从窗户扔到院子里，做一堆烧掉。要不然就把它们弄到畜栏去，在那儿烧，免得烟呛人。"

女管家也这么说，兴许，让那些无辜者去死是她们的共同愿望。不过神甫不同意，他起码要先看看那些书的名字。理发师递到他手里的第一本书是《高卢的阿马迪斯四卷集》。神甫说：

"简直不可思议，据我所知，这本书是在西班牙印刷的第一部骑士小说，其他小说都是步它的后尘。我觉得，对这样一部传播如此恶毒的宗派教义的书，我们应该火烧无赦。"

"不，大人，"理发师说，"据我所知，此类书中，数这本写得最好。它在艺术上无与伦比，应该赦免。"

"说得对，"神甫说，"所以现在先放它一条生路。咱们再来看旁边的那一本吧。"

理发师说："这本是《埃斯普兰迪安的功绩》，此人是高卢的阿马迪斯的嫡亲儿子。"

"实际上，"神甫说，"父亲的功绩无助于儿子。拿着，管家夫人，打开窗户，把它扔到畜栏去。咱们要烧一堆书呢，就用它垫底吧。"

女管家非常高兴地把书扔了，《埃斯普兰迪安的功绩》被扔进了畜栏，耐心地等候烈火焚身。

"下一部。"神甫说。

"这本是《希腊的阿马迪斯》。"理发师说，"我觉得这边的书都是阿马迪斯家族的。"

"那就都扔到畜栏去。"神甫说，"什么平蒂基内斯特拉女王、达里内尔牧人以及他的牧歌，还有作者的种种丑恶悖谬，统统烧掉。即便是养育了我的父亲打扮成游侠骑士的模样，也要连同这些东西一起烧掉。"

"我也这样认为。"理发师说。

"我也是。"外甥女说。

"是这样，"女管家说，"来吧，让它们都到畜栏去。"

大家都往外搬书，书很多，女管家干脆不用楼梯了，直接把书从窗口扔下去。

"那本大家伙是什么？"神甫问。

理发师回答说："是《劳拉的唐奥利万》。"

"这本书的作者就是写《芳菲园》的那个人。我也不知道这两本书里究竟哪一本真话多，或者最好说，哪一本书说假话少。我只知道这本胡言乱语、目空一切的书也应该扔到畜栏去。"

"下一本是《伊尔卡尼亚的弗洛里斯马尔特》。"理发师说。

"怎么，还有弗洛里斯马尔特大人?"神甫说，"虽然他身世诡怪，经历奇特，可是文笔生硬枯涩。把它和另外那本书都扔到畜栏去，管家夫人。"

"很荣幸，我的大人。"女管家高高兴兴地去执行委派给她的事情。

"这本是《普拉蒂尔骑士》。"理发师说。

"那是本古书，"神甫说，"我没发现它有什么可以获得宽恕的内容。别费话，也一起扔出去。"

然后，神甫又打开一本书，书名叫《十字架骑士》。

"此书名字神圣，可以宽恕它的无知。不过常言道：'十字架后有魔鬼。'烧了它!"

理发师又拿起另一本书，说：

"这是《骑士宝鉴》。"

"我知道这部大作，"神甫说，"写的是雷纳尔多斯·德蒙塔尔万和他的伙伴，个个比卡科还能偷。还有十二廷臣和真正的历史学家图尔平。说实话，我准备判它个终身流放，因为他们一部分是著名的马泰奥·博亚尔多的杜撰，接着又由基督教诗人卢多维科·阿里奥斯托来添枝加叶。如果我在这儿碰到他，他竟对我讲他母语之外的其他语言，我就对他不客气；他要是讲自己的语言，我就把他奉若上宾。"

"我倒有本意大利文的，"理发师说，"不过我看不懂。"

"你不懂更好，"神甫说，"这回咱们就宽恕卡皮坦先生吧，他并没有把这本书带到西班牙来，翻成西班牙文。那会失掉作品很多原意，所有想翻译诗的人都如此。尽管他们小心备至，技巧娴熟，也绝不可能达到原文的水平。依我说，实际上，把这本书和你们找到的其他谈论法兰西这类事情的书，都扔到枯井里存着，待商量好怎样处理再说。不过，那本《贝纳尔多·德尔卡皮奥》和另一本叫《龙塞斯巴列斯》的例外。只要这两本书到了我手里，就得交给女管家，再扔到火里，绝不放过。"

理发师觉得这样做很对，完全正确，觉得神甫是一位善良的基督教徒，热爱真理，对世上之事绝不乱说，所以他完全赞同。再翻开一本书，是《奥利瓦的帕尔梅林》，旁边还有一本《英格兰的帕尔梅林》。神甫看到书便说：

"把那本《奥利瓦》撕碎烧掉，连灰烬也别剩。那本《英格兰》留下，当做稀世珍宝保存起来，再给它做个盒子，就像亚历山大从大流士那儿缴获的战利品盒子一样。亚历山大用那个盒子装诗人荷马的著作。这部书，老兄，以两点见长。其一是本身写得非常好，其二是作者身为葡萄牙的一位思维敏捷的国王，所以颇有影响。米拉瓜尔达城堡里的种种惊险，精彩至极，引人入胜。这部书的语言文雅明快，贴切易懂，非常得体。所以我说，尼古拉斯师傅，这部书和《高卢的阿马迪斯》应该免遭火焚，其他书就不必再审看了，统统烧掉，您看怎样？"

"不行，老兄，"理发师说，"我这本是名著《唐贝利亚尼斯》。"

神甫持异议："对第二、三、四部需要加点大黄，去去它的旺肝火。所有关于法马城堡的内容和其他严重的不实之处也得去掉，再补以外来语。修改之后，再视情况决定是宽恕还是审判它。现在，老兄，你先把它放在你家，不过别让任何人阅读它。"

"我愿意。"理发师说。他不想再劳神看那些骑士小说了，就吩咐女管家把所有大本书都敛起来，扔到畜栏去。

女管家不傻也不聋，而且她烧书之心胜于织布之心，不管那是多宽多薄的布。听了理发师的话，她一下子抓起八本书，从窗口扔出去。因为拿得太多，有一本掉在理发师脚旁。理发师想看看是谁写的书，一看原来是《著名白人骑士蒂兰特传》。

"上帝保佑!"神甫大喊一声，说道，"白人骑士蒂兰特竟在这里! 递给我，老兄，我似乎在这本书里找到了欢乐的宝库，娱乐的源泉。这里有勇敢的骑士基列莱松·德蒙塔尔万和他的兄弟托马斯·德蒙塔尔万以及丰塞卡骑士，有同疯狗战斗的英雄蒂兰特，有刻薄的少女普拉塞尔·德米比达，谈情说爱、招摇撞骗的寡妇雷波萨达，还有爱上了侍从伊波利托的女皇。说句实话，老兄，论文笔，它堪称世界最佳。书里的骑士也吃饭，睡在床上，死在床上，临死前也立遗嘱，还有其他事情。这些都是其他此类书所缺少的。尽管如此，作者故意编造这些乱七八糟的故事，还是应该罚他终生做划船苦役。你把它拿回家去看看，就知道我对你说的这些都是千真万确的了。"

"是这样，"理发师说，"不过，剩下的这些小书怎么办呢?"

神甫说："这些书不会是骑士小说，大概是诗集。"说着他打开一本，是豪尔赫·德蒙特马约尔的《迪亚娜》，就说恐怕其他的也都是这类书。

"这些书不必像其他书那样都烧掉，它不像骑士小说那样害人或者将要害人，都是些供消遣的书，不会坑害其他人。"

外甥女说："哦，大人，您完全可以下令像对其他书一样把这些书都烧掉。否则过不了多久，我舅舅治好骑士病后，读这些书，又会心血来潮地想当牧人，游历森林和草原，边唱边伴奏，或者更糟糕，想当诗人，那病就没法治了，而且还传染呢。"

"小姐说得对，"神甫说，"最好提前解除这种不幸和危险。咱们就先从德蒙特马约尔的《迪亚娜》下手吧。我觉得书可以不烧，不过，所有关于仙姑费丽西亚和魔水的内容以及大部分长诗

35

都得删掉，适当保留散文，这样它仍然不失为此类小说中的一流作品。"

"接着这本又是《迪亚娜》，题为《萨拉曼卡人续集》，"理发师说，"另一本也叫《迪亚娜》，作者是吉尔·波罗。"

"萨拉曼卡人的那本，让它跟着那些该扔到畜栏去的书一起去充数吧。"神甫说，"吉尔·波罗的那本要当做阿波罗的作品保存起来。咱们得快点，老兄，时间不早了。"

"这本书，"理发师说着打开了另一本书，"是撒丁岛人安东尼奥·德洛弗拉索写的《爱运女神十书》。"

"我凭我的教职发誓，"神甫说，"自从有了阿波罗、缪斯和诗人以来，从没有任何著作像这部书这样既有趣又荒诞。由此说来，它也是所有这类书中最优秀绝世之作。没读过这部书，就等于没有读过任何有趣的东西。给我吧，老兄，这比给我一件佛罗伦萨呢绒教士服还珍贵呢。"

神甫极其高兴地把书放在一旁。理发师又继续说道：

"后面这几本是《伊比利亚牧人》、《草地仙女》和《情嫉醒悟》。"

神甫说："没别的，把它们都交给女管家。别问我为什么，否则就说个没完了。"

"下面这本是《菲利达牧人》。"

"那不是牧人，"神甫说，"而是个谨小慎微的大臣。把它当成珍品收藏起来。"

"这部大书名为《诗库举要》。"理发师说。

神甫说："诗不多，所以很珍贵，不过要从这部书的精华里剔除糟粕。这个作者是我的朋友。看在他还写过一些如史诗一般高尚的著作分上，就把这本书留下吧。"

"这本是《洛佩斯·马尔多纳多诗歌集》。"理发师接着说。

"这本书的作者也是我的好朋友。他的诗一经他口，就倾倒听者。他朗诵的声调十分和婉，很迷人。就是田园诗长了些，不过好东西不怕长。把它和挑出来的那几本放在一起。旁边那本是什么？"

　　"是米格尔·德·塞万提斯的《加拉特亚》。"理发师说。

　　"这个塞万提斯是我多年的至交。我知道他最有体会的不是诗，而是不幸。他的书有所创新，有所启示，却不作结论。不过，得等等第二部，他说过要续写的。也许修改以后，现在反对他的那些人能够谅解他。现在，你先把这本书锁在你家。"

　　"我很高兴，老兄。"理发师说，"这儿有三本放在一起了。它们是唐阿隆索·德阿尔西利亚的《阿拉乌加人》、科尔多瓦的陪审员胡安·鲁福的《澳大利亚人》和巴伦西亚诗人克里斯托瓦尔·德比鲁埃斯的《蒙塞拉特》。"

　　"这三本书，"神甫说，"是西班牙语里最优秀的史诗，可以同意大利最著名的史诗媲美，把它作为西班牙诗歌最珍贵的诗歌遗产保存起来。"

　　神甫已没心思再看其他书，想把剩下的所有书都烧掉。可这时理发师又打开了一本，是《天使的眼泪》。

　　"如果把这本书烧了，我倒要流眼泪呢。"神甫说，"这个作者是西班牙乃至全世界最著名的诗人之一。他曾翻译过奥维德的几个神话故事，译得非常通顺。

第 七 章

我们的好骑士唐吉诃德第二次出征

这时，忽听唐吉诃德咆哮起来：

"来吧，来吧，勇敢的骑士们，是显示你们勇敢臂膀的力量的时候了，现在是宫廷骑士得势。"

人们都循吵闹声赶去，其他书就没有再继续检查，估计《卡罗莱亚》、《西班牙的狮子》和路易斯·德阿维拉的《皇帝旧事》顷刻之间已化为灰烬。这几本大概都藏在剩下的那堆书里，神甫倘若看到这几本书，也许不会让它们遭受这样严厉的处罚。

大家赶到时，唐吉诃德已经起床了，正继续大喊大叫，到处乱扎乱刺，那个精神劲儿，一点儿也不像刚睡醒的样子。大家抱住他，硬把他按在床上。他安静了一会儿，又开始对神甫说：

"特平大主教大人，我们这些号称十二廷臣的人竟让这些宫廷骑士在这场战斗中大获全胜，真是奇耻大辱。前三天，我们这些征险骑士还连战连捷呢。"

"您安静点儿，老兄。"神甫说，"上帝会保佑我们时来运转的。'失之今日，得于明天'，您现在需要注意身体。我觉得您大概太累了，要不就是受了重伤。"

唐吉诃德说："没有受伤，不过浑身仿佛散了架，这倒是真的。那个婊子养的罗尔丹用圣栎木棍差点把我打散架。他完全是出于嫉妒，就因为我是他斗勇的敌手。待我能从床上起来时，不

38

管他有多少魔法，我都要报仇，否则我就不叫雷纳尔多斯·德蒙塔尔万。现在，先给我弄点吃的，我知道这对我最合适。报仇的事就留给我吧。"

吃的拿来了，他又睡着了。他疯成这样，使大家目瞪口呆。

那天晚上，女管家把畜栏里和家里所有的书都烧了。那些本应留做永久资料的书，命运和懒惰的检查官并没有放过它们，也烧掉了。这就应验了那句俗语："刚正常为罪恶受过。"

神甫和理发师拯救朋友的一个办法，就是把唐吉诃德那间书房砌上砖堵死，让他伤好后找不到那些书（说不定会病除根断），说魔法师把书房和里面所有的东西都带走了。他们说做就做。两天后，唐吉诃德起床了。他做的第一件事就是去看他的书。可是他找不到原来放书的房间，就逐间搜寻，走到原来是门的地方，用手摸了摸，四处张望，默默无语。过了好一阵，他问女管家书房在什么地方。女管家很清楚该怎样回答，对他说：

"您找什么房，什么东西？这里没有书也没有房，都让魔鬼带走了。"

"不是魔鬼，"外甥女说，"是位魔法师。您走后的一个晚上，魔法师腾云而来。他从蛇背上下来，走进房间。我也不知道他在里面干什么。不一会儿，他从房顶飞出，房间里全是烟。待我们想起过去看看他究竟干了什么，已经是书、房皆空了。我和管家记得十分清楚，那个老东西临走时大声说，他和那些书籍以及房间的主人有私仇，对那间房子的处置随后就可见分晓。他还说他是圣贤穆尼亚通。"

"大概说的是弗雷斯通。"唐吉诃德说。

女管家说："我也不知道是说弗雷斯通还是弗里通，只知道最后一个字是通。"

"是啊，"唐吉诃德说，"那是一个狡猾的魔法师，我的大敌，对我疾恨如仇。他先天有灵，预知过一段时间后，会有他手下的一个骑士来同我展开恶战。我定会取胜，他却无可奈何，所以他要对我竭尽破坏之能事。我断定，苍天安排好的事，他很难违拗和逃脱。"

"这还用问吗？"外甥女说，"可是舅舅，谁让您去管那些事？在家里老老实实待着，别到处去管闲事难道不好吗？况且弄不好的话，'毛未剪成反被剪'呢。"

"你搞错了，外甥女，"唐吉诃德说，"谁想剪我的毛，不等他碰到我一根头发梢，我早已把他的毛全都剃光拔掉了。"

两个女人怕再勾起唐吉诃德的火气，不再言语。这样，唐吉诃德在家安安静静地住了十五天，没有再想外出疯跑的迹象。在这期间，他成天向两个老朋友神甫和理发师做有趣的讲述。他说世界上最需要的就是游侠骑士，而且他对游侠骑士的崛起责无旁贷。神甫有时表示反对，有时不得不让步。如果不采取这种方法，就无法和唐吉诃德谈下去。

这时候，唐吉诃德又去游说相邻的一位农夫。那农夫是个好人（如果这个称号可以送给穷人的话），就是缺少头脑。唐吉诃德对农夫又说又劝又许愿，总之，那个可怜的农夫决定跟他出走，去做他的侍从。唐吉诃德为了让农夫心甘情愿地跟他走，说也许会在某次历险之后，转眼之间得到一个岛屿，那就让农夫做岛屿的总督。如此这番许愿之后，桑乔·潘萨，也就是那个农夫，决定离开自己的老婆和孩子，充当邻居的侍从。

唐吉诃德然后下令筹款。有的东西卖了，有的东西典当了，反正都廉价出手，终于筹集了一笔钱。他戴上从朋友那儿借的护胸，勉强扣上破头盔，把他打算上路的日期和时辰通知了侍从桑乔，让桑乔收拾好必需品，特别嘱咐别忘了带个褡裢。桑乔说，一定会带上，同时，他还有头驴很不错，也想带上，因为他还不

习惯走远路。关于驴的问题，唐吉诃德考虑了一下，回想是否有某位游侠骑士带着骑驴的侍从，结论是前所未有。尽管如此，他还是同意了桑乔带上驴，并打算等到以后有机会，碰上一个无礼骑士，就夺其马，给桑乔换个体面的坐骑。唐吉诃德按照那栈主对他说的，带上了衬衣和其他可能带的东西。一切就绪之后，一个夜晚，桑乔没有向老婆和孩子告别，唐吉诃德也没有向女管家和外甥女辞行，就离开了村庄，没有被任何人发现。他们连夜赶路，待到天亮时断定，即使人们找他们也找不到了。

桑乔带着褡裢和酒囊，骑在驴上神态威严，渴望现在就成为主人承诺的岛屿总督。唐吉诃德碰巧又到了蒙铁尔原野上，也就是他初征失利的地方。这次不像上次那么难受了，正值清晨，太阳斜射在他身上，并没有让他感到疲惫。

这时，桑乔对他的主人说：

"游侠骑士大人，您别忘了您许诺的那个岛屿。无论岛有多大，我都能管理。"

唐吉诃德回答说：

"你应该知道，桑乔朋友，古时候游侠骑士征服岛屿或王国之后，就封他的侍从做那儿的总督。这是很流行的做法，我决不会破坏这个好习惯，而且我要做得比他们还好。有些时候，也许更多的时候，他们都要等到侍从老了，不愿意再白天受累、晚上吃苦地侍奉他们了，才给侍从封个不大不小的村镇或县区的伯爵，最多是个侯爵。只要你我都活着，我完全可以在六天之内征服一个王国，再加上几个附庸国，你正好可以做一个附庸国的国王。对此你别太当回事。有些前所未闻、连想也不敢想的事情往往会在骑士身上发生。我给你的会比我承诺给你的还多，这很容易做到。"

桑乔说："那么，我就可以在您说的某次奇迹中当上国王，我老婆胡安娜·古铁雷斯至少是王后，我的儿子也成王子了。"

"难道还有谁对此怀疑吗?"唐吉诃德说。

"我就怀疑，"桑乔说，"对于我来说，即使上帝让王国似雨点一般从天而降，也不会有一个正好落在玛丽·古铁雷斯头上。您知道，大人，王后也算不上什么，当女伯爵最好。这得靠上帝相助。"

"那你就向上帝乞求吧，"唐吉诃德说，"他会给你一个最合适的位置。不过你别太自卑。你至少得做个总督才行。"

"我不做总督，大人。"桑乔说，"我愿意跟随尊贵的主人。所有的职位，只要对我合适，我又承担得起，您都会给我的。"

第 八 章

骇人的风车奇险中唐吉诃德的英勇表现及其他

这时他们发现了田野里的三十四架风车。唐吉诃德一看见风车就对侍从说:

"命运的安排比我们希望的还好。你看那儿,桑乔朋友,就有三十多个放肆的巨人。我想同他们战斗,要他们所有人的性命。有了战利品,我们就可以发财了。这是正义的战斗。从地球表面清除这些坏种是对上帝的一大贡献。"

"什么巨人?"桑乔·潘萨问。

"就是你看见的那些长臂家伙,有的臂长足有两西里呢。"唐吉诃德说。

"您看,"桑乔说,"那些不是巨人,是风车。那些像长臂的东西是风车翼,靠风转动,能够推动石磨。"

唐吉诃德说:"在征险方面你还是外行。他们是巨人。如果你害怕了,就靠边站,我去同他们展开殊死的搏斗。"

说完他便催马向前。侍从桑乔大声喊着告诉他,他进攻的肯定是风车,不是巨人。可他全然不理会,已经听不见侍从桑乔的喊叫,认定那就是巨人,到了风车跟前也没看清那是什么东西,只是高声喊道:

"不要逃跑,你们这些胆小的恶棍!向你们进攻的只是骑士孤身一人。"

这时起了点风，大风车翼开始转动，唐吉诃德见状便说：

"即使你们的手比布里亚柔斯①的手还多，也逃脱不了我的惩罚。"

他又虔诚地请他的杜尔西内亚夫人保佑他，请她在这个关键时刻帮助他。说完他戴好护胸，攥紧长矛，飞马上前，冲向前面的第一个风车。长矛刺中了风车翼，可疾风吹动风车翼，把长矛折断成几截，把马和骑士重重地摔倒在田野上。桑乔催驴飞奔而来救护他，只见唐吉诃德已动弹不得。是马把他摔成了这个样子。

"上帝保佑！"桑乔说，"我不是告诉您了吗，看看您在干什么？那是风车，除非谁脑袋里也有了风车，否则怎么能不承认那是风车呢？"

"住嘴，桑乔朋友！"唐吉诃德说，"战斗这种事情，比其他东西更为变化无常。我愈想愈认为，是那个偷了我的书房和书的贤人弗雷斯通把这些巨人变成了风车，以剥夺我战胜他而赢得的荣誉。他对我敌意颇深。不过到最后，他的恶毒手腕终究敌不过我的正义之剑。"

---

① 希腊神话人物，据说有五十个头，一百只手。

"让上帝尽力而为吧。"桑乔·潘萨说。

桑乔扶唐吉诃德站起来，重新上马。那匹马已经东倒西歪了。他们谈论着刚才的险遇，继续向拉皮塞隘口方向赶路。唐吉诃德说那儿旅客多，可能会遇到各种各样的凶险。他最难过的是长矛没有了。他对侍从说：

"我记得在小说里看到过，一位叫迭戈·佩雷斯·德巴尔加斯的西班牙骑士，在一次战斗中折断了剑。他从圣栎树上砍下了一根大树枝。那天他用这根树枝做了很多事情，打倒了许多摩尔人，落了个绰号马丘卡。从那天起，他以及他的后代就叫巴尔加斯和马丘卡。我说这些是因为假如碰到一棵圣栎树或栎树，我就想折一根大树枝，要和我想象的那根一样好。我要用它做一番事业。你真幸运，能看到并证明这些几乎令人难以相信的事情。"

"靠上帝恩赐吧，"桑乔说，"我相信您说的话。不过请您坐直点，现在身子都歪到一边去了，大概是摔痛了。"

"是的，"唐吉诃德说，"我没哼哼，是因为游侠骑士不能因为受伤而呻吟，即使肠子流出来也不能叫唤。"

"既然这样，我就没什么说的了。"桑乔说，"不过只有上帝知道，我倒是希望您既然痛就别忍着。反正我有点儿痛就得哼哼，除非规定游侠骑士的侍从也不能叫唤。"

看到侍从如此单纯，唐吉诃德忍不住笑了。唐吉诃德对他说，不论他愿意不愿意，他可以随时任意哼哼，反正直到此时，他还没读到过认为这违反骑士规则的说法。桑乔说该是吃饭的时候了。他的主人却说还没必要，而桑乔想吃也可以吃。既然得到了准许，桑乔就在驴背上坐好，从褡裢里拿出吃的，远远地跟在主人后面边走边吃，还不时拿起酒囊津津有味地呷一口，那个样子，就是马拉加最有福气的酒店老板见了也会嫉妒。桑乔呷着酒，早把主人对他许的诺言忘得一干二净了，觉得这样到处征险并不怎么累，挺轻松的。

最后，他们在几棵树之间的空地上度过了那个夜晚。唐吉诃德还折了一根干树枝，把断矛上的铁矛头安上去，权当长矛。唐吉诃德彻夜未眠。他要模拟书中描写的样子，想念杜尔西内亚。书里的那些骑士常常在荒林中几夜不睡觉，以想念夫人作为排遣。桑乔可不是这样。他酒足饭饱，一觉睡到天亮。阳光照耀在他脸上，小鸟欢欣鸣啭，新的一天到来了。要不是主人叫醒他，他还不起来呢。起来后，他摸了一下酒囊，发现比前一天晚上瘪了些，不禁一阵心痛，他知道没有办法马上补充这个酒囊。唐吉诃德还是不想吃东西，就像前面说的，他要靠美好的回忆为生。他们又踏上了通往拉皮塞隘口的路程。大约三点钟，他们看见了隘口。

唐吉诃德一看见隘口就说："桑乔兄弟，我们会在这里深深卷入被称为冒险的事业。不过你要注意，即使你看见我遇到了世界上最严重的险情，只要冒犯我的人不是恶棍和下等人，你就不要用你的剑来保护我。如果是恶棍和下等人，你可以帮助我。但如果是骑士，你就不能来帮助我。这是骑士规则所不允许的，除非你已经被封为骑士。"

"是的，大人，"桑乔说，"我完全听从您的吩咐，尤其是我本人生性平和，不愿招惹是非。可是说真的，要是该我自卫了，我可不管那些规则，因为不管是神的规则还是世俗的规则，都允许对企图侵犯自己的人实行自卫。"

"我也没说不是这样，"唐吉诃德说，"不过，在帮助我进攻骑士这点上，你还是得约束自己的冲动天性。"

桑乔说："我会像记着礼拜日一样记着这点，照此行事。"

桑乔又说："实际上，我既不会念，也不会写，从没读过任何传记。不过我敢打赌，比您更神勇的主人，我这一辈子从没服侍过。愿上帝保佑，您这种神勇别在我刚才说的那个地方受挫。我要请求您的是给自己治伤。您那只耳朵流了很多血。我的褡裢里有纱布，还有些白药膏。"

"这些都不需要，"唐吉诃德说，"要是我早想到做一瓶菲耶拉布拉斯①圣水，只需一滴，便可以即刻痊愈。"

"那是什么圣瓶、什么圣水呀？"桑乔问。

唐吉诃德说："那种圣水的配方我还记得。有了那种圣水就舍身无所惧，受伤不致亡了。我把圣水做好了就交给你。你要是看到我在战斗中被拦腰斩断（这种事常有），就在血还未凝固之前，把我轻巧落地的上半身非常仔细地安放在鞍子上另外那半截身子上，要注意安放得完好如初。然后，你再喂我两口我刚才说的那种圣水，你就会看到，我依然完好无恙。"

"如果有那种圣水，"桑乔说，"我从现在起就放弃原来当海岛总督的要求。作为对我诸多周到服侍的回报，我不要别的，只求您把那种圣水的配方告诉我。我估计无论在什么地方，一盎司圣水都可以卖两个雷阿尔以上。有了它，我就可以过一辈子体面舒服的日子了。不过我想知道，要做那种圣水是不是得花很多钱？"

"用不了三个雷阿尔就可以做三阿孙勃雷的圣水。"唐吉诃德说。

"都怨我，"桑乔说，"那么您还等什么，为什么不现在就做圣水，并且教我做呢？"

"住嘴，朋友，"唐吉诃德说，"我想教给你更大的秘诀，让你得到更多的利益。现在咱们先治伤。我这只耳朵疼得很厉害。"

桑乔从褡裢里拿出了纱布和药膏。可是，唐吉诃德一看到自己的头盔破了，又走火入魔了。他一手按剑，仰望天空，说道：

"我要向万物的创造者和四大《福音》巨著发誓，在向那个

---

① 查理大帝的武士，所说他得到了耶稣就难时的荆冠和圣水。

48

对我无礼的家伙报仇之前，我要过曼图亚侯爵那样的生活。他为了给他的侄子巴尔多维诺斯报仇，食不近桌，眠不近妻，还有其他一些情况，我想不起来了，不过我都发誓要一一照做。"

桑乔闻言说道：

"您看，唐吉诃德大人，如果那个骑士按照您的吩咐去拜见了托博索的杜尔西内亚夫人，他的事也就算完了。只要他不再做别的坏事，就不该再受惩罚。"

"你说得千真万确，"唐吉诃德说，"我取消要向他报仇的盟誓。不过我还要发誓，在从某个骑士那里抢到一个与此头盔一模一样的头盔之前，我还要过我刚才说的那种生活。桑乔，你不要以为我只是心血来潮，我是在效仿先人。我的头盔和曼布里诺的头盔完全一样，萨克里潘特为此可付出了巨大的代价。"

"这种誓言您还是让魔鬼去说吧，我的大人，"桑乔说，"这样既伤身体又伤神。不信，您现在就告诉我，假如我们很多天都碰不到一个身披甲胄、头戴头盔的人怎么办？您难道真的为了实现自己的誓言而给自己找种种麻烦，例如和衣睡觉，露宿风餐，还有那位曼图亚老侯爵发誓要做的那些乱七八糟的事情？您看看，这路上根本没有披甲胄的人，全是些脚夫车夫。他们不仅不戴头盔，也许一辈子都没听说过头盔呢。"

"你错了，"唐吉诃德说，"用不了两个小时，咱们在这个路口就可以看到，披挂甲胄的人比去阿尔布拉卡追求安吉丽嘉的人还多。"

"好吧，但愿如此，"桑乔说，"求上帝让我们走运。现在应该出大代价赢得这个岛屿，然后我就是死也闭眼了。"

"我对你说过，桑乔，你别担心。要是没有岛屿，一定会有丹麦王国或索夫拉迪萨王国在恭候你，而且还是在陆地上，你应该高兴。咱们先不谈这个，你先看看褡裢里是否有什么食物，吃完好去找个城堡过夜，做我说的那种圣水。说实话，我的耳朵疼得很厉害。"

"我这儿有一个葱头、一点儿干酪和几块硬面包，"桑乔说，"不过这不是您这种勇敢骑士吃的东西。"

"你怎么这样想！"唐吉诃德说，"你要知道，桑乔，一个月不吃东西是游侠骑士的骄傲。即使吃，也是有什么吃什么。你若是像我一样读很多书，就知道这确有其事。不过，虽然这种书很多，却并不意味着游侠骑士除了偶尔吃一些奢侈的宴会之外，整日节食。我们可以想象，他们不能不吃东西，不能没有其他一些本能的需要，因为他们也是和我们一样的人。而且你也该知道，他们一生中大部分时间周游于野林荒郊，又没有厨师，所以他们的日常食物就是粗茶淡饭，就像你给我的那些食物一样。所以，桑乔朋友，你别担心，我愿意要这种东西。你也不要别出心裁，惹游侠骑士生气。"

"对不起，"桑乔说，"我刚才说过，我既不会读，也不会写，根本不懂骑士的规矩。从现在起，我负责为您这位骑士提供各种干果做食品。我不是骑士，所以就给自己准备些飞禽或其他更有营养的东西。"

唐吉诃德说："桑乔，我不是说骑士只能吃你说的那些果子，而是说他们最通常的食物是那些东西和一些野草。他们能辨别那些野草，我也能。"

桑乔说："能够辨别那些野草可有用呢。我想，说不定哪天就用得上。"

桑乔把带的东西拿了出来，两人和和气气地吃起来。不过，他们又急于找到一个过夜的地方，便草草吃完了那些冷干粮，骑上马连忙赶路。走了不到一西里路，一条道路就出现在他们面前，路旁有个客栈，唐吉诃德认为那是城堡。

第 九 章

错把客栈当城堡， 唐吉诃德和桑乔遇麻烦

他们走进客栈。桑乔对客栈的一个伙计说：

"大人，不管您是谁，请您开恩给我们一点儿迷迭香、油、盐和酒吧，好医治世界上一位最优秀的游侠骑士。他被摩尔人魔法师打得很严重。"

伙计听到这番话，断定这个人精神不正常。他告诉栈主桑乔所需要的东西。栈主如数给了桑乔，桑乔把这些东西交给了唐吉诃德。唐吉诃德正捂着脑袋呻吟。

他们安顿下来。唐吉诃德把这些东西混在一起，煮了很长时间，一直煮到他以为到了火候的时候。他又要瓶子盛药。可是客栈里没有瓶子，就用铁皮水罐装。栈主送给他一个水罐。唐吉诃德对着水罐念了八十遍《天主经》，又说了八十遍万福玛利亚、《圣母颂》和《信经》。每念一遍，他都画个十字，表示祝福。桑乔、栈主和伙计一直都在场。

唐吉诃德想试试熬出的圣水是否有他想象的那种效力，就把剩在锅里的近半升的水喝了下去。刚喝完，他就开始呕吐，把胃里的东西吐得一干二净，直吐得浑身大汗淋漓，只好让大家给他盖好被，一个人躺在床上。被子盖好后，他睡了三个多小时。后来他觉得身体轻松极了，身上也不疼了，以为自己已经好了，并且深信自己制成了菲耶拉布拉斯圣水，从此不用再惧怕任何战斗了，无论它们有多么危险。

桑乔也觉得主人身体好转是个奇迹。他请求唐吉诃德把锅里剩下的那些水都给他。锅里还剩了不少，唐吉诃德同意都给他。桑乔双手捧着水，满怀信心、乐不可支地喝进肚里，喝得绝对不比唐吉诃德少。大概他的胃不像唐吉诃德的胃那么娇气，所以恶心了半天才吐出一口，弄得他浑身是汗，差点晕过去，甚至想到了他会寿终正寝。桑乔难受得厉害，一边咒骂可恶的圣水，一边诅咒给他圣水的浑蛋。唐吉诃德看到他这个样子，就对他说：

"桑乔，我觉得你这么难受，完全是由于你还没有被封为骑士。依我看，没有被封为骑士的人不该喝这种水。"

"既然您知道这些，"桑乔说，"为什么还让我喝呢?真是倒了八辈子霉!"

这时圣水开始起作用了。可怜的桑乔马上开始上吐下泻，结果弄得床上被单上到处都有秽物。他的汗越出越多，越出越厉害，不仅他自己，连在场的人都认为他的生命这次到头了。这样足足折腾了两个小时，结果却不像主人那样，只觉得浑身疼痛难忍，骨头像散了架。前面说到唐吉诃德感觉身上轻松了，已经康复了，天也亮了，就想马上离开，再去征险，觉得他在这里耽搁，整个世界和世界上所有需要他帮助和保护的穷人就失掉了他。而且，他对自己带的圣水信心十足。他受这种愿望驱使，自己为罗西南多和桑乔的驴上了驮鞍，又帮助桑乔扶他上骑驴。唐吉诃德骑上马，来到客栈的一个墙角，拿起一支短剑权当长枪。

两人在客栈门前骑上了马。唐吉诃德又叫栈主，声音极其平缓和沉重，对栈主说：

"在此城堡里承蒙您盛情款待，要塞司令大人，我终生感激不尽。作为报答，假如有某个巨人对您有所冒犯，我定会为您报仇。您知道，我的职业就是扶弱济贫，惩治恶人。请您记住，如果您遇到了我说的这类事情，一定要告诉我。我以骑士的名义保证，替您报仇，而且让您满意。"

栈主也心平气和地说：

"骑士大人，我没有受到什么侵犯需要您为我报仇。如果有必要的话，我自己会去报仇的。我只需要您为昨晚您的两匹牲口在客栈里所用的草料，以及您二位的晚餐和床位付款。"

"难道这是个客栈？"唐吉诃德问。

"是啊，而且是个很正规的客栈。"栈主说。

"我被欺骗了，"唐吉诃德说，"以前我真的以为这是座城堡，而且是座不错的城堡。既然这不是城堡，而是客栈，现在能做的只是请您把这笔账目勾销。我不能违反游侠骑士的规则。我知道，游侠骑士无论在什么地方住旅馆或客栈都从来不付钱，我从来没有在哪本书上看到他们付钱的事。作为回报，他们有权享受周到的款待。他们受苦受累，无论冬夏都步行或骑马，忍饥挨饿，顶严寒，冒酷暑，遭受着各种恶劣天气和世间各种挫折的袭扰，日夜到处征险。"

"我与此没什么关系。"栈主说，"把欠我的钱付给我，别讲什么骑士的事了。我只知道收我的账。"

"你真是个愚蠢卑鄙的栈主。"唐吉诃德说。

唐吉诃德双腿一夹罗西南多，提着他那支短剑出了客栈，没有人拦他。他也没有看桑乔是否跟上了他，便走出好远。栈主看唐吉诃德走了，没有结账，就向桑乔要钱。桑乔说，既然他的主人不愿意付钱，他也不打算付。他是游侠骑士的侍从，所以住客栈不付钱的规则对他和他的主人都是一样的。栈主愤怒极了，威胁说如果他不付账，就不会有好果子吃。桑乔对此的回答是，按照他主人承认的骑士规则，他即使丢了性命，也不会付一分钱的。他不能为了自己而丧失游侠骑士多年的优良传统，也不能让后世的游侠骑士侍从埋怨他，指责他破坏了他们的正当权利。

真该桑乔倒霉。客栈的人群里有四个塞哥维亚的拉绒匠、三个科尔多瓦波特罗的针贩子和两个塞维利亚博览会附近的居民。这些人生性活泼，并无恶意，却喜欢恶作剧、开玩笑。他们不约而同地来到桑乔面前，把他从驴上拉下来。其中一个人到房间里拿出了被单，大家把桑乔扔到被单上，可抬头一看，屋顶不够高，便商定把桑乔抬到院子里，往上抛。他们把桑乔放在被单中，开始向上抛，就像狂欢节时耍狗那样拿桑乔开心。

可怜桑乔的叫喊声传得很远，一直传到了唐吉诃德的耳朵里。他停下来仔细听了一下，以为又是什么新的险情，最后才听清楚是桑乔的叫喊声。他掉转缰绳，催马回到客栈门前，只见门锁着。他转了一圈，看看有什么地方可以进去。院墙并不高，还没到院墙边，他就看见了里边的人对桑乔的恶作剧。他看到桑乔在空中一上一下地飞舞，既滑稽又好笑。要不是因为当时他正怒气冲冲，准会笑出声来。唐吉诃德试着从马背往墙头上爬，可浑身疼得像散了架，连下马都不行。他开始在马背上诅咒那些扔桑乔的人。不过，院里的笑声和恶作剧并没有因为唐吉诃德的诅咒而停止。桑乔仍叫唤不停，同时还能听见他的恫吓声和求饶声。可是求饶也没有用，那些人一直闹到累了才住手。他们牵来驴，把桑乔扶上去，给他披上外衣。富于同情心的女仆看到桑乔已精疲力竭，觉得应该给他一罐水帮帮他。井里的水最凉，她就从井里打来一罐水。桑乔接过罐子，刚送到嘴边，就听见唐吉诃德对他喊：

"桑乔，别喝那水。孩子，别喝那水，会要了你的命的。你没看到我这儿有圣水吗？"唐吉诃德说着晃了一下铁罐，"你只

消喝两口就会好的。"

桑乔循声转过头去，因为是斜视，桑乔的声音竟比唐吉诃德的声音还要大，喊道：

"您大概忘了我不是骑士，要不就是想让我把昨天晚上肚子里剩下的那点东西全吐掉？把您那见鬼的圣水收起来，饶了我吧。"

桑乔喝完水，脚后跟夹了一下驴。客栈的门已经打开，桑乔出了门。他到底没有付房钱，最后还是得听他的，所以心里很高兴，尽管替他还账的是他的后背。

实际上，栈主把桑乔的褡裢扣下抵账了。桑乔慌慌张张地出了门，并没有发现褡裢丢了。栈主看到桑乔出了门，想赶紧把门闩上。可是，刚才扔桑乔的那些人却不以为然。他们觉得唐吉诃德即使真是圆桌骑士，也一文不值。

第 十 章

桑乔同主人唐吉诃德的对话，骑士大战羊群

桑乔追上唐吉诃德时已经疲惫不堪，连催驴快跑的力气都没了。唐吉诃德看见他这个样子，就对他说：

"现在我才相信，好桑乔，那个城堡或客栈肯定是中了邪气。那些人如此恶毒地拿你开心，不是鬼怪或另一个世界的人又是什么呢？我敢肯定这一点，因为刚才我从墙头上看他们对你恶作剧的时候，想上墙头上不去，想下罗西南多又下不来，肯定是他们对我施了魔法。我以自己的身份发誓，如果我当时能够爬上墙头或者下马，肯定会为你报仇，让那些歹徒永远记住他们开的这个玩笑，尽管这样会违反骑士规则。

"我跟你说过多次，骑士规则不允许骑士对不是骑士的人动手，除非是在迫不得已的紧急情况下为了自卫。"

"如果可能的话，我自己也会报仇，不管我是否已经被封为骑士，可是我办不到啊。不过，我觉得拿我开心的那些人并非像您所说的那样是什么鬼怪或魔法师，而是和我们一样有血有肉的人。他们扔我的时候，我听到他们每个人都有自己的名字。有个人叫佩德罗·马丁内斯，另外一个人叫特诺里奥·埃尔南德斯。我听见栈主叫左撇子胡安·帕洛梅克。所以，大人，您上不了墙又下不了马并不是魔法造成的。我把这些都挑明了，是想说，咱们到处征险，结果给自己带来许多不幸，弄得自己简直无所适从。

我觉得最好咱们掉头回老家去。现在正是收获季节，咱们去忙自己的活计，别像俗话说的'东奔西跑，越跑越糟'啦。"

"你对骑士的事所知甚少，"唐吉诃德说，"你什么也别说，别着急，总会有一天，你会亲眼看到干这行是多么光荣的事情。否则，你告诉我，世界上还有什么比这更令人高兴呢？还有什么可以与赢得一场战斗、打败敌人的喜悦相比呢？没有，肯定没有。"

"也许是这样，"桑乔说，"尽管我并不懂。我只知道自从咱们当了游侠骑士以后，或者说您成了游侠骑士以后（我没有理由把自己也算在这个光荣的行列里），除了棍子还是棍子，除了拳头还是拳头。我还额外被人扔了一顿。那些人都会魔法，我无法向他们报仇，到哪儿去体会您说的那种战胜敌人的喜悦呢？"

"这正是我的伤心之处，你大概也为此难过，桑乔。"唐吉诃德说，"不过，以后我要设法弄到一把剑。那把剑的特别之处就在于谁佩上它，任何魔法都不会对他起作用。而且，我也许还会有幸得到阿马迪斯的那把剑呢，当时他叫火剑骑士，而那把剑是世界上的骑士所拥有的最佳宝剑之一。除了我刚才说的那种作用外，它还像把利刀，无论多么坚硬的盔甲都不在话下。"

"我真是挺走运的，"桑乔说，"不过就算事实如此，您也能找到那样的剑，它恐怕也只能为受封的骑士所用，就像那种圣水。而侍从呢，只能干认倒霉。"

"别害怕，桑乔，"唐吉诃德说，"老天会照顾你的。"

两人正边走边说，唐吉诃德忽然看见前面的路上一片尘土铺天盖地般飞扬，便转过身来对桑乔说：

"噢，桑乔，命运给我安排的好日子到了。我是说，我要在这一天像以往一样显示我的力量，而且还要做出一番将要青史留名的事业来。你看见那卷起的滚滚尘土了吗，桑乔？那是一支由无数人组成的密集的军队正向这里挺进。"

"如此说来，应该是两支军队呢，"桑乔说，"这些人对面也同样是尘土飞扬。"

唐吉诃德再一看，果然如此，不禁喜出望外。他想，这一定是两支交战的军队来到这空旷的平原上交锋。他的头脑每时每刻想的都是骑士小说里讲的那些战斗、魔法、奇事、谵语、爱情、决斗之类的怪念头，他说的、想的或做的也都是这类事情。其实，他看到的那两股飞扬的尘土是两大群迎面而至的羊。由于尘土弥漫，只有羊群到了眼前才能看清楚。唐吉诃德一口咬定那是两支军队，桑乔也就相信了，对他说：

"大人，咱们该怎么办呢?"

"怎么办?"唐吉诃德说，"扶弱济贫啊！你应该知道，桑乔，迎面而来的是由特拉波瓦纳大岛的阿利凡法龙大帝统率的队伍，而在我背后的是他的对手，加拉曼塔人的捋袖国王彭塔波林，他作战时总是露着右臂。"

"那么，这两位大人为什么结下如此深仇呢?"桑乔问。

"他们结仇是因为这个阿利凡法龙是性情暴躁的异教徒，他爱上了彭塔波林的女儿，一位绰约多姿的夫人，而她是基督徒。她的父亲不愿意把女儿嫁给一位异教的国王，除非国王能放弃他的虚妄先知穆罕默德，皈依基督教。"

"我以我的胡子发誓，"桑乔说，"彭塔波林做得很对！我应该尽力帮助他。"

"你本该如此，"唐吉诃德说，"参加这类战斗不一定都是受封的骑士。"

"我明白，"桑乔说，"不过，咱们把这头驴寄放在哪儿呢?打完仗后还得找到它。总不能骑驴去打仗啊，我觉得至少到目前为止还没有这样做的。"

"是这样，"唐吉诃德说，"你能做的就是让它听天由命，别管它是否会丢了。咱们打胜这场仗后，不知可以得到多少马匹哩，说不定还要把罗西南多换掉呢。不过你听好，也看好，我要向你介绍这两支大军的主要骑士了。咱们撤到那个小山包上去，两支大军在那儿会暴露无遗，你可以看得更清楚。"

他们来到小山包上。要是飞尘没有挡住他们的视线，他们完全可以看清，唐吉诃德说的两支军队其实是两群羊。可是唐吉诃德却想象着看到了他其实并没看到也并不存在的东西。他高声说道：

"那个披挂着深黄色甲胄，盾牌上有一只跪伏在少女脚下的戴王冠狮子的骑士，就是普恩特•德普拉塔的领主，英勇的劳拉卡尔科。另一位身着金花甲胄，蓝色盾牌上有三只银环的骑士，是基罗西亚伟大的公爵，威武的米科科莱博。他右侧的一位巨人是博利切从不怯阵的布兰达巴尔瓦兰，三个阿拉伯属地的领主。你看他身裹蛇皮，以一扇大门当盾牌。据说那是参孙①以死相拼时推倒的那座大殿的门呢。

"你再掉过头来向这边看，你会看到统率这支军队的是常胜将军蒂莫内尔•德卡卡霍纳，新比斯开的王子。他的甲胄上蓝、绿、白、黄四色相间，棕黄色的盾牌上有只金猫，还写着一个'缪'字，据说是他美丽绝伦的情人、阿尔加维的公爵阿尔费尼肯的女儿缪利纳名字的第一个字。另外一位骑着骠马，甲胄雪白，持没有任何标记的白盾的人是位骑士新秀，法国人，名叫皮尔•帕潘，是乌特里克的男爵。还有一位正用他的包铁脚后跟踢那匹斑色快马的肚子，他的甲胄上是对称的蓝银钟图案，那就是内比亚强悍的公爵、博斯克的埃斯帕塔菲拉尔多。他的盾牌上的图案是石刁柏，上面用卡斯蒂利亚语写着'替天行道'。"

---

① 参孙是《圣经》故事中古代犹太人的领袖之一，后被喻为大力士。他被非利士人牵至大殿加以戏弄时，奋力摇动柱子，致使大殿倒塌，和非利士人一同被压力。

唐吉诃德就这样列数了在他的想象中两支军队的许多骑士的名字，并且给每个人都即兴配上了甲胄、颜色、图案以及称号。他无中生有地想象着，接着说：

　　"前面这支军队是由不同民族的人组成的。这里有的人曾喝过著名的汉托河的甜水；有的是蒙托萨岛人，去过马西洛岛；有的人曾在阿拉伯乐土淘金沙；有的人到过清澈的特莫东特河边享受那著名而又凉爽的河滩；有的人曾通过不同的路线为帕克托勒斯的金色浅滩引流。此外，还有言而无信的努米底亚人，以擅长弓箭而闻名的波斯人，边打边跑的帕提亚人和米堤亚人，游牧的阿拉伯人，像白人一样残忍的西徐亚人，嘴上穿物的埃塞俄比亚人，以及许多其他民族的人，他们的名字我叫不出来，可他们的面孔我很熟悉。在另一方的军队里，有的人曾饮用养育了无数橄榄树的贝蒂斯河的晶莹河水；有的人曾用塔霍河甘美的金色琼浆刮脸；有的人享用过神圣的赫尼尔河的丰美汁液；有的人涉足过塔尔特苏斯田野肥沃的牧场；也有的人在赫雷斯天堂般的平原上得意过；有头戴金黄麦穗编的穗冠、生活富裕的曼查人；有身着铁甲、风俗古老的哥特遗民；有的人曾在以徐缓闻名的皮苏埃卡河里洗过澡；有的人曾在以暗流著称的瓜迪亚纳河边辽阔的牧场上喂过牲口；还有的人曾被皮里内奥森林地区的寒冷和亚平宁高山的白雪冻得瑟瑟发抖。一句话，欧洲所有的民族在那里都有。"

　　上帝保佑，他竟列数了那么多的地名和民族，而且如此顺溜地一一道出了每个地方和民族的特性，说得神乎其神，其实全是从那些满纸荒唐的书里学来的！桑乔怔怔地听着，一句话也不说，不时还回头看看有没有主人说的那些骑士和巨人，结果一个也没有发现，便说：

　　"大人，简直活见鬼，您说的那些巨人和骑士怎么这里都没有呢？至少我还没有看见。也许这些人都像昨晚的鬼怪一样，全是魔幻吧。"

"你怎么能这么讲!"唐吉诃德说，"难道你没有听到战马嘶鸣，号角震天，战鼓齐鸣吗?"

"我只听到了羊群的咩咩叫声。"桑乔说。

果然如此，那两群羊这时已经走近了。

"恐惧使你听而不闻，视而不见，桑乔。"唐吉诃德说，"恐惧产生的效果之一就是扰乱人的感官，混淆真相。既然你如此胆小，就站到一边吧，让我一个人去。我一个人就足以让我帮助的那方取胜。"

唐吉诃德说完用马刺踢了一下罗西南多，托着长矛像闪电一般地冲下山去。桑乔见状高声喊道:

"回来吧，唐吉诃德大人! 我向上帝发誓，您要进攻的只是一些羊! 回来吧，我倒霉的父亲怎么养了我! 您发什么疯啊! 您看，这里没有巨人和骑士，没有任何人和甲胄，没有杂色或一色的盾牌，没有蓝帷，没有魔鬼。您在做什么?我简直是造孽呀!"

唐吉诃德并没有因此回头，反而不断地高声喊道:

"喂，骑士们，投靠在英勇的挦袖帝王彭塔波林大旗下的人，都跟我来! 你们会看到，我向你们的敌人特拉波瓦纳的阿利凡法龙报仇是多么容易。"

唐吉诃德说完便冲进羊群，开始刺杀羊。他杀得很英勇，似乎真是在诛戮他的不共戴天的敌人。跟随羊群的牧羊人和牧主高声叫喊，让他别杀羊了，看到他们的话没起作用，就解下弹弓，向唐吉诃德弹射石头。拳头大的石头从唐吉诃德的耳边飞过，他全然不理会，反而东奔西跑，不停地说道:

"你在哪里，不可一世的阿利凡法龙?过来! 我是个骑士，想同你一对一较量，试试你的力量，要你的命，惩罚你对英勇的彭塔波林·加拉曼塔所犯下的罪恶。"

这时飞来一块卵石，正打在他的胸肋处，把两条肋骨打得凹了进去。唐吉诃德看到自己被打成这样，估计自己不死也得重伤。他想起了他的圣水，就掏出瓶子，放在嘴边开始喝。可是不等他喝到他认为够量的时候，又一块石头飞来，不偏不倚正打在他的手和瓶子上。瓶子被打碎了，还把他嘴里的牙也打下三四颗来，两个手指也被击伤了。这两块石头打得都很重，唐吉诃德不由自主地从马上掉了下来。牧羊人来到他跟前，以为他已经死了，赶紧收拢好羊群，把至少七只死羊扛在肩上，匆匆离去了。

　　桑乔一直站在山坡上，看着他的主人抽风。他一边揪着自己的胡子，一边诅咒命运让他认识了这位唐吉诃德。看到主人摔到地上，而且牧羊人已经走了，他才从山坡上下来，来到唐吉诃德身边，看到唐吉诃德虽然还有知觉，却已惨不忍睹，就对他说：

　　"我说过，您进攻的不是军队，是羊群。难道我没有说过吗，唐吉诃德大人？"

　　"那个会魔法的坏蛋可以把我的敌人变来变去。你知道，桑乔，那些家伙要把咱们面前的东西变成他们需要的样子很容易。刚才害我的那个恶棍估计我会打胜，很嫉妒，就把敌军变成了羊群。否则，桑乔，我以我的生命担保，你去做一件事，就会恍然大悟，看到我说的都是真的。你骑上你的驴，悄悄跟着他们，会看到他们走出不远就变回原来的样子，不再是羊，而是地地道道的人，就像我刚才说的。不过你现在别走，我需要你的帮助。你过来看看，我缺了多少牙，我觉得嘴里好像连一颗牙也没有了。"

　　桑乔凑过来，眼睛都快瞪到唐吉诃德的嘴里去了。就在这时，唐吉诃德刚才喝的圣水发作了。桑乔正向他嘴里张望，所有的圣水脱口而出，比枪弹还猛，全部喷到了这个热心肠侍从的脸上。

　　"圣母玛利亚！"桑乔说，"这是怎么回事呀？肯定是这个罪人受了致命的伤，所以才吐了血。"

桑乔顿了一下，看看呕吐物的颜色、味道和气味，原来不是血，而是刚才唐吉诃德喝的圣水，不禁一阵恶心，胃里的东西全翻出来，又吐到了主人身上，弄得两个人都湿漉漉的。

桑乔走到驴旁边，想从褡裢里找出点东西擦擦自己，再把主人的伤包扎一下，可是没找到褡裢。他简直要气疯了，又开始诅咒起来，有心离开主人回老家去，哪怕他因此得不到工钱，也失去了当小岛总督的希望。

唐吉诃德这时站了起来。他用左手捂着嘴，以免嘴里的牙全掉出来，又用右手抓着罗西南多的缰绳。罗西南多既忠实又性情好，始终伴随着主人。唐吉诃德走到桑乔身边，看见他正趴在驴背上，两手托腮，一副沉思的样子。见他这般模样，唐吉诃德也满面愁容地对他说：

"你知道，桑乔，'不做超人事，难做人上人'。咱们遭受了这些横祸，说明咱们很快就会平安无事，时来运转啦。不论好事还是坏事都不可能持久。咱们已经倒霉很长时间了，好运也该近在眼前了。所以，你不要为我遭受的这些不幸而沮丧，反正也没牵连你。"

"怎么没牵连？"桑乔说，"难道那些人昨天扔的不是我父亲的儿子吗？丢失的那个褡裢和里面的宝贝东西难道是别人的吗？"

"你的褡裢丢了，桑乔？"唐吉诃德问。

"丢了。"桑乔答道。

"那么，咱们今天就没吃的了。"唐吉诃德说。

"您说过，像您这样背运的游侠骑士常以草充饥，"桑乔说，"如果这片草地上没有您认识的那些野草，那么咱们的确得挨饿了。"

"不过，"唐吉诃德说，"我现在宁愿吃一片白面包，或一块黑面包，再加上两个大西洋鲱鱼的鱼头，而不愿吃迪奥斯科里斯①描述过的所有草，即使配上拉古纳②医生的图解也不行。这样吧，好桑乔，你骑上驴，跟我走。上帝供养万物，决不会亏待咱们，更何况你跟随我多时呢。蚊子不会没有空气，昆虫不会没有泥土，蝌蚪也不会没有水。上帝很仁慈，他让太阳普照好人和坏人，让雨水同沐正义者和非正义者。"

"要说您是游侠骑士，倒不如说您更像个说教的道士。"桑乔说。

"游侠骑士都无所不知，而且也应该无所不知，桑乔。"唐吉诃德说，"在前几个世纪里，还有游侠骑士能在田野里布道或讲学，仿佛他是从巴黎大学毕业的，真可谓'矛不秃笔，笔不钝矛'。"

"那么好吧，但愿您说得对，"桑乔说，"咱们现在就走，找个过夜的地方，但愿上帝让那个地方没有被单，没有用被单扔人的家伙，没有鬼怪，没有摩尔人魔法师。如果有，我再也不干这一行了。"

"你去向上帝说吧，孩子。"唐吉诃德说，"你带路，随便到哪儿去，这回住什么地方任你挑。你先把手伸过来，用手指摸摸我的上腭右侧缺了几颗牙。我觉得那儿挺疼的。"

桑乔把手指伸了进去，边摸边问：

"您这个地方原来有多少牙？"

"四颗，"唐吉诃德说，"除了智齿，都是完好的。"

"您再想想。"桑乔说。

"四颗，要不就是五颗。"唐吉诃德说，"反正我这辈子既没有拔过牙，也没有因为龋齿或风湿病掉过牙。"

"可是您这下腭最多只有两颗半牙，"桑乔说，"而上腭呢，连半颗牙都没有，平得像手掌。"

① 古希腊名医。
② 16世纪西班牙名医。

"我真不幸，"唐吉诃德听了桑乔对他说的这个伤心的消息后说道，"我倒宁愿被砍掉一只胳膊，只要不是拿剑的那只胳膊就行。我告诉你，桑乔，没有牙齿的嘴就好比没有石磙的磨，因此一颗牙有时比一颗钻石还贵重。不过，既然咱们从事了骑士这一行，什么痛苦就都得忍受。上驴吧，朋友，你带路，随便走，我跟着你。"

　　桑乔骑上驴，朝着他认为可能找到落脚处的方向走去，但始终没有离开大路。他们走得很慢，唐吉诃德嘴里的疼痛弄得他烦躁不安，总是走不快。桑乔为了让唐吉诃德分散精力，放松一下，就同他讲了一件事。详情请见下章。

第十一章

桑乔的高见，路遇死尸及其他奇事

"这几天咱们碰到了不少晦气，大人，我敢肯定，这是您违反了骑士规则而受到的惩罚。您没有履行您在夺取马兰德里诺（或者叫摩尔人，我记不清了）的头盔之前不上桌吃饭、不和女王睡觉以及其他的种种誓言。"

"你说得对，桑乔，"唐吉诃德说，"说实话，那些誓言我早就忘了。不过你也该明白，由于你没有及时提醒我，才发生了你被人用被单扔的事情。然而，我会设法弥补的，骑士界里有各种挽救损失的办法。"

"难道我发过什么誓吗?"桑乔问。

"是否发过誓倒无关紧要，"唐吉诃德说，"我只是大概知道你没参与，这就够了，不管怎样，采取补救措施总不会错。"

"既然这样，"桑乔说，"这事您可别忘了，就好比别忘了誓言一样。也许那些鬼怪又会想起来拿我开心呢。要是它们看到您还是这么固执，说不定还会找您的麻烦呢。"

两人边走边说，已经傍晚了，也没有发现一个可以过夜的地方。糟糕的是他们饿得厉害，可褡裢丢了，所有的干粮也没有了。真是祸不单行。他们果真遇到了麻烦事。当时已近黄昏，可两人还在赶路。桑乔觉得既然他们走的是正路，再走一两西里，肯定会有客栈。走着走着，夜幕降临。桑乔饥肠辘辘，唐吉诃德也食欲难捺。这时，他们看见路上有一片亮光向他们移动过来，像是群星向他们靠拢。桑乔见状惊恐万分，唐吉诃德也不无畏怯。桑乔抓住驴的缰绳，唐吉诃德也拽紧了罗西南多，两人愣在那里，仔细看那是什么东西。那些亮光越来越近，越来越大，桑乔怕得直发抖，唐吉诃德的头发也直竖起来。他壮了壮胆，说：

"桑乔，这肯定是咱们遇到的最严重、最危险的遭遇。现在该显示我的全部勇气和力量了。"

"我真倒霉，"桑乔说，"如果这又是那伙妖魔作怪，我就是这么认为的，那么我的背怎么受得了啊？"

"即使是再大的妖怪，"唐吉诃德说，"我也不会允许它们碰你的一根毫毛。那次是因为我上不了墙头，才让它们得以拿你开心的。可这次咱们是在平原上，我完全可以任意挥舞我的剑。"

"如果它们又像那次那样，对您施了魔法，让您手脚麻木，"桑乔说，"在不在平原上又有什么用呢？"

"无论如何，"唐吉诃德说，"我求求你，桑乔，打起精神来，到时候你就会知道我的本事了。"

"上帝保佑，我会知道的。"桑乔说。

两人来到路旁，仔细观察那堆走近的亮光到底是什么东西。他们很快就发现原来是许多穿白色法衣的人，这一看可把桑乔的锐气一下子打了下去。他开始牙齿打战，就像患了疟疾时发冷一样。待两人完全看清楚了，桑乔的牙齿颤得更厉害了。原来那近二十名白衣人都骑着马，手里举着火把，后面还有人抬着一个盖着黑布的棺材，接着是六个从人头到骡蹄子都遮着黑布的骑骡子的人。那牲口走路慢腾腾的，显然不是马。

那些身穿白色法衣的人低声交谈着。这个时候在旷野里看到这种人，也难怪桑乔从心里感到恐惧，连唐吉诃德都害怕了。唐吉诃德一害怕，桑乔就更没了勇气。不过，这时唐吉诃德忽然一转念，想象这就是小说里一次历险的再现。他想象那棺材里躺着一位受了重伤或者已经死去的骑士，只有自己才能为那位骑士报仇。他二话不说，托定长矛，气宇轩昂地站在路中央那些人的必经之处，看他们走近了，便提高嗓门说道：

"站住，骑士们，或者随便你们是什么人。快告诉我，你们是什么人，从哪儿来，到哪儿去，棺材里装的是什么。看样子，你们是干了什么坏事，或者是有人坑了你们，最好还是让我知道，好让我或者对你们做的坏事进行惩罚，或者为你们受的欺负报仇。"

"我们还有急事，"一个白衣人说，"离客栈还很远，我们不能在此跟你费这么多口舌。"

说着他催马向前。唐吉诃德闻言勃然大怒，抓住那匹马的缰绳，说：

"站住，规矩点儿，快回答我的问话，否则，我就要对你们动手了。"

那是一匹极易受惊的骡子。唐吉诃德一抓它的缰绳，立刻把它吓得扬起前蹄，将主人从它的屁股后面摔到地上。一个步行的伙计见状便对唐吉诃德骂起来。唐吉诃德立刻怒上心头，持矛向一个穿丧服的人刺去。那人伤得很厉害，摔倒在地。唐吉诃德又转身冲向其他人，看他冲刺的那个利索勇猛劲儿，仿佛给罗西南多安上了一对翅膀，使得它轻松矫捷。那些白衣人都胆小，又没带武器，无意恋战，马上在原野上狂奔起来，手里还举着火把，样子很像节日夜晚奔跑的化装骑手。那些穿黑衣的人被衣服裹着动弹不得，使唐吉诃德得以很从容地痛打他们。他们以为这家伙不是人，而是一个地狱里的魔鬼，跑出来抢夺棺材里的那具尸体，也只好败阵而逃。

桑乔把这一切都看在眼里，很佩服主人的勇猛，心里想："我这位主人还真像他自己说的那样勇敢无畏。"刚才被骡子扔下来的那个人身旁有支火把还在燃烧。唐吉诃德借着火光发现了他，于是走到他身旁，用矛头指着他的脸，让他投降，否则就杀了他。那人答道：

"我有一条腿断了，动弹不得，早已投降了，如果您是位基督教勇士，我请求您不要杀我，否则您就亵渎了神明。我是教士，而且是高级教士。"

"你既然是教士，是什么鬼把你带到这儿来了？"唐吉诃德问。

"大人，您问是什么鬼？是我的晦气。"那人答道。

"你要是不回答我刚才的问题，"唐吉诃德说，"还有更大的晦气等着你呢。"

"您马上会得到回答，"教士说，"是这样，您知道，刚才我说我是个教士，其实我只不过是个传道员。我叫阿隆索·洛佩斯，是阿尔科本达斯人。我从塞哥维亚城来。同来的还有十一个教士，也就是刚才举着火把逃跑的那几个人。我们正在护送棺材里的尸体。那个人死在巴埃萨，尸体原来也停放在那里。他是塞哥维亚人，现在我们要把他的尸体送回去安葬。"

"是谁害了他？"唐吉诃德问。

"是上帝借一次瘟疫发高烧送走了他。"

"既然这样，"唐吉诃德说，"上帝也把我解脱了。要是别人害死了他，我还得替他报仇。既然是上帝送他走，我就没什么可说了，只能耸耸肩。即使上帝送我走，我也只能如此。我想让你知道，我是曼查的骑士，名叫唐吉诃德。我的职责就是游历四方，除暴安良，报仇雪恨。"

"我不知道你这叫什么除暴，"传道员说，"你不由分说就弄断了我的一条腿，我这条腿恐怕一辈子也站不直了。你为我雪的恨就是让我遗恨终生。你还寻险呢，碰见你就让我够险的了。"

"世事不尽相同，"唐吉诃德说，"问题在于你，阿隆索·洛佩斯传道员，像个夜游神，穿着白色法衣，手里举着火把，嘴里祈祷着，身上还戴着孝，完全像另一个世界里的妖怪。这样我不得不履行我的职责，向你出击。哪怕知道你真是地狱里的魔鬼，我也得向你进攻。我一直把你们当成了地狱的魔鬼。"

"看来我是命该如此了，"传道员说，"求求您，游侠骑士，请您帮忙把我从骡子底下弄出来，我的脚别在马鞍和马镫中间了。"

"我怎么忘了这件事呢，"唐吉诃德说，"你还想等到什么时候再提醒我呀。"

然后，唐吉诃德喊桑乔过来。桑乔并没有理会，他正忙着从教士们的一匹备用马上卸货，全是些吃的东西。桑乔用外衣卷成个口袋，使劲往里面装，然后把东西放到他的驴上，才应着唐吉诃德的喊声走过来，帮着唐吉诃德把传道员从骡子身下拉出来，扶他上马，又将火把递给他。唐吉诃德让他去追赶他的同伴们，并且向他道歉，说刚才的冒犯是身不由己。桑乔也对传道员说：

"如果那些大人想知道打败他们的这位勇士是谁，您可以告诉他们，是曼查的唐吉诃德，他另外还有个名字叫猥琐骑士。"

传道员走后，唐吉诃德问桑乔怎么想起叫自己猥琐骑士。

"我这么说是因为我借着那个倒霉旅客的火把光亮看了您一会儿，"桑乔说，"您的样子确实是我见过的最猥琐的样子。这大概是因为您打累了，或者因为您缺了很多牙。"

"并非如此，"唐吉诃德说，"大概是负责撰写我的业绩的那位贤人找过你，说我最好还是取个绰号，就像以前所有的骑士一样。他们有的叫火剑骑士，有的叫独角兽骑士，这个叫少女骑士，那个叫凤凰骑士，另外一个叫鬈发骑士，还有的叫死亡骑士，这些名称或绰号尽人皆知。所以我说，准是那位贤人把让我叫猥琐骑士的想法加进了你的语言和思想。这个名字很适合我，我想从现在起就叫这个名字。以后如果盾牌上有地方，我还要在我的盾牌上画一个猥琐的人呢。"

"没必要浪费钱和时间做这种事情，"桑乔说，"现在您只消把您的面孔和您本人暴露在众目睽睽之下，用不着其他什么形象或盾牌，人们就会称您是猥琐骑士。请您相信我说的是真话，我敢肯定，大人，说句笑话，挨饿和掉牙齿已经让您的脸够难看的了，我刚才说过，完全不必要再画那幅猥琐相了。"

唐吉诃德被桑乔这么风趣逗笑了，不过，他还是想叫这个名字，而且仍要把这幅样子画在盾牌上，就像原来设想的那样。唐吉诃德对桑乔说：

"我明白，桑乔，我现在已经被逐出教会了，因为我对圣物粗鲁地动了手。'受魔鬼诱惑者，与魔鬼同罪'，尽管我知道我动的不是手，而是短矛，而且当时我并不是想去袭击教士和教会的东西。对于教士和教会的东西，我像天主教徒和虔诚的基督教徒一样尊重和崇拜。我只是想消灭另一个世界的妖魔鬼怪。如果把我逐出教会，我就会记起锡德·鲁伊·迪亚斯由于当着教皇陛下的面砸了那个国王使节的椅子而被逐出了教会的事。那天罗德里戈·德比瓦尔表现得也很好，像个勇敢正直的骑士。"

听到这些，传道员什么话也没说便离去了。唐吉诃德想看看棺材里的尸体是不是已经变成尸骨，桑乔不同意，说：

"大人，您刚刚又冒了一次险，这是我见过的您受伤最少的一次。这些人虽然被打败了，但他们很可能想起来，他们是被一个人打败的，会恼羞成怒，再来找咱们的麻烦。驴已经安排好了，附近有山，咱们的肚子也饿了，最好现在就悠悠地起程吧。俗话说，'死人找坟墓；活人奔面包'。"

桑乔牵着驴，求唐吉诃德跟他走。唐吉诃德觉得桑乔说的有理，不再说什么就跟着桑乔走了。两人走了不远，来到两山之间一个人迹罕见的空旷山谷里，下了马。桑乔把驴背上的东西拿下来，两人躺在绿草地上，饥不择食地把早饭、午饭、点心和晚饭合成一顿，把送尸体的教士骡子上带的饭盒（他们一直过得很不错）吃了好几个，填饱了肚子。可是，还有一件不顺心的事，桑乔觉得这事最糟糕，那就是教士们没有带酒，连喝的水也没有，两人渴得厉害。桑乔看着绿草如茵的平原，讲了一番话，内容详见下章。

第十二章

世界著名的骑士唐吉诃德进行了一次
前所未闻却又毫无危险的冒险

"我的大人，这些草足以证明附近有清泉或小溪滋润着它们。所以，咱们最好往前再走一点儿，看看是否能找个解渴的地方。咱们渴得这么厉害，比饿还难受。"

唐吉诃德觉得桑乔说得对，便拿起了罗西南多的缰绳。桑乔把吃剩下的东西放到驴背上，拉着驴，开始在平原上摸索着往前走。漆黑的夜，什么都看不见。走了不到两百步，就听到一股巨大的声音，仿佛是激流从高山上汹涌而下。两人为之振奋，停住脚步想听听水声的方向。可是，他们骤然又听到另一声巨响，把水声带来的喜悦一扫而光，特别是桑乔，本来就胆小。他们听到的是一种铁锁链有节奏的撞击声，还伴随着水的咆哮声。除了唐吉诃德，任何人听到这种声音都会毛骨悚然。刚才说过，这是个漆黑的夜晚。他们恰巧又走进一片高高的树林，微风吹动着树叶，产生出一种可怕的响声。这种孤独、荒僻、黑夜和水声，再加上树叶的声，令人产生一种恐惧。尤其是他们发现撞击声不止，风吹不停，长夜漫漫。更有甚者，他们不知道自己到底是在什么地方，因而惊恐万状。可是，唐吉诃德勇敢无畏。他跳上罗西南多，手持盾牌，举起长矛说：

"桑乔朋友，你该知道，承蒙老天厚爱，我出生在这个铁器

时代，就是为了重新恢复黄金时代，或者如人们常说的那个金黄时代。各种危险、奇遇和丰功伟绩都是专为我预备的。我再说一遍，我是来恢复圆桌骑士、法兰西十二廷臣和九大俊杰的。我将使人们忘却普拉蒂尔、塔布兰特、奥利万特、蒂兰特、费博和贝利亚尼斯，以及过去所有的著名游侠骑士，用我当今的伟绩、奇迹和战绩使他们最辉煌的时期都黯然失色。

"你记住，忠实的合法侍从，今晚的黑暗、奇怪的寂静，这些树难以分辨的沙沙声，咱们正寻找的可怕水声，那水似乎是从月亮的高山上倾泻下来的，以及那些刺激着我们耳朵的无休止的撞击声，无论合在一起或者单独发出，都足以让玛斯①胆寒，更别提那些还不习惯于这类事情的人了。所以，你把罗西南多的肚带紧一紧，咱们就分手吧。你在这儿等我三天。如果三天后我还

---

① 希腊神话中的战神。

76

不回来，你就回到咱们村去，求求你，做件好事，到托博索去告诉我美丽无双的夫人杜尔西内亚，就说忠实于她的骑士为了做一些自认为是事业的事情阵亡了。"

桑乔闻言伤心极了，对唐吉诃德说：

"大人，我不明白您为什么要从事这件可怕的事情。现在是夜晚，谁也看不见咱们。咱们完全可以绕道，避开危险，哪怕再有三天没水喝也行。谁也没有看见咱们，更不会有人说咱们是胆小鬼。还有一层，咱们那儿的神甫您是很熟悉的，我听他多次说过，'寻险者死于险'。所以，您别去招惹上帝，做这种太过分的事情。否则，除非产生奇迹，您是逃不掉的。老天保佑您，没让您像我那样被人扔，而且安然无恙地战胜了那么多护送尸体的人，这就足够了。如果这些还不能打动您的铁石心肠，请您想想吧，您一离开这里，要是有人来要我的命，我就会吓得魂归西天！

"我远离故土，撇下老婆孩子，跟着您，原以为能够得到好处，可是偷鸡不成蚀把米，我也不抱什么希望了。本来只要您活着，我还可以指望得到您多次许诺的某个倒霉的破岛，可是现在换来的却是您要把我撇在这么一个远离人烟的地方。只求您看在上帝的分上，我的大人，别做这种缺德事吧。假如您非要这么做不可，至少也要等到天亮。根据我当牧羊人时学到的知识，从现在起到天亮最多不过三小时，因为小熊星座的嘴正在头上方，如果嘴对着左臂线就是午夜。"

"桑乔，"唐吉诃德问，"天这么黑，一颗星星都不见，你怎么能看清你说的那条线、那个嘴和后脑勺在哪儿呢？"

"是这样，"桑乔说，"恐惧拥有很多眼睛，能够看到地下的东西，天上的就更不用说了。所以，仔细推论一下，完全可以肯定从现在到天亮没多少时间了。"

"不管差多少时间，"唐吉诃德说，"反正不能由于别人哭了、哀求了，无论是现在还是任何时候，我就该放弃骑士应该做的事情。桑乔，求求你，别再说了，既然上帝要我去征服这一罕见的可怕险恶，你只需照顾好我的身体就行了，自己也要注意节哀。你现在要做的就是勒紧罗西南多的肚带，留在这里。我马上就会回来，不管是死还是活。"

桑乔看到主人决心已下，而自己的眼泪、劝告和哀求都不起作用，就想略施小计，如果可能的话，争取拖到天明。于是他在给罗西南多紧肚带时，不动声色地用缰绳把罗西南多的两只蹄子利索地拴在了一起。因此，唐吉诃德想走却走不了，那马不能走，只能跳。桑乔见他的小计谋得逞了，就说：

"哎，大人，老天被我的眼泪和乞求感动了，命令罗西南多不要动。如果您还这么踢它，就会惹怒老天，就像人们说的，物极必反。"

唐吉诃德无可奈何。他越是夹马肚子，马越不走。他没想到马蹄会被拴着，只好安静下来，等待天亮，或者等罗西南多能够走动。他没想到这是桑乔在捣鬼，而以为另有原因，就对桑乔说：

"既然罗西南多不能走动，桑乔，我愿意等到天明。我就是哭，也得等到天亮啊。"

"不用哭，"桑乔说，"如果您不愿意下马，按照游侠骑士的习惯，在这绿草地上睡一会儿，养精蓄锐，待天亮后再去从事正期待着您的非凡事业，那么我可以讲故事，从现在讲到天明，给您解闷。"

"你为什么叫我下马睡觉呢？"唐吉诃德说，"我难道是那种在危险时刻睡觉的骑士吗？你去睡吧，你生来就是睡觉的，或者你愿意干什么就干什么吧。我反正要我行我素。"

"您别生气，我的大人，"桑乔说，"我可不是那个意思。"

桑乔走近唐吉诃德，一手扶着马鞍前，另一只手放在马鞍后，拥着主人的左腿，不敢离开一点儿。他是被那不断发生的撞击声吓的。

唐吉诃德让桑乔照刚才说的，讲个故事解闷。桑乔说，要不是听到那声音害怕，他就讲了。

"尽管如此，我还是凑合一个吧。只要我认真讲，不打断我，那肯定是个最好的故事。您注意听，我开始讲了。以前那个时候，好处均摊，倒霉自找……您注意，我的大人，以前故事的开头并不是随便讲的，而是要用罗马人卡顿·松索里诺的一个警句，也就是'倒霉自找'。这句话对您最合适，您应该待在这儿，别到任何地方去找麻烦，或者最好再去找一条别的路。反正也没人强迫咱们非走这条路。这条路上吓人的事太多。"

"你接着讲吧，桑乔，"唐吉诃德说，"该走哪条路还是让我考虑吧。"

"好吧，我讲，"桑乔说，"在埃斯特雷马杜拉的一个地方有个牧羊人，也就是说，是放羊的。我的故事里的这个牧人或牧羊人叫洛佩·鲁伊斯。这个洛佩·鲁伊斯爱上了一个叫托拉尔瓦的牧羊姑娘。那个叫托拉尔瓦的牧羊姑娘是一位富裕牧主的女儿。而这个富裕牧主……"

"你要是这么讲下去，桑乔，"唐吉诃德说，"每句话都讲两遍，两天也讲不完。你接着说吧，讲话时别犯傻，否则，就什么也别说。"

"我们那儿的人都像我这么讲，"桑乔说，"我也不会用别的方式讲，而且，您也不应该要求我编出什么新花样。"

"随你的便吧，"唐吉诃德说，"我命里注定该听你讲。你就接着说吧。"

"于是，我亲爱的大人，"桑乔说，"我刚才说，这位牧人爱上了牧羊姑娘托拉尔瓦。她是位又胖又野的姑娘，有点儿男人气，嘴上还有点儿胡子，那模样仿佛就浮现在我眼前。"

"那么，你认识她?"唐吉诃德问。

"不认识，"桑乔说，"不过，给我讲这个故事的人告诉我，故事情节千真万确，如果再给别人讲，可以一口咬定是亲眼所见。后来日子长了，魔鬼是不睡觉的，到处捣乱，让牧人对牧羊姑娘的爱情变成了厌恨。原因就是有些饶舌的人说她对牧羊人的某些行为越轨犯了禁，所以牧羊人从此开始厌恶她。由于不愿意再见到她，牧羊人想离开故乡，到永远看不到她的地方去。托拉尔瓦觉得洛佩小看她，反而爱上他了，虽然在此之前她并不爱他。"

"这是女人的天性，"唐吉诃德说，"蔑视爱她的人，喜爱蔑视她的人。你接着讲，桑乔。"

"结果牧羊人打定主意出走。"桑乔说，"他赶着羊，沿着埃斯特雷马杜拉的原野走向葡萄牙王国。托拉尔瓦知道后，光着脚远远地跟在他后面，手里还拿着一支拐杖，脖子上挎着几个褡裢，里面装着一面镜子和一截梳子，还有一个不知装什么脂粉的瓶子。至于她到底带了什么，我现在也不想去研究了。我只讲，据说牧人带着他的羊去渡瓜迪亚纳河。当时河水已涨，几乎漫出了河道。他来到河边，既看不到大船，也看不到小船，没有人可以送他和他的羊到对岸。牧人很难过，因为他看到托拉尔瓦已经很近了，而且一定会又是哀求又是哭地纠缠他。不过，他四下里再找，竟看到一个渔夫，旁边还有一只小船，小得只能装下一个人和一只羊。尽管如此，牧人还是同渔夫商量好，把他和三百只羊送过去。渔夫上了船，送过去一只羊，再回来，又送过去一只羊，再回来，再送过去一只羊。您记着渔夫已经送过去多少只羊了。如果少记一只，故事就没法讲下去了，也不能再讲牧人的事了。我接着讲吧。对岸码头上都是烂泥，很滑，渔夫来来去去很费时间。尽管如此，他又回来运了一只羊，又一只，又一只。"

"你就算把羊全都运过去了吧，"唐吉诃德说，"别这么来来去去地运，这样一年也运不完。"

"到现在已经运过去多少只羊了?"桑乔问。

"我怎么会知道，活见鬼!"唐吉诃德说。

"我刚才跟您说的就是这事。您得好好数着。真是天晓得，现在这个故事断了，讲不下去了。"

"这怎么可能?"唐吉诃德说，"有多少只羊过去了，对这个故事就那么重要吗?数字没记住，故事就讲不下去了?"

"讲不下去了，大人，肯定讲不下去了。"桑乔说，"我问您一共有多少只羊过去了，您却说不知道，这下子我脑子里的故事情节全飞了，而那情节很有意思，很有趣。"

"故事就这么完了?"唐吉诃德问。

"就像我母亲一样，完了。"桑乔说。

"说实话，"唐吉诃德说，"你讲了个很新颖的故事或传说，世界上任何人都想不出来。还有你这种既讲又不讲的讲法，我这辈子从来没见到过，当然，我也没指望从你的故事里得到什么东西。不过，我并不奇怪，大概是这些无休止的撞击声扰乱了你的思路。"

"有可能，"桑乔说，"不过我知道，有多少只羊被送过去的数字一错，故事就断了。"

"你见好就收吧，"唐吉诃德说，"咱们去看看罗西南多是不是能走路了。"

唐吉诃德又夹了夹马。马跳了几下又不动了。那绳子拴得很结实。

这时候天快亮了。桑乔大概是受了早晨的寒气，或者晚上吃了些滑肠的东西，要不就是由于自然属性（这点最可信），忽然想办一件事，而这件事别人又代替不了他。不过，他心里怕得太厉害了，甚至不敢离开主人，哪怕是离开指甲缝宽的距离也不敢。可是，不做他想做的这件事又不可能。于是他采取了折中的办法，松开那只本来扶在鞍后的右手，又无声无息地用右手利索地解开了裤子的活扣。扣子一解开，裤子就掉了下来，像脚镣似的套在桑乔的脚上。然后，桑乔又尽可能地撩起上衣，露出了一对屁股，还真不小。做完这件事之后（他本以为这就是他解脱窘境时最难办的事），没想到更大的麻烦又来了。原来他以为要腾肚子，不出声是不行的，所以咬紧牙关，抬起肩膀，并且尽可能地屏住呼吸。尽管他想了这么多办法，还是不合时宜地出了点声。这声音同那个让他心惊肉跳的声音完全不同。唐吉诃德听见了，问道：

"是什么声音，桑乔？"

"我也不知道，"桑乔说，"大概是什么新东西。倒霉不幸，总是风起云涌。"

桑乔又试了一次。这次挺好，没像刚才那样发出声音，他终于从那种难受的负担里解脱出来了。可是，唐吉诃德的嗅觉和他的听觉一样灵敏，桑乔又几乎同他紧贴在一起，那气味差不多是直线上升，难免有一些要跑到他鼻子里。唐吉诃德赶紧用手捏住鼻子，连说话都有些吃力：

"看来你很害怕，桑乔。"

"是害怕，"桑乔说，"不过，您怎么忽然发现了呢？"

"是你忽然发出了气味，而且不好闻。"唐吉诃德回答。

"完全可能，"桑乔说，"可这不怨我。是您深更半夜把我带到这个不寻常的地方来。"

"你往后退三四步，朋友。"唐吉诃德说这话的时候，手并没有放开鼻子，"以后你得注意点，对我的态度也得注意。过去我同你说话太多，所以你才不尊重我。"

"我打赌，"桑乔说，"您准以为我做了什么不该做的事。"

"还是少提为好，桑乔朋友。"唐吉诃德说。

主仆二人说着话度过了夜晚。桑乔看到拂晓将至，就悄悄为罗西南多解开了绳子，自己也系上了裤子。罗西南多天性并不暴烈，可一松开它，它就仿佛感到了疼痛，开始跺蹄子，而扬蹄直立它似乎不会。唐吉诃德看到罗西南多可以走了，觉得是个好兆头，就准备开始征险了。

此时东方破晓，万物可见。唐吉诃德发现四周高高的栗树遮住了阳光。他能感觉到撞击声并没有停止，可是看不见是谁发出的。他不再耽搁，用马刺踢了一下罗西南多，再次向桑乔告别，吩咐桑乔就像上次说的，最多等自己三天，如果三天后还不回来，那肯定是天意让他在这次征险中送命了。他又提醒桑乔替他向杜尔西内亚夫人传送口信。至于桑乔跟随他应得的报酬，他叫桑乔不要担心，他在离开家乡之前已经立下了遗嘱，桑乔完全可以按照服侍他的时间得到全部工钱。如果上帝保佑，他安然无恙，桑乔也肯定会得到他许诺的小岛。桑乔听到善良的主人这番催人泪下的话，不禁又哭起来，打定主意等着主人，直到事情有了最终结果。

本文作者根据桑乔的眼泪和决心，断定他生性善良，至少是个老基督徒。桑乔的伤感也触动了唐吉诃德，但是唐吉诃德不愿表现出一丝软弱。相反，他尽力装得若无其事，开始向他认为传来水声和撞击声的方向走去。桑乔仍习惯地拉着他的驴，这是和他荣辱与共的伙伴，紧跟在唐吉诃德后面。他们在那些遮云蔽日的栗树和其他树中间走了很长一段路，发现在高高的岩石脚下有一块草地，一股激流从岩石上飞泻而下。

岩石脚下有几间破旧的房屋，破得像建筑物的废墟。两人发现撞击声就是从那儿发出来的，而且仍在继续。罗西南多被隆隆的水声和撞击声吓得不轻，唐吉诃德一边安抚它，一边接近那些破屋，心里还虔诚地请求他的夫人在这场可怕的征战中保佑自己。同时，他还请求上帝不要忘了自己。桑乔跟在旁边，伸长脖子从罗西南多的两条腿中间观看，寻找那个让他心惊胆战的东西。他们又走了大概一百步远，拐过一个角，发现那个令他们失魂落魄、彻夜不安的声音的出处已经赫然在目。原来是（读者请勿见怪）矿布机的六个大槌交替打击发出的巨大声响。

唐吉诃德见状惊愕得一句话也说不出来，桑乔也满面羞愧地把头垂在胸前。唐吉诃德又看了看桑乔，见他鼓着腮，满嘴含笑，显然有些憋不住了。唐吉诃德对他恼不得，自己也忍不住笑了。桑乔见主人已经开了头，自己也开怀大笑起来，笑得双手捧腹，以免笑破了肚皮。桑乔停了四次，又笑了四次，而且始终笑得那么开心。这回唐吉诃德怒不可遏了。这时，只听桑乔以嘲笑的口吻说："你该知道，桑乔朋友，承蒙老天厚爱，我出生在这个铁器时代是为了重振金黄时代或黄金时代。各种危险、伟绩和壮举都是为我准备的……"原来是他在模仿唐吉诃德第一次听到撞击时的那番慷慨陈词。

唐吉诃德见桑乔竟敢取笑自己，恼羞成怒，举起长矛打了桑乔两下。这两下若不是打在桑乔背上，而是打在脑袋上，他就从此不用再付桑乔工钱了，除非是付给桑乔的继承人。桑乔见主人真动了气，怕他还不罢休，便赶紧赔不是，说：

"您别生气。我向上帝发誓，我只是开个玩笑。"

"你开玩笑，我可没开玩笑。"唐吉诃德说，"你过来，快乐大人，假如这些东西不是砑布机的大槌，而是险恶的力量，我难道不会一鼓作气，去进攻它，消灭它吗?作为骑士，难道我就该区分出那是不是砑布机的声音吗?而且，我这辈子还没见过这种东西哩。不像你这个乡巴佬，就是在砑布机中间长大的。要不然你把那六个大槌变成六个巨人，让他们一个一个或一起过来，我要是不能把他们打得脚朝天，就随便你怎么取笑我!"

"别说了，大人，"桑乔说，"我承认我刚才笑得有点过分了。不过，您说，大人，咱们现在没事了，如果上帝保佑您，以后每次都像这回一样逢凶化吉，这难道不该笑吗?还有，咱们当时害怕的样子不可笑吗?至少我那样子可笑。至于您的样子，我现在明白了，您不知道什么是害怕，也不知道什么是恐惧和惊慌。"

"我不否认咱们刚才遇到的事情可笑，"唐吉诃德说，"不过它不值一提。聪明人看事情也并不总是准确的。"

"不过您的长矛还是瞄得挺准的，"桑乔说，"指着我的脑袋，多亏上帝保佑，我躲闪得快，才打在我背上。得了，现在事情都清楚了。我听人说过，打是疼，骂是爱。而且我还听说，主人在骂了仆人一句话之后，常常赏给仆人一双袜子。我不知道主人打了仆人几棍子之后会给仆人什么，反正不会像游侠骑士那样，打了侍从几棍子后，就赏给侍从一个小岛或陆地上的王国吧。"

"这有可能，"唐吉诃德说，"你说的这些有可能成为现实。刚才的事情请你原谅。你是个明白人，知道那几下并非我意。你应该记住，从今以后有件事你得注意，就是跟我说话不能太过分。我读的骑士小说数不胜数，却还没有在任何一本小说里看到有侍从像你这样同主人讲话的。说实在的，我觉得你我都有错。你的错在于对我不够尊重。我的错就是没让你对我很尊重。你看，高卢的阿马迪斯的侍从甘达林是菲尔梅岛的伯爵。书上说，他见主人的时候总是把帽子放在手上，低着头，弯着腰，比土耳其人弯得还要低。还有，唐加劳尔的侍从加萨瓦尔一直默默无闻，以至于我们为了表现他默默无闻的优秀品质，在那个长长的伟大故事里只提到他一次。对他这样的人我们还有什么可说的呢？从我说的这些话里你应该意识到，桑乔，主人与伙计之间，主人与仆人之间，骑士与侍从之间，需要有区别。所以，从今以后，咱们得更庄重，不要嘻嘻哈哈的。而且，无论我怎样跟你生气，你都得忍着。我许诺给你的恩赐，到时候就会给你。要是还没到时候，就像我说过的，工钱至少不会少。"

"您说的都对，"桑乔说，"可我想知道，那时候，假如恩赐的时候还没到，只好求助于工钱了，一个游侠骑士侍从的工钱是按月计呢，还是像泥瓦匠一样按天算？"

"我不认为那时的侍从能拿到工钱，"唐吉诃德说，"他们只能得到恩赐。我家里那份秘密遗嘱里提到你，只是为了以防万一。我还不知道在我们这个灾难性时刻应该如何表现骑士的风采。我不愿意让我的灵魂为一点点小事在另一个世界里受苦。我想你该知道，桑乔，世界上没有什么比征险更危险的事了。"

　　"的确如此，"桑乔说，"仅一个砑布机大槌的声音就把像您这样勇敢的游侠骑士吓坏了。不过您可以放心，我的嘴绝不会再拿您的事开玩笑了，只会把您当做我的再生主人来赞颂。"

　　"这样，你就可以在地球上生存了。"唐吉诃德说，"除了父母之外，还应该对主人像对待父母一样尊敬。"

第十三章

战无不胜的骑士冒大险获大利，
赢得了曼布里诺头盔及其他事

　　这时下起了小雨。桑乔想两人一起到砑布机作坊里去避雨。刚刚闹了个大笑话，所以，唐吉诃德对这个砑布机感到厌恶，不想进去。于是两人拐上右边的一条路，同他们前几天走的那条路一样。没走多远，唐吉诃德就发现一个骑马的人，头上戴个闪闪发光的东西，好像是金的。唐吉诃德立刻转过身来对桑乔说：

　　"依我看，桑乔，俗话句句真，因为它是经验的总结。而经验是各种知识之母。特别是那句："此门不开那门开。"我是说，昨天晚上，命运用砑布机欺骗咱们，把咱们要找的门堵死了。可现在，另一扇门却大开，为咱们准备了更大更艰巨的凶险。这回如果我不进去，那就是我的错，也不用怨什么砑布机或者黑天了。假如我没弄错的话，迎面来了一个人，头上戴着曼布里诺的头盔。我曾发誓要得到它，这你知道。"

　　"那个东西您可得看清楚，"桑乔说，"但愿别又是一些刺激咱们感官的砑布机。"

　　"你这家伙，"唐吉诃德说，"头盔跟砑布机有什么关系！"

　　"我什么也不懂，"桑乔说，"可我要是能像过去一样多嘴的话，我肯定能讲出许多道理来，证明您说错了。"

　　"我怎么会说错呢，放肆的叛徒！"唐吉诃德说，"你说，你没看见那个向我们走来的骑士骑着一匹花斑灰马，头上还戴着金头盔吗？"

"我看见的似乎是一个骑着棕驴的人，那驴同我的驴一样，他头上戴着个闪闪发光的东西。"

"那就是曼布里诺的头盔。"唐吉诃德说，"你站到一边去，让我一个人对付他。你会看到，为了节省时间，我一言不发就能结束这场战斗，得到我盼望已久的头盔。"

"我会小心退到一旁，"桑乔说，"上帝保佑，我再说一遍，但愿那是牛至，而不是矸布机。"

"我说过了，兄弟，你别再提，我也不再想什么矸布机了。"唐吉诃德说，"我发誓……我不说什么了，让你的灵魂去捶你吧。"

桑乔怕主人不履行对他发过的誓言，便缩成一团，不再做声了。

唐吉诃德看到的头盔、马和骑士原来是下面这么回事：那一带有两个地方。一个地方很小，连药铺和理发店也没有。而旁边另一个地方就有。于是大地方的理发师也到小地方来干活。小地方有个病人要放血①，还有个人要理发。理发师就是为此而来的，还带了个铜盆。他来的时候不巧下雨了。理发师的帽子大概是新的。他不想把帽子弄脏，就把铜盆扣在头上。那盆还挺干净，离着半里远就能看见它发亮。理发师就像桑乔说的，骑着一头棕驴。这就是唐吉诃德说的花斑灰马、骑士和金盔。唐吉诃德看到那些东西，很容易按照他的疯狂的骑士意识和怪念头加以想象。看到那个骑马人走近了，他二话不说，提矛催马向前冲去，想把那人扎个透心凉。冲到那人跟前时，他并没有减速，只是对那人喊道：

---

① 当时在西班牙，理发师还以医疗为副业，对病人采取放血疗法。

"看矛，卑鄙的家伙，要不就心甘情愿地把本应该属于我的东西献出来!"

理发师万万没有想到，也没有提防会有这么个怪人向他冲过来。为了躲过长矛，他只好翻身从驴背上滚下来。刚一落地，他又像鹿一样敏捷地跳起身，在原野上跑起来，速度快得风犹不及。理发师把铜盆丢在了地上，唐吉诃德见了很高兴，说这个家伙还算聪明，他学了海狸的做法。海狸在被猎人追赶的时候会用牙齿咬断它那个东西。它凭本能知道，人们追的是它那个东西。唐吉诃德让桑乔把头盔捡起来交给他。桑乔捧着铜盆说：

"我向上帝保证，这个铜盆质量不错，值一枚八雷阿尔的银币。"

桑乔把铜盆交给主人。唐吉诃德把它扣在自己脑袋上，转来转去找盔顶，结果找不到，便说：

"这个著名的头盔当初一定是按照那个倒霉鬼的脑袋尺寸造的。那家伙的脑袋一定很大。糟糕的是这个头盔只有一半。"

桑乔听到唐吉诃德把铜盆叫做头盔，忍不住笑了。可他忽然想起了主人的脾气，笑到一半就止住了。

"你笑什么，桑乔?"唐吉诃德问。

"我笑这个头盔的倒霉主人的脑袋竟有这么大。"桑乔说，"这倒像个理发师的铜盆。"

"你猜我怎么想，桑乔?这个著名的头盔大概曾意外地落到过一个不识货也不懂得它的价值的人手里。那人不知道这是干什么用的，看到铜很纯，就把那一半熔化了，卖点钱。剩下的这一半就像你说的，像个理发师用的铜盆。不管怎么样，我识货，不在乎它是否走了样。回头找到有铜匠的地方，我就把它收拾一下，哪怕收拾得并不比铁神为战神造的那个头盔好，甚至还不如它。我凑合着戴，有总比没有强，而且，对付石头击打还是挺管用。"

"那石头只要不是用弹弓打来的就行，"桑乔说，"可别像上次两军交战时那样崩掉了您的牙，还把那个装圣水的瓶子打碎了，那圣水让我差点儿把五脏六腑都吐出来。"

"那圣水没了，我一点也不可惜。你知道，桑乔，它的配方我都记在脑子里了。"唐吉诃德说。

"我也记得，"桑乔说，"可是如果我这辈子再做一回并再喝一回那种圣水，我马上就完蛋了。而且，我不想弄到需要喝那种水的地步。我要全力以赴，防止受伤，也不伤害别人。我不想再被人用被单扔，这种倒霉的事情可以避免。可是如果真的再被扔，我也只好抱紧肩膀，屏住呼吸，听天由命，让被单随便折腾吧。"

"你不是个好基督徒，桑乔，"唐吉诃德闻言说道，"一次受辱竟终生不忘。你该知道，宽广的胸怀不在乎这些枝节小事。你是少了条腿，断了根肋骨，还是脑袋开花了，以至于对那个玩笑念念不忘？事后看，那完全是逗着玩呢。我如果不这样认为，早就去替你报仇了，准比对那些劫持了海伦的希腊人还要狠。海伦要是处在现在这个时代，或者我的杜尔西内亚处在海伦那个时代，海伦的美貌肯定不会有现在这么大名气。"

唐吉诃德说到此长叹一声。桑乔说：

"就当是逗着玩吧，反正又不能真去报仇。不过，我知道什么是动真格的，什么是逗着玩。我还知道它永远不会从我的记忆里抹去，就像不能从我的背上抹去一样。还是别说这个了。您告诉我，那个马蒂诺被您打败了，他丢下的这匹似棕驴的花斑灰马怎么办？看那人逃之夭夭的样子，估计他不会再回来找了。我凭我的胡子发誓，这真是匹好灰马呀。"

"我从不习惯占有被我打败的那些人的东西，"唐吉诃德说，"而且夺取他们的马，让他们步行，这也不符合骑士的习惯，除非是战胜者在战斗中失去了自己的马。只有在这种情况下，作为

正当的战利品，夺取战败者的马才算合法。所以，桑乔，你放了那匹马或那头驴，随便你愿意把它当成什么吧。它的主人看见咱们离开这儿，就会回来找它。"

"上帝知道，我想带走它，"桑乔说，"至少跟我这头驴换一换。我觉得我这头驴并不怎么好。骑士规则还真严，连换头驴都不让。我想知道是否连马具都不让换。"

"这点我不很清楚，"唐吉诃德说，"既然遇到了疑问，又没有答案，如果你特别需要，我看就先换吧。"

"太需要了，"桑乔说，"对于我来说，这是再需要不过的了。"

既然得到了允许，桑乔马上来了个交换仪式，然后把他的驴打扮一番，比原来漂亮了好几倍。从教士那儿夺来的骡子背上还有些干粮，他们吃了，又背向研布机，喝了点旁边小溪里的水。

矸布机曾经把他们吓得够呛。他们已经讨厌矸布机，不想再看见它了。

　　喝了点凉水，也就没什么可忧虑的了。两人上了马，漫无方向地（游侠骑士之根本就是漫无目的）上了路，任凭罗西南多随意走。主人随它意，那头驴也听它的，亲亲热热地在后面跟着。罗西南多走到哪儿，那头驴就跟到哪儿。最后他们还是回到了大路，毫无目标地沿着大路溜达。

第十四章

著名的唐吉诃德在莫雷纳山的遭遇

这天晚上，两人来到莫雷纳山脉深处。桑乔想在那儿过夜，然后再待几天，至少他们带的食物能维持多久就待多久。于是，两人在栓皮栎树林里的两块石头之间安歇下来。

曙光初照，给大地带来了欢乐，却给桑乔带来了悲伤。他看到自己的驴不见了，十分伤心地哭了起来。唐吉诃德被他的哭声惊醒了，听见他在说：

"我的心肝宝贝呀，你生在我家，是孩子们的宠物，是我老婆的欢欣，连邻居们都嫉妒我。你减轻了我的负担，供养了我的一半生活，你每天挣的二十六个马拉维迪，完全可以支付我的一半伙食！"

唐吉诃德见桑乔大哭不止，问清缘由后，极力好言相劝，叫他别着急，还答应给他立下一张凭据，把自己家里的五头驴送给桑乔三头。

桑乔这才放下心来。他揩干眼泪，哭腔也没那么厉害了，感谢唐吉诃德给他的恩赐。唐吉诃德自从进了山，心情愉快，觉得这正是他寻险的理想之地。他又想起了游侠骑士在荒山野岭的种种奇遇，完全沉醉了，脑子里根本没有其他东西。桑乔到了自以为安全的地方后，也心中释然。他背着那些本来是驴驮的东西，跟在主人后面，不时从口袋里掏出食物，狼吞虎咽地塞进肚子。他宁愿这样，不想再寻求什么冒险了。

"阿马迪斯同时也是勇敢多情的骑士们的北斗星、启明星或太阳。我们所有集合在爱情和骑士大旗之下的人都应该学习他。既然如此，桑乔朋友，我作为游侠骑士，当然越是模仿他，就越接近于一个完美的骑士。有一件事情特别表现了这位骑士谨慎、刚毅、勇气、忍耐、坚定和爱情，那就是他受到奥里亚娜夫人冷淡后，到'卑岩'去苦苦修行，把自己的名字改成贝尔特内夫罗斯。这个名字意味深长，很适合他自己选择的这种生活。对于我来说，在这方面效仿他，就比效仿他劈杀巨人、斩断蛇头、杀戮怪物，打败军队、破除魔法容易得多了。在这个地方做这些事情可是再合适不过了。天赐良机，我没有必要放弃这个机会。"

"可是，"桑乔说，"您到底要在这偏僻的地方干什么？"

唐吉诃德说，"其实，只要模仿阿马迪斯就足以让我满意了。他不进行疯狂的破坏，只是伤感地哭泣，也像其他做了很多破坏之事的人一样获得了名望。我要在这里扮成一个绝望、愚蠢、疯狂的人。"

桑乔说："我觉得这类骑士都是受了刺激，另有原因才去办傻事、苦修行的。可您为什么要变疯呢？"

"这就是关键所在，"唐吉诃德说，"也是我这么做的绝妙之处。一个游侠骑士确有缘故地变疯就没意思了，关键就在于要无缘无故地发疯。我的贵夫人要是知道我为疯而疯，会怎么样呢？我离开杜尔西内亚夫人已经很长时间了，这就是充足的理由。所以，桑乔朋友，你不必费时间劝阻我进行这次罕见的幸福的效仿了。我是疯子，一直疯到托你送封信给我的杜尔西内亚夫人，并且等到你带来她的回信为止。如果她对我依然忠诚，我的疯癫和修行就会结束。否则，我就真的疯了。即使疯了，我也毫无怨言。你拿来回信时，我如果没疯，就会结束这场折磨，为你给我带来的佳音而高兴。我如果疯了，也不会为你带来的坏消息而痛苦。"

说着话，他们来到一座高山脚下，那座山陡得像一块巨石的断面。山坡上，一条小溪蜿蜒流淌，萦绕着一块绿色草地。草地上野树成林，又有花草点衬，十分幽静。唐吉诃德就选择了这个地方修行。他于是就像真疯了似的高声喊道：

"天啊，我就选择这块地方为你给我带来的不幸哭泣。在这里，我的泪滴将涨满这小溪里的流水，我的不断地深沉叹息将时时摇曳这些野树的树叶，以显示我心灵饱受的痛苦。哦，在这杳无人烟的地方栖身的山神呀，从来没有人能扰乱你的和谐宁静，可现在，请你为我的不幸而哀叹吧，至少烦劳你们听听我的不幸吧。噢，托博索的杜尔西内亚，你是我黑夜中的白昼，你是我苦难中的欢欣，你是我引路的北斗星，你是我命运的主宰。求老天保佑你称心如意。你看看吧，没有你，我就落到了这种地步，但愿你不要辜负我对你的一片忠诚。形影相吊的大树啊，请你从现在起陪伴着孤独的我吧。请你轻轻地摆动树枝，表示你不厌弃我在此地吧。噢，还有你，我可爱的侍从，休戚与共的伙伴，请你记住你在这里看到的一切，告诉她吧，这一切都是为了她!"

说完唐吉诃德翻身下马，给马摘下嚼子，卸下马鞍，在马的

臀部拍了一巴掌，说：

"失去了自由的人现在给你自由，我的战绩卓著却又命运不济的马！你随意去吧，你的脑门上已经刻写着：无论是阿斯托尔福的伊波格里福，还是布拉达曼特付出巨大代价才得到的弗龙蒂诺，都不如你迅捷。"

桑乔见状说：

"多谢有人把咱们从为灰驴卸鞍的活计里解脱出来，也用不着再拍它几下，给它点吃的来表扬它了。不过，假如灰驴还在这儿，我不会允许任何人为它卸鞍，不为什么。它就像我这个主人一样，没有热恋和失望。上帝喜欢它。说实话，猥琐骑士大人，如果当真我要走，您真要疯，最好还是给罗西南多再备好鞍，让它代替我那头驴，这样我往返可以节省不少时间。如果我走着去，走着回，不知道什么时候才能到，什么时候才能回。反正一句话，我走得慢。"

"我说桑乔，"唐吉诃德说，"随便你，我觉得你的主意不错。不过，你过三天再走吧。我想让你看看我为她所做所说的，以便你告诉她。"

"还有什么好看的，"桑乔说，"我不是都看见了吗?"

"你说得倒好!"唐吉诃德说，"现在还差把衣服撕碎，把盔甲乱扔，把脑袋往石头上撞，以及其他一些事情，让你开开眼呢。"

"上帝保佑，"桑乔说，"您看，这样的石头怎么能用脑袋去撞呢?石头这么硬，只要撞一下，整个修行计划就算完了。依我看，您要是觉得有必要撞，在这儿修行不撞不行，那就假装撞几下，开开心，就行了。往水里，或者什么软东西，例如棉花上撞撞就行了。这事您就交给我吧。我去跟您的夫人说，您撞的是块比金刚石还硬的尖石头。"

"我感谢你的好意，桑乔朋友，"唐吉诃德说，"不过我想你该知道，我做的这些事情不是开玩笑，是真的，否则就违反了骑士规则。骑士规则让我们不要撒谎，撒谎就得受到严惩，而以一件事代替另一件事就等于撒谎。所以，我用头撞石头必须是真的，实实在在的，不折不扣的，不能耍一点滑头，装模作样。你倒是有必要给我留下点儿纱布包伤口，因为咱们倒了霉把圣水丢了。"

"最糟糕的就是丢了驴，"桑乔说，"旧纱布和所有东西也跟着丢了。我求您别再提那该诅咒的圣水了。我一听说它就浑身都难受，胃尤其不舒服。我还求求您，您原来让我等三天，看您抽风。现在您就当三天已经过去了，那些事情我都看到了，该做的也都做了。我会在夫人面前夸奖您的。您赶紧写好信给我吧，我想早点儿回来，让您从这个受罪的地方解脱出来。"

"你说是受罪地方，桑乔？"唐吉诃德说，"你还不如说这儿是地狱呢。若是真有不如地狱的地方，你还会说这儿就不如地狱呢。"

"我听说，'进了地狱，赎罪晚矣'。"桑乔说。

"我不明白什么是赎罪。"唐吉诃德说。

"赎罪就是说，进了地狱的人永远不出来了，也出不来了。您的情况就不一样了。我腿脚不好，如果骑着罗西南多快马加鞭，很快就会赶到托博索的杜尔西内亚夫人那儿，把您在这儿已经做和正在做的疯事傻事糊涂事，反正都是一回事，告诉她。她就是硬得像棵树，我也得叫她心肠软下来。拿到温情甜蜜的回信，我马上就回来，让你从这个像地狱又不是地狱的地方解脱出来。现在您还有希望出来。我说过，地狱里的人是没希望出来了。我觉得您对此不会不同意吧。"

唐吉诃德于是给杜尔西内亚夫人写了一封信，并在背面写上要家人把家中五头驴中的三头交给桑乔。

桑乔采了一些金雀花，请主人祝福他，然后向主人告别，两人还淌了几滴眼泪。唐吉诃德还想让桑乔再看他发点疯，可是已经走了，走了不过百步，桑乔又折回来说：

"大人，您说得对，虽然我已经看见您在这儿抽了不少风，可还再看一次好，这样我就可以问心无愧地发誓说看见您抽风了。"

"我早就对你说过嘛。"唐吉诃德说，"你等一下，桑乔，我马上就做。"

唐吉诃德迅速脱掉裤子，只穿件衬衣。然后二话不说，先踊跃两下，接着又翻了两个筋斗，来了个头朝下、脚朝上的姿势，露出了自己的隐秘部位。桑乔实在不想再看了。他一勒缰绳，高兴满意地掉头而去，这样他可以发誓说。他看见主人发疯了。

第十五章

唐吉诃德莫雷纳山修行续篇

肩负使命的桑乔走上大道以后，就循着托博索的方向赶路。第二天，他来到了自己曾经不幸被扔的那个客栈。一看到客栈，桑乔就又觉得自己仿佛又在空中飞腾，不想进去了。可他这几天吃的都是冷食，现在想吃点热东西。在这个愿望的驱使下，他走近客栈，可是对是否进去仍然犹豫不决。这时从客栈里走出两个人，认出了他。

原来这两个人就是桑乔家乡那次查书焚书的神甫和理发师，所以他们一眼就认出了桑乔。他们又急于知道唐吉诃德的下落，于是就走了过去。神甫叫着桑乔的名字说：

"桑乔朋友，你的主人在哪儿？"

桑乔也认出了他们。但他决定不向他们泄露唐吉诃德所在的地方和所做的事情，就说他的主人正在某个地方做一件对主人来说十分重要的事情。他发誓，就是挖掉脸上的眼睛也不能把实情说出来。

"不，不，"理发师说，"桑乔，你如果不告诉我们你的主人在哪儿，我们就会想象，其实我们已经想象到了，你把他杀了，或者偷了他的东西，否则你为什么骑着他的马？现在你必须交出马的主人，要不就没完！"

"你不用吓唬我，我既不杀人，也不偷人东西。谁都是生死有命，或者说听天由命。我的主人正在这山里专心致志地修行呢。"

　　然后，桑乔一口气讲了主人现在的状况和所遇到的各种事情，以及捎给托博索的杜尔西内亚的一封信。他还说杜尔西内亚就是科丘埃洛的女儿，唐吉诃德爱她一往情深。神甫和理发师听了桑乔的话十分惊愕。虽然他们听说过唐吉诃德抽风的事，而且知道他抽的是什么疯，但每次听说他又抽风时还是不免感到意外。他们让桑乔把唐吉诃德写给托博索的杜尔西内亚的信拿给他们看看。桑乔说信写在一个笔记本上，主人吩咐有机会就把它抄到纸上去。神甫让把信拿给他，他可以很工整地誊写一遍。桑乔把手伸进怀里去找笔记本，可是没找到。即使他一直找到现在恐怕也不会找到。原来唐吉诃德还拿着那个本子呢，没给桑乔，桑乔也忘了向他要了。

　　桑乔没有找到笔记本，脸色骤然大变。他赶紧翻遍了全身，还是没找到。于是他两手去抓自己的胡子，把胡子揪掉了一半，然后又向自己的面颊和鼻子一连打了五六拳，打得自己满脸是血。神甫和理发师见状问桑乔到底是怎么回事，为什么要这个样子。

　　"怎么回事？"桑乔说，"转眼之间我就丢了三头驴。每头驴都价值连城。"

　　"这是什么意思？"理发师问。

　　"笔记本丢了，"桑乔说，"那上面有给杜尔西内亚的信和我主人签字的凭据。主人让他的外甥女从他们家那四五头驴里给我三头。"

　　于是桑乔又说了丢驴的事。神甫安慰他，说只要找到他主人，神甫就让唐吉诃德重新立个字据，并且按照惯例写在一张纸上，因为笔记本上的东西不能承认，不管用。桑乔这才放下心来，说既然这样，丢了给杜尔西内亚的信也不要紧，因为他差不多可以把信背下来了，随时随地都可以让人记录到纸上。

"你说吧，桑乔，"理发师说，"待会儿我们把它写到纸上去。"

桑乔搔着头皮，开始回忆信的内容。他一会儿右脚着地，一会儿左脚着地，低头看看地，又抬头望望天，最后叼上了手指头。神甫和理发师一直等着他。过了好一会儿他才说：

"上帝保佑，神甫大人，魔鬼把我记住的信的内容都带走了。不过，开头是这样写的：'尊鬼的夫人'。"

"不会是'尊鬼'，"理发师说，"只能是尊敬或尊贵的夫人。"

"是这样。"桑乔说，"然后是，如果我没记错的话：'心受创伤、睡不着觉的人吻您的手，忘恩负义的美人。'关于他的健康和疾病，我忘了是怎么说的。反正就这样一直写下去，到最后是'至死忠贞的猥琐骑士'。"

神甫和理发师对桑乔的好记性比较满意，对他赞扬了一番，又让他把信再背两遍，好让他们也背下来，找时间写到纸上去。桑乔又说了三遍，还乱七八糟地胡诌一气。最后他又讲了主人的情况，可是没说自己在客栈被人用被单扔的事情，而那个客栈他现在也不想进去了。

桑乔还说，只要他能带回托博索的杜尔西内亚的好消息，唐吉诃德就会着手争取做国王，至少得做个君主，这是两人商量好的。就凭唐吉诃德的才智和他的臂膀的力量，这很容易做到。到了那个时候，就要为他桑乔完婚。到那时候他得是鳏夫，这才有可能把王后的一个侍女嫁给他。侍女是大户人家的后代，有大片的土地。那时候他就不要什么岛屿了，他已经不稀罕了。桑乔说这番话的时候十分自然，还不时地擦擦鼻子。看到他的精神也快不正常了，神甫和理发师又感到惊奇不已。连唐吉诃德带的这个可怜人都成了这样，唐吉诃德疯到什么程度就可想而知了。

不过，神甫和理发师不想费力让他明白过来。他们觉得桑乔这么想也不会碍什么事，索性就由他去。他们还想听听桑乔做的蠢事，就让桑乔祈求上帝保佑他主人的健康，而且很可能随着时间的推移，他的主人就像他说的那样当上国王，至少当个红衣主教或其他相当的高官呢。桑乔说：

"大人们，如果命运让我的主人不做国王，而是做红衣主教，我现在想知道，巡回的红衣主教通常赏给侍从什么东西。"

"通常是教士或神甫的职务，"神甫说，"或者是某个圣器室，收入不少，另外还有礼仪酬金，数目跟收入差不多。"

"那么这个侍从就不能是已婚的，"桑乔说，"至少得帮着做弥撒吧。如果是这样，我就完了。我已经结婚了，而且连字母都不认识几个。万一我的主人心血来潮不愿意做皇帝，却要做红衣主教，就像游侠骑士常常做的那样，我该怎么办呢？"

"别着急，桑乔朋友，"理发师说，"我们会去请求你的主人，劝他，甚至以良心打动他，让他做国王，而不做红衣主教。他的勇多于谋，所以做国王更合适。"

"我也这样认为，"桑乔说，"虽然我知道，他做什么都能胜任。我只是想祈求上帝，把他安排在最适合他的地方，也把我安排在最有利可图的地方。"

"你讲得很有道理，"神甫说，"你会成为一个很好的基督徒。不过现在应该做的，就是让你的主人从他正在做的无谓的苦修中解脱出来。现在已是吃饭的时候，咱们还是先进客栈去，一边吃饭一边想办法吧。"

桑乔让他们两人先进去，自己在外面等着，以后再告诉他们为什么自己不进去，以及最好不进去的原因，可是，请他们给他带出点热食来，再给罗西南多弄些大麦。神甫和理发师进了客栈，理发师很快就给他拿出来了一点吃的。然后，神甫和理发师又仔细考虑如何实现他们的计划。神甫想起一个既适合唐吉诃德的口味，又能实现他们意图的做法。神甫对理发师说，他的想法就是自己扮成一个流浪少女，理发师则尽力装成侍从，然后去找唐吉诃德。假扮的贫穷弱女去向唐吉诃德求助。唐吉诃德是位勇敢的游侠骑士，肯定会帮助她。这种帮助就是请他随少女去某个地方，向一个对她作恶的卑鄙骑士报仇。同时，她还请求唐吉诃德，在向那个卑鄙骑士伸张正义之前，不要让她摘掉面罩，也不要让她做什么事情。唐吉诃德肯定会一口答应。这样，就可以把他从那儿弄出来，带回家去，设法医治他的疯病。

第十六章

神甫和理发师如何按计而行

理发师觉得神甫的主意不错，于是两人就行动起来。他们向客栈的主妇借了一条裙子和几块头巾，把神甫的新教士袍留下做抵押。理发师用栈主挂在墙上当装饰品的一条浅红色牛尾巴做了个大胡子。客栈主妇问他们借这些东西干什么用，神甫就把唐吉诃德如何发疯，现正在山上修行，所以最好乔装打扮把他弄下山来等等简单讲了一下。栈主夫妇后来也想起，那个疯子曾经在这个客栈住过。他做了圣水，还带着个侍从，侍从被人用被单扔了一通，等等。他们把这些全都告诉了神甫，把桑乔极不愿意让别人知道的事情全说了。

后来，女主人把神甫打扮得惟妙惟肖。她让神甫穿上呢料裙，裙子上嵌着一拃宽的黑丝绒带，青丝绒紧身上衣镶着白缎边，大概万巴王时代的装束就是这样的。神甫不让碰他的头，只允许在他头上戴一顶粗布棉睡帽，脑门上缠着一条黑塔夫绸带，再用另一条同样的带子做成面罩，把整个面孔和胡须全遮上了。他戴上自己的帽子，那帽子大得能当遮阳伞，又披上他的黑色短斗篷，侧身坐到骡背上。理发师也上了他的骡子，让浅红色的胡子垂到腰间。刚才说过，那胡子是用一条浅红色的牛尾巴做成的。

两人向大家告别。刚走出客栈门，神甫忽然想起来，虽然这事很重要，但自己这样做毕竟不妥，一个神职人员打扮成这个样

107

子成何体统。他请求理发师同他互换衣服，觉得让理发师扮成苦难少女更合适，自己应该扮成侍从，这样可以减少对他的尊严的损害，如果理发师不答应，哪怕唐吉诃德死掉，他也不再去了。

客栈里一个叫多罗特亚的姑娘听说了此事，愿意帮忙。她说要扮成落难女子，她肯定比理发师合适，而且她这儿还有衣服，会扮得更自然。她让大家把这事儿交给她，她知道该怎样做，原来她也读过许多骑士小说，知道落难女子向游侠骑士求助时应该是什么样子。

"不过，现在最需要的是行动起来。"神甫说，"我肯定是遇上好运了，真是没想到，这样你们的事情还有挽回的希望，我们的事情也方便多了。"

多罗特亚随即从她的枕套里拿出一件高级面料的连衣裙和一条艳丽的绿丝披巾，又从一个首饰盒里拿出一串项链和其他几样首饰，并且马上就戴到身上，变得像一位雍容华贵的小姐了。她说这些东西都是从家里带出来的，以防万一有用，但直到现在才有机会用上它们。对此最为感叹的是桑乔，他觉得自己从未见过如此漂亮的女孩子，事实也的确是如此。桑乔急切地问神甫，这位美丽的姑娘是谁，到这偏僻之地干什么来了。

"这位漂亮的姑娘，桑乔朋友，是伟大的米科米孔王国直系男性的女继承人。"神甫说，"她来寻求你主人的帮助。有个恶毒的巨人欺负了她。你主人是优秀骑士的名声已经四海皆知，因此她特意慕名从几内亚赶来找他。"

"找得好，找得妙！"桑乔说，"假如我的主人有幸能为你报仇雪恨，把刚才说的那个巨人杀了，那就更好了。只要那个巨人不是鬼怪，我的主人找到他就能把他杀了。对于鬼怪，我的主人就束手无策了。我想求您一件事，神甫大人，就是劝我的主人不要做大主教，这是我最担心的。请您劝他同这位公主结婚，那么他就当不成大主教了，就得乖乖地到他的王国去，这是我的最终目的。我已经仔细考虑过了，按照我的打算，他当主教对我不利。我已经结婚了，在教会也无事可做。我有老婆孩子，要领薪俸还得经过特别准许，总是没完没了的。所以，大人，这一切全看我的主人是否同这位公主结婚了。到现在我还没问小姐的芳名，不知应该怎样称呼她呢。"

"你就叫她米科米科娜公主吧，"神甫说，"她的那个王国叫米科米孔，她自然就得这么叫了。"

"这是肯定的，"桑乔说，"我听说很多人都以他们的出生地和家族为姓名，叫什么阿尔卡拉的佩德罗呀，乌韦达的胡安呀，以及巴利阿多里德的迭戈呀。几内亚也应该这样，公主就用她那个王国的名字吧。"

"应该这样，"神甫说，"至于劝你主人结婚的事，我尽力而为。"

桑乔对此非常高兴，神甫对他头脑如此简单，而且同他的主人一样想入非非感到震惊，他居然真心以为他的主人能当上国王呢。

这时，多罗特亚已骑上了神甫的骡子，理发师也把那个用牛尾巴做的假胡子戴好了。他们让桑乔带路去找唐吉诃德，并且叮嘱他，不要说认识神甫和理发师，因为说不认识他们对让他的主人去做国王起着决定性作用。神甫不断地告诉多罗特亚应该怎样做。多罗特亚让大家放心，她一定会像骑士小说里要求和描述的那样，做得一模一样。

第二天，他们来到了有金雀花枝的地方，那是桑乔离开唐吉诃德时做的路标。神甫和理发师千叮咛，万嘱咐，让桑乔不要告诉主人他们是谁，也不要说认识他们。如果唐吉诃德问是否把信交给杜尔西内亚了，他肯定会问的，那就说已经转交了。可是杜尔西内亚不识字，因此只捎回口信，叫桑乔告诉他，让他即刻回去见杜尔西内亚，否则她会生气的。这对她很重要。这样一说，再加上神甫和理发师编好的其他话，肯定能让唐吉诃德回心转意，争取当国王或君主。至于当红衣主教，桑乔完全不必担心。

桑乔听后都一一牢记在脑子里。他很感谢神甫和理发师愿意劝说主人做国王或君主，而不去做红衣主教。他心想，要论赏赐侍从，国王肯定要比巡回的红衣主教慷慨得多。桑乔还对他们说，最好先让他去找唐吉诃德，把他的意中人的回信告诉他。或许仅凭杜尔西内亚就足以把唐吉诃德从那个地方弄出来，而不必再让神甫和理发师去费那个劲了。神甫和理发师觉得桑乔说的也对，决定就地等候桑乔带回唐吉诃德的消息。

桑乔沿着山口上了山，其他人则留在一条小溪旁。小溪从山口缓缓流出，周围又有岩石和树木遮荫，十分凉爽。此时正值八月，当地的气候十分炎热，并且正是下午三点。这个地方显得格外宜人，于是大家身不由己地停下来，等候桑乔。

第十七章

桑乔纵论杜尔西内亚

曼查英勇无比的骑士唐吉诃德降生的年代真乃幸运之至，他竟堂而皇之地要重建几乎已在世界上销声匿迹的游侠骑士，以至于我们在这个需要笑料的时代里，不仅可以了解他的真实历史，而且还可以欣赏到他的一些奇闻逸事。有些部分真真假假，其有趣的程度并不亚于他那条理清晰、情节错综曲折的历史本身。

且说桑乔又回到唐吉诃德身边。唐吉诃德一见到桑乔，就大叫起来：

"桑乔朋友，告诉我，你是何时何地以及如何找到杜尔西内亚的?她当时在干什么?你对她说了什么?她又是怎样回答的?她看信时脸色如何?谁帮你誊写了我的信?你当时看到的情况我都要知道，都该问，你也不必添枝加叶，为了哄我高兴就胡编，或者怕我不高兴就不说了。"

"大人，"桑乔说，"如果说实话，那就是没有任何人帮我誊写信，因为我什么信也没带。"

"这就对了，"唐吉诃德说，"因为你走了两天之后，我才发现记着我那封信的笔记本还在我手里。我很伤心，不知道你发现没带信时怎么办。我觉得你发现没带信时肯定会回来。"

"要是我没有把它记在脑子里，"桑乔说，"我就回来了。您把信念给我听以后，我把信的内容告诉了一个教堂司事，他帮我

111

一字不漏地写了下来。那个司事还说，他见过许多封把人开除出教会的函件，可是像写得这样好的函件却从没见过。"

"那么，你现在还能记起来吗?"唐吉诃德问。

"不，大人，"桑乔说，"我把信的内容告诉司事之后，觉得已经没什么用了，就把它忘了。如果我还能记得一点的话，那就是'尊鬼的夫人'，噢，应该是'尊贵的夫人'，最后就是'至死忠贞的猥琐骑士'，中间加了三百多个'我的灵魂、宝贝、心肝'等等。"

"我对此还算满意。你接着讲下去。"唐吉诃德说，"你到的时候，那个绝世美人正在干什么?肯定是在用金丝银线为我这个钟情于她的骑士穿珠子或绣标记吧。"

"不是，"桑乔说，"我到的时候，她正在她家的院子里筛两个法内加的麦子。"

"那么你一定注意到了，"唐吉诃德说，"那些麦粒一经她手，立刻变得粒粒如珍珠。你是否看清楚了，朋友，那是精白麦还是春麦?"

"是荞麦。"

"我敢肯定，"唐吉诃德说，"经她手筛出的麦子可以做出精白的面包。不过你接着说，你把我的信交给她时，她吻了信吗?把信放到头上了吗?有什么相应的礼仪吗?或者，她是怎么做的?"

"我把信交给她的时候，"桑乔说，"她正用力摇动筛子里的一大堆麦子。她对我说，朋友，把信放在那个口袋里吧，她得把麦子全部筛完之后才能看信。"

"多聪明的夫人啊!"唐吉诃德说，"她大概是为了慢慢品味这封信。你往下说，桑乔，她在忙她的活计时，跟你说话了吗?向你打听我的情况了吗?你是怎么回答的?你一下子都告诉我，一点儿也别遗漏。"

"她什么也没问，"桑乔说，"不过我倒是对她讲了，您如何为了表示对她的忠心，正在山里苦心修行，光着上身，像个野人似的，眠不上床，食不近桌，不修边幅，边哭边诅咒自己的命运。"

"你说我诅咒自己的命运就错了，"唐吉诃德说，"恰恰相反，我每天都在庆幸自己能够爱上高贵的托博索的杜尔西内亚夫人。"

"她确实够高的，"桑乔说，"至少比我高一头多。"

"怎么，桑乔，"唐吉诃德问，"你同她比过身高？"

"我是这样同她比的，"桑乔说，"我帮她把一袋麦子放到驴背上，凑巧站在一起，我发现她比我高一头多。"

"她其实没有那么高，"唐吉诃德说，"可是她数不尽的美德却使她楚楚动人！有件事你别瞒着我，桑乔，你站在她身边的时候，是不是闻到了一种萨巴人的味道，一种芳香或是其他什么高级东西的味道，我叫不出它的名称来。我是说，你是不是有一种置身于某个手套精品店的感觉？"

"我只能说我感觉到的是一股男人的气味，"桑乔说，"大概是她干活太多、出汗也太多造成的气味，不太好闻。"

"不会的，"唐吉诃德说，"大概是你感冒了，或者是你自己身上的气味。我知道她发出的是带刺灌木中的玫瑰、田野里的百合或者熔化了的琥珀发出的那种味道。"

"这也可能，"桑乔说，"因为我身上常有那股味道，就把它当成您的杜尔西内亚夫人的味儿了。那种味儿并不一定就是从她身上发出的，这没什么可奇怪的。"

"好吧，"唐吉诃德说，"她已经筛完了麦子，把麦子送到磨房去了。她看信的时候是什么样子？"

"她没看信，"桑乔说，"她说她不识字，也不会写字。她把信撕成了碎片，说不愿意让别人看到信，不愿意让当地人知道这些秘密。她已经知道了我告诉她的您爱她，并且为她苦心修行就行了。最后她让我告诉您，说她吻您的手，她不想给您写信了，只想见到您。她让我请求您，命令您，如果没有其他更重要的事情，就离开那些杂草荆棘，别再折腾了，即刻上路回托博索吧，她非常想见到您。我告诉她您叫猥琐骑士时，她笑得可厉害了。"

"一切都很顺利，"唐吉诃德说，"不过，你告诉我，既然你替我送了信，你离开她时，她给你什么首饰了？游侠骑士和夫人之间自古就有个习惯，无论是替骑士给夫人送信，还是替夫人给骑士送信，总要给那些送信的侍从、侍女或侏儒一件贵重的首饰做赏钱，感谢他们送信来。"

"这完全可能，我觉得这是个好习惯。不过，这大概是过去的事情，现在恐怕只给一块面包或奶酪了。我们的杜尔西内亚夫人就是这样，我走的时候，她隔着院子的墙头给了我一块，说得具体点，是一块羊奶酪。"

"她这个人非常随便，"唐吉诃德说，"如果她没给你金首饰，那肯定是因为她当时手边没有。不过，'如愿虽晚却更好'。等我去跟她商量，一切问题都会得到解决。你知道什么事最让我惊奇吗，桑乔？我觉得你是飞去飞回的。因为你去托博索跑了一个来回，只用了三天多时间，可是从这儿到那儿有三十多里路呢。我估计准是有个很关心我、又对我很友好的魔法师帮助了你。肯定有这样的魔法师，也应该有，否则我就算不上优秀的游侠骑士了。我说呀，大概是这种人帮着你赶路，可是你自己却根本感觉不到。有的魔法师把正在床上睡觉的游侠骑士弄走了，连游侠骑士自己也不知道是怎么回事，第二天早晨醒来的时候，已经到了千里之外。

"如果不是这样，游侠骑士们就不能在危难时帮助别人。他们常常互相帮助。有时候，一个骑士在亚美尼亚的山里同一个怪物或野妖打斗，或者同别的骑士搏斗，情况紧急，眼看就要没命了，忽然，他的一位骑士朋友腾云驾雾或者驾着火焰战车出现了。他刚才还在英格兰，现在却突然来到，来帮助你，救你的命，晚上就在你的住处津津有味地吃晚饭了。两地之间常常相隔两三千里，这些全靠时刻关照勇敢骑士的魔法大师们的高超本领。所以，桑乔朋友，你在这么短的时间里就到托博索跑了一个来回，我没什么信不过的，就像我刚才说的，一定有某个魔法师朋友带着你腾飞，而你自己却一点儿也没有感觉到。"

"大概是这样，"桑乔说，"罗西南多跑得矫健如飞，简直像吉卜赛人的驴。"

"它矫健如飞，"唐吉诃德说，"因为有很多鬼怪簇拥着它呢。它们可以随心所欲地不间歇地跑路或者带着人跑路。不过，咱们暂且不说这些吧。我的夫人命令我去看她，你看我现在该怎么办呢？我虽然知道必须听从她的命令。骑士法则规定我必须履行诺言，不能由着自己的性子来。一方面，我对我的夫人望眼欲穿；另一方面，我答应的事情和我为此将得到的荣誉又使我欲罢不能。我会向她请求原谅。她会觉得我姗姗来迟是对的，因为她发现这增加了她的声誉。而我这一辈子，无论过去、现在和将来，凡是靠武力取得的声誉，全都是她保佑我、我忠于她的结果。"

既然唐吉诃德修行的目的达到了，他就和桑乔走出莫纳山，继续他们的征程。

第十八章

唐吉诃德巧遇公主

　　他们向前走了不到一西里远，就发现前面有一行人似乎在等待他们俩人，就是多罗特亚和理发师。多罗特亚首先发现了唐吉诃德，便催马向前，跟上了走在前面的大胡子理发师。他们来到唐吉诃德面前，桑乔告诉她，那是他的主人。理发师从骡子上跳下来，伸手去抱多罗特亚，多罗特亚敏捷地跳下马，跪倒在唐吉诃德面前。唐吉诃德让她起来，可是她坚持不起来，嘴里说道：

　　"英勇强悍的勇士啊，您若不答应慷慨施恩，我就不起来。这件事有利于提高您的声望，也有助于我这个忧心忡忡、受苦受难的女孩子。太阳若有眼，也不会视而不见。如果您的臂膀真像您的鼎鼎大名所传的那样雄健有力，您就会责无旁贷地帮助这位慕名远道而来、寻求您帮助的少女。"

　　"美丽的姑娘，"唐吉诃德说，"你要是不站起来，我就不回答你的话，也不会听您说有关你的事。"

　　"如果您不先答应帮助我，大人，我就不起来。"姑娘痛苦万分地说。

　　"只要这件事不会有损于我的国王、我的祖国和我那个掌握了我的心灵与自由的心上人，我就答应你。"唐吉诃德说。

　　"决不会有损于您说的那些，我的好大人。"姑娘悲痛欲绝地说。

唐吉诃德对少女说"尊贵的美人，你请起，我愿意按照你的要求帮助你。"

　　"我的要求就是，"姑娘说，"劳您大驾，随同我到我带您去的一个地方，并且答应我，在为我向那个违背了人类所有神圣权利、夺走了我的王国的叛徒报仇之前，不要再穿插任何冒险活动，不要再答应别人的任何要求。"

　　"就这么办，"唐吉诃德说，"姑娘，从今天开始，你完全可以抛弃你的忧伤烦恼，让你已经泯灭的希望得以恢复。有上帝和我的臂膀的帮助，你很快就可以重建你的王国，重登你的古老伟大国家的宝座，尽管有些无赖想反其道而行之。"

　　可怜巴巴的姑娘坚持要吻唐吉诃德的手，可唐吉诃德毕竟是谦恭有礼的骑士，他怎么也不允许吻他的手。他把姑娘扶了起来，非常谦恭有礼地拥抱了一下姑娘，然后吩咐桑乔查看一下罗西南多的肚带，再给他披戴上甲胄。桑乔先把那像战利品一般挂在树上的甲胄摘下来，又查看了罗西南多的肚带，并且迅速为唐吉诃德披戴好了甲胄。唐吉诃德全身披挂好，说：

　　"咱们以上帝的名义出发吧，去帮助这位尊贵的小姐。"

　　理发师还跪在地上呢。他强忍着笑，还得注意别让胡子掉下来。胡子若是掉下来，他们的良苦用心就会落空。看到唐吉诃德已经同意帮忙，并且即刻准备起程，他也站起来，扶着他的女主人的另一只手，同唐吉诃德一起把姑娘扶上了骡子。唐吉诃德骑上罗西南多，理发师也上了自己的马，只剩下桑乔还得步行。桑乔于是又想起了丢驴的事，本来这时候他正用得着那头驴。不过，这时桑乔走得挺带劲，他觉得主人已经上了路，很快就可以成为国王了，因为他估计主人肯定会同那位公主结婚，至少也能当上米科米孔的国王。可是，一想到那个王国是在黑人居住的土地上，他又犯愁了，那里的臣民大概也都是黑人吧。但他马上就想出了解决办法，自语道："那些臣民都是黑人又与我有什么关系呢？我可以把他们装运到西班牙去卖掉，人们会付我现金，我用这些钱可以买个官职或爵位，舒舒服服地过我的日子。不过别犯糊涂，你还没能力掌握这些东西呢，把三万或一万废物都卖出去可不容易。上帝保佑，我得不分质量好坏，尽可能把他们一下子都卖出去，把黑的换成白的或黄的。看我，净犯傻了。"他越想越高兴，已经忘了步行给他带来的劳累。

躲在乱石荆棘中的神甫把这一切都已看在眼里，但他不知道怎样同他们会合才合适。不过神甫毕竟足智多谋，马上想出了一个应付的办法，他很快就来到了大路上。那个地方的乱草杂石很多，骑马还不如走的快。他来到山口的平路上时，唐吉诃德那一行人也出现了。神甫仔细端详着，装成似曾相识的样子。看了好一会儿，神甫才伸出双臂，大声喊道：

"骑士的楷模，我的老乡，曼查的唐吉诃德，耿介之士的精英，受苦人的保护神和救星，游侠骑士的典范，我终于找到你了。"

神甫说完就跪着抱住唐吉诃德左腿的膝盖。唐吉诃德耳闻目睹那个人如此言谈举止，不禁一惊。他仔细看了看，终于认出了神甫，于是，他慌慌张张地使劲要下马，可是神甫不让他下马。于是，唐吉诃德说：

"请您让我下来，神甫大人，我骑在马上，而像您这样尊贵的人却站在地上，实在不合适。"

"这我无论如何也不会允许，"神甫说，"请您仍然骑在您的马上吧。因为您骑在马上，可以完成当今时代最显赫的业绩和最大的冒险。而我呢，只是个不称职的神甫，与您同行的几位都骑着马，只要你们不嫌，随便让我骑在某一位所骑的马的臀部就行了。我会觉得我仿佛骑着一匹飞马，或者是那个著名摩尔人穆萨拉克骑过的斑马或骡马。穆萨拉克至今还被魔法定在扎普鲁托附近的苏莱玛山上哩。"

"这样我也不能同意。"唐吉诃德说，"不过我知道，我的这位公主会给我面子，让她的侍从把骡子让给您。他坐在骡臀上还是可以的，只要他的骡子受得了。"

"我觉得能够受得了，"公主说，"而且我还知道，不必吩咐，我的侍从就会把骡子让给您。他非常有礼貌，决不会让一位神甫走路而自己却骑在骡子上。"

"是这样。"理发师回答。

理发师马上从骡子背上跳下来，请神甫骑到鞍子上。神甫也不多推辞。而理发师则骑在骡子的臀部上。这下可糟了，因为那是一匹租来的骡子。只要说是租来的，就知道好不了。骡子抬起两只后蹄，向空中踢了两下，这两下要是踢在理发师的胸部或者头上，他准会诅咒魔鬼让他来找唐吉诃德。尽管如此，他还是被吓得跌落到地上，稍不留意，竟把胡子掉到了地上。理发师见胡子没有了，便赶紧用两手捂着脸，抱怨说摔掉了两颗牙齿。

唐吉诃德见侍从的胡子掉了下来，离脸那么远，却连一点血也没有，就说：

"上帝呀，这简直是奇迹！胡子竟能从脸上脱落下来，就像是故意弄的一样！"

神甫见事情有可能败露，便赶紧拾起胡子，走到那个仍在大声呻吟的尼古拉斯师傅身旁，把他的脑袋往胸前一按，重新把胡子安上，还对着他念念有词，说是大家就会看到，那是某种专门粘胡子用的咒语。安上胡子后，神甫走开了，只见理发师的胡子完好如初。唐吉诃德见了惊诧不已。他请求神甫有空时也教教他这种咒语。他觉得这种咒语的作用远不止是粘胡子用，它的用途应该更广泛。很明显，如果胡子掉了，肯定会露出满面创伤的肉来。因此，它不仅能粘胡子，而且什么病都可以治。

"是这样。"神甫说，并且答应唐吉诃德，一有机会就教给他制作的方法。

于是大家商定，先让神甫骑上骡子，走一段路之后，三个人再轮换，直到找到客栈。三个骑马人是唐吉诃德、公主和神甫。唐吉诃德对公主说：

"我的小姐，无论您把我们带到什么地方去，我都愿意相随。"

还没等她回答，神甫就抢先说道：

"您想把我们带到什么王国去呀？是不是去米科米孔？估计是那儿吧，我不知道是否还有其他什么王国。"

姑娘立刻明白了应该这样回答，于是她说：

"是的，大人，就是要去那个王国。"

"如果是这样，"神甫说，"那就得经过我们那个镇，然后您转向卡塔赫纳，在那儿乘船。如果运气好，风平浪静，没有暴风雨，用不了九个年头，就可以看到宽广的梅奥纳湖，或者叫梅奥蒂德斯湖了，接着再走一百多天，就到您的王国了。"

"您记错了，我的大人，"姑娘说，"我从那儿出来还不到两年，而且从来没有遇到过好天气。尽管如此，我还是见到了我仰慕已久的曼查的唐吉诃德。我一踏上西班牙的土地，就听说了他的事迹。这些事迹促使我来拜见这位大人，请求他以他战无不胜的臂膀为我主持公道。"

"不要再说这些恭维话了，"唐吉诃德说，"我反对听各种各样的吹捧。尽管刚才这些并不是吹捧，它还是会玷污我纯洁的耳朵。我现在要说的是，我的公主，我的勇气时有时无。无论我是否有勇气，我都会为您尽心效力，直到献出自己的生命。

"骑士大人，您可别忘了，您答应在给我帮忙之前，即使再紧急的事情也不参与。"

"我发誓是这样，"唐吉诃德说，"我甚至可以扯掉一绺胡子来证明这点。"

"我的公主。"唐吉诃德又说，"我会强压我胸中已经燃起的怒火，在完成我答应要帮您做的事情之前一直心平气和。不过，作为对我这种友好表示的回报，我请求您，如果没有什么不便的话，请您告诉我，是什么事让您如此悲愤。我要向他们理所当然地、痛痛快快地、毫不留情地报仇。那些人一共有多少，都是些什么人？"

"要是这些可怜和不幸的事情不会惹您生气，我很愿意讲。"多罗特亚说。

"我不会生气，我的小姐。"唐吉诃德说。

于是，多罗特亚说：

"既然如此，那你们都仔细听着。"

她这么一说，理发师等几个人都赶紧凑到她身边，想听听这位机灵的多罗特亚如何编造她的故事。桑乔也很想听，不过他同唐吉诃德一样，仍被蒙在鼓里。多罗特亚在马鞍上坐稳后，咳嗽了一声，又装模作样一番，才十分潇洒地讲起来：

"首先，我要告诉诸位大人，我叫……"

说到这儿，她顿了一下，因为她忘记了神甫给她起的是什么名字。不过，神甫已经意识到是怎么回事了，赶紧过来解围，说：

"我的公主，您一谈起自己的不幸就不知所措，羞愧难当，这并不奇怪。深重的痛苦常常会损害人的记忆力，甚至让人忘记了自己的名字，就像您刚才那样，忘记了自己是米科米科娜公主，是米科米孔伟大王国的合法继承人。这么一提醒，您自然会十分容易地回想您的悲伤往事，就可以讲下去了。"

"是的，"姑娘说，"我觉得从现在起，我不再需要任何提醒，完全可以顺利地讲完我的故事了。我的父亲蒂纳克里奥国王是位先知，很精通魔法，算出来我的母亲哈拉米利亚王后将先于他去世，而且他不久也会故世，那么我就成了孤儿。不过，他说最让他担心的还不是这些，而是他断定有个超级巨人管辖着一个几乎与我们王国毗邻的大岛，他名叫横眉怒目的潘达菲兰多。听说他的眼睛虽然长得很正，可是看东西的时候，眼珠总是朝两边看，像个斜眼人。他就用这对眼睛作恶，凡是看见他的人无不感到恐惧。父亲说，这个巨人知道我成了孤儿，就会大兵压境，夺走一切，甚至不留一个小村庄让我安身。不过，只要我同他结婚，这一灭顶之灾就可以避免。然而父亲也知道，这样不般配的姻缘，我肯定不愿意。父亲说得完全对，我从来没想过和那样的巨人结婚，而且也不会同其他巨人结婚，无论巨人是多么高大，多么凶狠。

"父亲还说，他死后，潘达菲兰多就会进犯我们的王国，我不要被动防御，那是坐以待毙。如果我想让善良忠实的臣民不被彻底消灭，就得把王国拱手让给他，我们根本无法抵御那巨人的可怕力量。我可以带着几个手下人奔赴西班牙，去向一位游侠骑士求救。那位游侠骑士的大名在我们整个王国众所周知，如果我没记错的话，他的名字大概叫唐阿索德或唐希戈德。"

"你大概是说唐吉诃德，公主，"桑乔这时插嘴道，"他还有个名字，叫猥琐骑士。"

"是这样，"多罗特亚说，"父亲还说，那位骑士大概是高高的身材，干瘪脸，他的左肩下面或者旁边有一颗黑痣，上面还有几根像鬃一样的汗毛。"

唐吉诃德闻言对桑乔说：

"过来，桑乔，亲爱的，你帮我把衣服脱下来，我要看看我是不是先知国王说的那个骑士。"

"可您为什么要脱衣服呢？"多罗特亚问。

"我想看看我是否有你父亲说的那颗黑痣。"唐吉诃德说。

"那也没有必要脱衣服，"桑乔说，"我知道在您脊梁中间的部位有一颗那样的痣，那是身体强壮的表现。"

"这就行了，"多罗特亚说，"朋友之间何必认真，究竟是在肩膀还是在脊柱上并不重要，只要知道有颗痣就行了，在哪儿都一样，反正是在一个人身上。我的好父亲说得完全对，我向唐吉诃德大人求救也找对了，您就是我父亲说的那个人。您脸上的特征证明您就是那位大名鼎鼎的骑士。您的大名不仅在西班牙，而且在曼查也是尽人皆知。我在奥苏纳一下船，就听说了您的事迹，我马上预感到这就是我要找的人了。"

"可您为什么会在奥苏纳下船呢?"唐吉诃德问，"那里并不是海港呀。"

不等多罗特亚回答，神甫就抢过来说:

"公主大概是想说，她从马拉加下船后，第一次听说您的事迹是在奥苏纳。"

"我正是这个意思。"多罗特亚说。

"这就对了，"神甫说，"您接着讲下去。"

"没什么好讲的了。"多罗特亚说，"我真走运，找到了唐吉诃德。我觉得我已经是我的王国的女王或主人了，因为谦恭豪爽的他已经答应随我到任何地方去。我会把他带到横眉怒目的潘达菲兰多那儿，把那巨人杀了，重新恢复我那被无理夺取的王国。这件事只要我一开口请求，就可以做到，对这点我的好父亲蒂纳克里奥先知早就预见到了。父亲还用我看不懂的迦勒底文或是希腊文留下了字据，说杀死那个巨人后，骑士若有意同我结婚，我应当毫无异议地同意做他的合法妻子，把我的王国连同我本人一同交给他。"

"怎么样，桑乔朋友，"唐吉诃德这时说，"你没听到她刚才说的吗?我难道没对你说过吗?你看,咱们是不是已经有了可以掌管的王国,有了可以娶为妻子的女王?"

"我发誓,"桑乔说,"如果扭断潘达菲兰多的脖子后不同女王结婚,他就是婊子养的!同样,女王如果不结婚也不是好女王!女王真漂亮!"

说完桑乔跳跃了两下,显出欣喜若狂的样子,然后拉住多罗特亚那头骡子的缰绳,跪倒在多罗特亚面前,请求她把手伸出来让自己吻一下,表示自己承认她为自己的女王和女主人,接着又千恩万谢地说了一番,把在场的人都逗笑了。

"各位大人,"多罗特亚说,"这就是我的故事。现在我要说的就是所有随同我从王国逃出来的人,除了这位大胡子侍从外,已经一个都不剩了,他们都在港口那儿遇到的一场暴风雨中淹死了,只有这位侍从和我靠着两块木板奇迹般地上了岸。你们大概注意到了,我的生活始终充满了奇迹和神秘。如果有些事说得过分或者不准确的话,那就像我刚开始讲时神甫大人说的那样,持续不断的巨大痛苦会损害人的记忆力。"

"但是损害不了我的记忆力,勇敢高贵的公主!"唐吉诃德说,"无论碰到什么样的事情,无论有多么严重,多么罕见,我都一定为您效劳。我再次重申我对您的承诺,发誓即使走到天涯海角,我也始终追随您,一直到找到您那凶猛的敌人。我想靠上帝和我的臂膀,把他那高傲的脑袋割下来。把巨人的头割掉之后,您又可以过太平日子了,那时候您就可以任意做您想做的任何事情。而我呢,记忆犹存,心向意中人,无意再恋……我不说了,反正我不可能结婚,甚至也不去想结婚的事,哪怕是同天仙美女。"

桑乔觉得主人最后说不想结婚太可恶了。他很生气,提高了嗓门,说:

"我发誓，唐吉诃德大人，您真是头脑不正常。同这样一位高贵的公主结婚，您还有什么可犹豫的?您以为每次都能碰到像今天这样的好事吗?难道杜尔西内亚小姐比她还漂亮?不比她漂亮，一半都不如。我甚至敢说，比起现在您面前的这位公主来，她简直望尘莫及。如果您还心存疑虑，我想当个伯爵也就没什么指望了。您结婚吧，马上结婚吧，我会请求魔鬼让您结婚。您得了这个送上门的王国，当上国王，也该让我当个侯爵或总督，然后您就随便怎么样吧。"

唐吉诃德听到桑乔竟如此侮辱他的杜尔西内亚，实在忍无可忍，他二话不说，举起长矛打了桑乔两下，把他打倒在地。若不是多罗特亚高喊不要打，桑乔就没命了。

"可恶的乡巴佬，"唐吉诃德过了一会儿又说，"你以为我总让你这么放肆吗?总让你办了错事再饶你吗?休想! 你这个无耻的异己分子，你肯定已经被逐出教会了，否则你怎么敢说天下绝伦的杜尔西内亚的坏话! 你这个笨蛋、下人、无赖，如果不是她给我力量，我能打死一只跳蚤吗?你说，你这个爱说闲话的狡诈之徒，如果不是大智大勇的杜尔西内亚通过我的手建立她的功绩，你能想象我们会夺取这个王国，割掉那个巨人的头，让你当伯爵吗?事实确凿，不容置疑。她通过我去拼搏，去取胜，我仰仗她休养生息。你这个流氓、恶棍，怎么能如此忘恩负义，一旦平步青云，受封晋爵，就以诽谤来回报一直扶植你的人呢!"

桑乔被打得晕头转向，并没有完全听清主人对他说的话。不过他还算机灵，从地上爬起来，躲到多罗特亚的坐骑后面，对唐吉诃德说:

"您说吧，大人，要是您决意不同这位高贵的公主结婚，那么王国肯定就不是您的了。如果是这样，您有什么能赏赐给我呢?我就是抱怨这个。这位女王简直就像从天而降，您赶紧同她结婚吧，然后，您还可以去找我们的杜尔西内亚，在这个世界上，姘居的国王大概是有的。至于她们的相貌，我就不妄言了，不过，要是让我说的话，我觉得两个人都不错，虽然我并没有见过杜尔西内亚夫人。"

"你怎么会没见过呢，无耻的叛徒。"唐吉诃德说，"你不是刚刚从她那儿给我带信来吗？"

"我是说，我并没有仔细看她的美貌，"桑乔说，"没能认真看她那些漂亮的部位，只是大体上看了，我觉得还不错。"

"现在我向你道歉，"唐吉诃德说，"请原谅我对你发脾气。刚才我一时冲动，按捺不住。"

"我也是，"桑乔说，"一时心血来潮，就想说点什么。而且只要我想说，就非得说出来不可。"

"可也是，"唐吉诃德说，"你看你总是说，桑乔，喋喋不休，难免……行了，我不说了。"

"那好，"桑乔说，"上帝在天上看得清楚，就让上帝来裁判吧，究竟是谁最坏，是我说的最坏，还是您做的最坏。"

"别再没完了，"多罗特亚说，"桑乔，过去吻你主人的手吧，请他原谅，从今以后，你无论是赞扬还是诅咒什么，都注意点儿，别再说那位托博索夫人的坏话了。我虽然并不认识她，却愿意为她效劳。你相信上帝，肯定会封给你一块领地，你可以在那儿生活得极其优裕。"

桑乔低着头走过去，请求主人把手伸给他。唐吉诃德很矜持地把手伸出来，让桑乔吻完并为他祝福。

这时，路上有个人骑着驴迎面走过来了，走近才看出是个吉卜赛人。桑乔无论到什么地方，只要有驴，他都要仔细看个究竟。他一下子就认出了吉卜赛人骑的是他的驴。果然如此，那是个盗驴贼。为了不被人认出来，也为了卖驴方便，他换上了吉卜

126

赛人的装束。他会讲吉卜赛语和其他许多语言，讲得跟自己的母语一样。桑乔高喊着：

"喂，臭贼！你放开它，那是我的东西，是我的宝贝，你别恬不知耻拿我的东西！你放开我的驴，我的心肝！躲开，你这婊子养的！躲远点儿，你这个贼！不是你的东西你别要!"

其实桑乔完全不必这么叫骂。他刚喊第一声，那贼就放开驴，狂奔起来，一下子就无影无踪了。桑乔过去抱住他的驴，对它说道：

"你怎么样啊，我的命根子，我的宝贝，我的伙伴?"

桑乔对驴又是亲吻又是抚摸，仿佛它是个活人。驴一声不吭，也不回答桑乔的话，任凭他亲吻抚摸。大家都过来祝贺桑乔找到了驴，特别是唐吉诃德，他还说他给桑乔的那张交付三头驴的票据仍然有效。桑乔对此表示感谢。

第十九章

唐吉诃德出奇地中了魔法

唐吉诃德见已经从与他和桑乔有关的纠纷中解脱出来，觉得该继续赶路，去完成他肩负的那件重任了。决心已定，他跑去跪在多罗特亚面前。多罗特亚让他先起身再说话。唐吉诃德遵命站了起来，说道：

"美丽的公主，俗话说，神速出佳运。过去的很多事实都证明，正是由于当事人当机立断，才使本来后果难料的事情有了良好的结局，而且这点在军事上显得尤为突出。兵贵神速，使敌人措手不及，不等他们来得及抵抗就取得了胜利。

"尊贵的公主，我说这些是因为我觉得咱们再在这个城堡待下去已经没有什么意义了，而对我们到底有多少不利之处，也许我们以后某一天才能知道。谁知道与您为敌的那个巨人是否会通过潜伏在这里的奸细得知，我今天要去攻打他呢?如果他抓紧时间，加固工事，使他的城堡或堡垒坚不可摧，纵使我们出击迅速，我们不知疲倦的臂膀再有力量，也会无济于事。所以，我的女主人，咱们马上出发才会有好运。只要我和您的对手一交锋，您就肯定会如愿以偿。"

唐吉诃德讲到这儿不再说话了，静静地等候美丽公主的回答。公主一副威严的样子，很符合唐吉诃德当时的状态。她答道：

"骑士大人，非常感谢你表达了要帮我解除危难的愿望，这才像个扶弱济贫的骑士的样子。愿老天让你我的愿望得以实现，那时候你也会知道世界上还有知恩图报的女人。我的起程应该尽快安排，我的意见与你一致。你全权酌定吧，我已经把我的人身安全以及光复王国的重任托付给你，你随意安排吧，我不会有异议。"

"那就这么定了，"唐吉诃德说，"既然沦落的是位女王，我一定抓紧时机，把您扶上您的世袭宝座。咱们马上出发，我现在上路心切，否则就会像人们常说的那样坐失良机。能够让我胆怯恐惧的人，恐怕天上没有过，地上也没见过。桑乔，给罗西南多备鞍，还有你的驴和女王的坐骑，咱们告别城堡长官和那几位大人，马上出发。"

桑乔一直在场。这时他摇晃着脑袋说：

"哎呀，大人啊大人，村庄虽小议论多，评头品足又奈何！"

"不管在什么村庄和城市，我有什么不好的事可以让人议论的，乡巴佬？"

"您若是生气，我就不说了，"桑乔说，"本来我作为一个好侍从应该向主人说的事，我也不说了。"

"你随便说，只要你不危言耸听。"唐吉诃德说，"你若是害怕，就随你的便；反正我不害怕，我行我素。"

"不是这个意思，真是的，都怪我!"桑乔说，"我是说，大人，咱们走大路绕小道，白天黑夜都不得安生，可换来的却是让这些在客栈里逍遥自在的人坐享其成。既然这样，我就没必要慌慌张张地为罗西南多备鞍，为我的驴上好驮鞍，为她准备坐骑了。"

上帝保佑! 唐吉诃德听到自己的侍从竟说出这般无礼的话来，生了多大的气! 他的眼睛都要冒出火来了，急急忙忙又结结巴巴地说道：

"你这个下贱货，这么没头脑，无礼又无知，竟敢背后说别人的坏话！你竟敢当着我的面，当着这么多尊贵的夫人说出这种话，真是卑鄙至极，愚蠢透顶，污辱贵人的尊严。你赶快从我面前滚开，免得我对你不客气！"

说完他紧蹙眉头，鼓着两颊，环顾四方，右脚在地上狠狠地跺了一下，满肚子怒气溢于言表。桑乔听了唐吉诃德这些话，又见他一副怒不可遏的样子，吓得缩成一团，真恨不得脚下的地裂个缝，让他掉进去。他不知如何是好，只好转身走开。聪明的多罗特亚十分了解唐吉诃德的脾气，为了缓和一下他的怒气，多罗特亚对他说：

"你不要为你善良的侍从说的那些蠢话生气，猥琐骑士大人。他只是不应该乱说。他是一番好意。由此可以相信，就像骑士大人你说的，在这座城堡里，各种事情都受到了魔法的控制，肯定是这样。所以您，唐吉诃德大人，应该原谅他，与他和好如初。"

唐吉诃德说他原谅桑乔，于是神甫就去找桑乔。桑乔低三下四地回来了。他跪在唐吉诃德面前，请求吻唐吉诃德的手。唐吉诃德把手伸给他，让他吻了自己的手，然后又祝福了他。唐吉诃德说：

"桑乔，我多次对你说过，这座城堡的一切都受到了魔法的控制，现在你该明白了，这的确是真的。"

"这个我相信，"桑乔说，"不过那次被扔可是确有其事。"

"你不要这么想，"唐吉诃德说，"如果是这样，我早为你报仇了，即使那时没报仇，现在也会为你报。可是无论过去还是现在，我都不知道该向谁去报仇。"

大家都想知道被单的事，于是栈主又把桑乔的那次遭遇一五一十地讲了一遍，大家听了不禁大笑。若不是唐吉诃德再次保证，那次是由于魔法，桑乔早就羞愧得无地自容了。不过，桑乔即使再愚蠢，也不会不知道自己是被一群有血有肉的人耍了，而不是像他的主人说的那样是什么幻觉。

两天过去了。住在客栈的贵客一行人觉得该起程了。他们决定不再烦劳多罗特亚，像原来商定的那样，让神甫和理发师假借解救米科米科娜公主的名义，把唐吉诃德送回家乡去。神甫在当地设法为他治疗。他们决定用一辆恰巧从那儿路过的牛车把唐吉诃德送回去。他们在牛车上装了个像笼子一样的东西，让唐吉诃德能够舒舒服服地待在里面。于是客栈里住的人按照神甫的主意和吩咐，都蒙着脸，装扮成身份不同的人，让唐吉诃德认不出这是他在客栈里见过的那些人。准备得当之后，他们悄悄走进唐吉诃德的房间。唐吉诃德那天经过几番打斗，已经睡觉休息了。

大家来到他身边，在他鼾声如雷、全然不知的情况下把他紧紧按住，把手脚都结结实实地捆了起来。待他被惊醒时，已经动弹不得，只能惊奇地看着眼前这些陌生的面孔。此时他的怪诞念头又闪现出来，相信这些模样奇怪的人就是这座城堡里的鬼怪，他自己也肯定是被魔法制伏了，所以既动弹不得，也不能自卫。这一切都已在这次行动的策划者神甫的预料之中。

在场的人中，只有桑乔的思维和形象没有变化。虽然他差一点就要患上同主人一样的疯病了，但还是能认出那些化了装的人来。不过他一直没敢张嘴，想看看他们把他的主人突然抓起来要干什么。唐吉诃德也一言不发，只是关注着自己的下场。人们把笼子抬过来，把唐吉诃德关了进去，外面又钉了许多木条，无论谁也不能轻易打开这个笼子了。

大家又把笼子抬起来，走出房间时，忽然听见一个令人毛骨悚然的声音。那声音是理发师发出来的，不是那位要驮鞍的理发师，而是另一位。那声音说道：

"噢，猥琐骑士，不要为你被囚禁而感到苦恼。只有这样才能尽早完成你的征险大业。这种状况只有等到曼查的雄狮和托博索的白鸽双双垂颈接受婚姻枷锁时才会结束。这个史无前例的结合会产生出凶猛的幼崽，它们会模仿它们的勇敢父亲的样子张牙舞爪。所有这些，在仙女的追求者以他光辉的形象迅速而又自然地两度运行黄道之前就可以实现。你呢，高尚而又温顺的侍从，腰间佩剑，脸上有胡子，嗅觉又灵敏，不要因为人们当着你的面如此带走了游侠骑士的精英而一蹶不振。只要世界的塑造者愿意，你马上就会得到高官显爵，连你都会认不出自己。你的善良主人对你的承诺也一定会实现。我以谎言女神的名义向你发誓，你的工钱一定会付给你，到时候你就知道了。你跟着你那位被魔法制伏了的主人一起走吧，无论到哪儿，你都应跟随他。我只能说这些了，上帝与你同在，我要回去了。至于我要回到哪里去，只有我自己才知道。"

说到这儿，那个声音立刻提高了嗓门，然后慢慢转化为非常和蔼的语调，结果就连知道这是理发师在开玩笑的人都信以为真了。

唐吉诃德听到这番话也放心了，因为那些人允诺他和托博索他亲爱的杜尔西内亚结成神圣的姻缘，从杜尔西内亚肚子里可以产生出很多幼崽，那些都是他的孩子，这将是曼查世世代代的光荣。他坚信这点，长长地吁了一口气，高声说道：

"你预示了我的美好未来。不管你是谁，都请你代我向负责我的事情的智慧的魔法师请求，在我实现我刚才在这里听到的如此令人兴奋又无与伦比的诺言之前，不要让我死在这个囚笼里。如果这些诺言能够实现，我将视我的牢笼之苦为光荣，视这缠身的锁链为休闲，不把我现在躺的这张床当做战场，而视它为松软的婚床和幸福的洞房。现在该谈谈如何安慰我的侍从桑乔了。根据他的品德和善行，我肯定，不管我的命运如何，他都不会抛弃

132

我。假如由于他或我的不幸，我不能够按照我的承诺，给他一个岛屿或其他类似的东西，至少他的工钱我不会不给，这在我的遗嘱里已经注明了。我不是根据他对我的无数辛勤服侍，而是根据我的能力所及，把该交代的事情都在遗嘱里交代了。"

桑乔毕恭毕敬地向唐吉诃德鞠了一躬，吻了他的双手。唐吉诃德的双手被捆在一起，要吻就得吻两只手。然后，那些妖魔鬼怪扛起笼子，放到了牛车上。

第二十章

唐吉诃德被装入木笼送回家乡

唐吉诃德见自己被关在笼子里，装上了牛车，说道：

"我读过很多有关游侠骑士的巨著，不过我从未读过、见过或听说过以这种方法，用这种又懒又慢的牲畜，来运送被魔法制伏了的骑士。他们常常用一块乌云托住骑士，凌空飘过，或者用火轮车、半鹰半马怪或其他类似的怪物，却从没有像我这样用牛车的。上帝保佑，真把我弄糊涂了。不过，也可能是我们这个时代的骑士和魔法都不同以往了。也可能因为我是当今的新骑士，是我首先要重振已被遗忘的征险骑士道，所以就出现了一些新的魔法和运送被魔法制伏者的方式。你觉得是不是这么回事，桑乔？"

"我也不知道，"桑乔说，"我不像您那样读过很多游侠骑士的小说。尽管这样，我仍斗胆地认为他们并不完全是妖魔鬼怪。"

"还不完全是？我的天啊！"唐吉诃德说，"他们那幽灵似的打扮，做出这种事，把我弄成这个样子，要是还不算，那么怎样才算是完全的妖魔鬼怪呢？你如果想看看他们是否真是魔鬼，就摸摸他们吧，你就会发现他们没有身体，只有一股气，外观只是个空样子。"

"感谢上帝，大人，我已经摸过了，"桑乔说，"这个挺热情的魔鬼身体还挺壮，跟我听说的那些魔鬼很不同。据说魔鬼发出的是硫磺石和其他怪味，可他身上的琥珀香味远在半里之外就可以闻到。”

"你不必惊奇，桑乔，"唐吉诃德说，"我告诉你，魔鬼都很精明，他们本身有味，却从不散发出什么味道，因为他们只是精灵。即使散发出味道，也不会是什么好味，只能是恶臭。原因就是他们无论到哪儿，都离不开地狱，他们的痛苦也得不到任何解脱。而香味是令人身心愉快的物质，他们身上不可能发出香味。如果你觉得你从那个魔鬼身上闻到了你说的那股琥珀香味，肯定是你上当了。他就是想迷惑你，让你以为他不是魔鬼。"

主仆两人就这么说着话。神甫和理发师怕桑乔识破他们的计谋，因为现在桑乔已经有所察觉了，就决定赶紧起程。他们把栈主叫到一旁，让他为罗西南多备好鞍，为桑乔的驴套上驮鞍。栈主立刻照办了。这时神甫也已经同伙计们商量好，每天给他们一点儿钱，请他们一路护送到目的地。理发师把唐吉诃德的皮盾和铜盆挂在罗西南多鞍架的两侧，又示意桑乔骑上他的驴，牵着罗西南多的缰绳，让伙计拿着火枪走在牛车的两边。他们即将动身，客栈主妇、她的女儿和女仆出来与唐吉诃德告别。她们装着为唐吉诃德的不幸而痛哭流泪。唐吉诃德对她们说：

"我的夫人们，不要哭，干我们这行的免不了要遭受一些不幸。如果连这种灾难都没遇到过，我也算不上著名的游侠骑士了。名气小的骑士不会遇到这种情况，因为世界上没有人记得他们的存在。可那些英勇的骑士就不同了，很多君主和骑士对他们的品德和勇气总是耿耿于怀，总是企图利用一些卑鄙的手段迫害好人。尽管如此，品德的力量又是强大的，仅凭它自己的力量，就足以战胜琐罗亚斯德始创的各种妖术，克敌制胜，就像太阳出现在天空一样屹立于世界。美丽的夫人们，如果我曾对你们有什么失礼的地方，请你们原谅，那肯定是我无意中造成的，我不会故意伤害任何人。请你们祈求上帝把我从这个牢笼里解脱出来

吧，是某个恶意的魔法师把我关进了牢笼。如果我能从牢笼里解脱出来，我一定不会忘记你们在这座城堡里施给我的恩德，一定会感谢你们，报答你们，为你们效劳。"

城堡的几位女人同唐吉诃德说话的时候，神甫和理发师也正和多罗特亚告别。大家互相拥抱，商定以后要常联系。多罗特亚还把自己的地址告诉了神甫，让神甫一定要把唐吉诃德的情况告诉他，说她最关心唐吉诃德的情况。

神甫和理发师都上了马，他们脸上都带着面罩，以防唐吉诃德认出他们来，然后跟在牛车后面走着。牛车的主人赶着牛车走在最前面，伙计们就像刚才说的，手持火枪走在牛车两侧，接着是桑乔骑着驴，手里还牵着罗西南多，再往后就是神甫和理发师。他们表情严肃，牛车走得很慢，他们也只能不慌不忙地跟在后面。

唐吉诃德伸直了腿坐在笼子里面，双手被捆着，倚着栅栏默不作声，态度安逸，看上去不像活人，倒像一尊石像。大家就这样静静地走了两西里地，来到一个山谷旁。牛车的主人想停下来休息一下，顺带给牛喂些饲料，就去同神甫商量。理发师认为应该再往前一段，他知道过了附近的山坡，那边山谷的草比这边还要多，还要好。牛车主人同意了。他们又继续向前走。

神甫这时回头发现后面来了六七个骑马的人，他们穿戴都很整齐。那些人不像他们那样慢吞吞地走，倒像是骑着几匹骡子的牧师，急急忙忙往不到一西里之遥的客栈去午休的样子，所以很快就赶上了他们。那几个人客客气气地向他们问好。其中一人是托莱多的牧师，是那一行人的头领。他看见牛车、桑乔、罗西南多、神甫和理发师井然有序地行进着，而且还有个被囚禁在笼子里的唐吉诃德，不由得打听为什么要如此对待那个人，虽然他从戴着标记的伙计可以猜测出，那人准是个抢劫惯犯或其他什么罪犯，因为这种人都是由圣友团来处置的。被问的那个伙计说：

"大人，至于为什么要这样对待这个人，还是让他自己来说吧，我们不知道。"

唐吉诃德听见了他们的对话，说道：

"诸位骑士大人对游侠骑士的事精通吗？如果精通，我可以给你们讲讲我的不幸，否则我就没必要再费口舌了。"

神甫和理发师见那几个人同唐吉诃德说话，就赶紧过来，怕唐吉诃德说漏了嘴。

对于唐吉诃德的问话，牧师回答说：

"说实话，兄弟，有关骑士的书，我只读过比利亚尔潘多的《逻辑学基础》。要是这就够了，那就对我说吧。"

"说就说吧，"唐吉诃德说，"骑士大人，我想告诉你，我遭到几个恶毒的魔法师嫉妒和欺骗，被他们用魔法关进了这个笼子。好人受到坏蛋迫害的程度要比受到好人热爱的程度严重得多。我是个游侠骑士，可不是那种默默无闻的游侠骑士，而属于

138

那种虽然遭到各种嫉妒以及波斯的巫师、印度的婆罗门、埃塞俄比亚的诡辩家的各种诋毁，他们的英名依然会长存于庙宇，供后人仿效的那种骑士。在以后的几个世纪里，所有企图获得最高荣誉的游侠骑士都应该步他们的后尘。"

"曼查的唐吉诃德大人说得对，"神甫这时说，"他被魔法制伏在这辆车上并不是由于他犯了什么罪孽，而是由于那些对他的品德和勇气深感恼怒的家伙对他恶意陷害。大人，他就是猥琐骑士，也许您以前听说过这个名字。无论嫉妒他的人如何企图使他黯然失色，用心险恶地企图湮没他的英名，他的英雄事迹都将被铭刻在坚硬的青铜器和永存的大理石上。"

牧师听到这些人都如此说话，不知到底发生了什么事情，惊奇得直要画十字。其他随行的人也颇感诧异。桑乔听见他们说话，又跑过来节外生枝地说：

"不管我说的你们愿意不愿意听，大人们，要是说我的主人唐吉诃德中了魔法，那么我母亲也中了魔法。我的主人现在思维很清楚，他能吃能喝，也像别人一样解手，跟昨天把他关起来之前一样。既然这样，你们怎么能让我相信他中了魔法呢？我听很多人说过，中了魔法的人不吃不喝，也不说话。可我的主人，若是没人看着他，他能说起来没完。"

他又转过身来对神甫说道：

"喂，神甫大人，神甫大人，您以为我没认出您吗？您以为我没有看穿你们用这套新魔法想干什么吗？告诉您，您就是把脸遮得再严实，我也能认出您来。您就是再耍您的把戏，我也知道您想干什么。一句话，有嫉妒就没有美德，有吝啬就没有慷慨。该死的魔鬼！如果不是因为您，我的主人现在早就同米科米科娜公主结婚了。不说别的，就凭我的猥琐大人的乐善好施或者我的劳苦功高，我至少也是个伯爵了。不过，看来还是俗话说得对，

'命运之轮比磨碾子转得快'，'昨天座上宾，今日阶下囚'。我为我的孩子和老婆难过，他们本来完全可以指望我作为某个岛屿或王国的总督荣归故里，现在却只能见我当了个马夫就回来了。神甫大人，我说这些只是为了奉劝您拍拍自己的良心，您这样虐待我的主人，对得起他吗?您把我的主人关起来，在此期间他不能济贫行善，您不怕为此而承担责任，上帝将来要找您算账吗?"

"给我住嘴!"理发师说，"桑乔，你是不是变得和你的主人一样了?上帝啊，我看你也该进笼子跟他做伴去了。活该你倒霉，让人灌得满脑子都是什么许愿，成天想什么岛屿!"

"我没让人往我脑子里灌什么东西，"桑乔说，"我也不会让人往我脑子里灌东西，就是国王也不行。我虽然穷，可毕竟是老基督徒了，从不欠别人什么。要说我贪图岛屿，那别人还贪图更大的东西呢。'境遇好坏，全看自己'。'今日人下人，明日人上人'，更何况只是个岛屿的总督呢。我的主人可以征服许多岛屿，甚至会多得没人可给呢。您说话注意点儿，理发师大人，别以为什么都跟刮胡子似的，人跟人还不一样呢。咱们都认识，别拿我当傻子蒙。至于我主人是不是中了魔法，上帝才知道，咱们还是就此打住吧，少谈为妙。"

理发师不想答理桑乔了，免得他和神甫精心策划的行动被这个头脑简单的桑乔说漏了。神甫也怕桑乔说漏了，就叫牧师向前走一步，自己可以解答这个被关在笼子里的人的秘密，以及其他使他感兴趣的东西。

牧师向前走了一步，他的随从也跟着向前走了一步。牧师认真地听神甫介绍唐吉诃德的性情、生活习惯和疯癫的情况。神甫还向牧师简单介绍了唐吉诃德疯癫病的起因，以及后来发生的种种事情，一直讲到他们把他放进笼子，想把他带回故乡去，看看是否有办法治好他的疯病。牧师和他的随从们听了唐吉诃德的怪事再度感到惊异。

六天之后，他们回到了唐吉诃德的故乡。他们到达村庄时正是大白天，又赶上是星期日，人们都聚集在村里的空场上，送唐吉诃德的牛车就从空场中间通过。大家都过来看车上装的是什么东西，待他们认出车上装的竟是自己的同村老乡时，都非常惊讶。有个男孩子飞快地跑去把消息告诉了唐吉诃德的女管家和外甥女，说唐吉诃德面黄肌瘦地躺在一辆牛车的一堆干草上回来了。两个善良女人的喊声听起来真让人怜悯。她们打自己的嘴巴，又诅咒那些可恶的骑士小说，待唐吉诃德被送进家门时，她们的这些声音更加强烈了。

桑乔的妻子听到唐吉诃德回来的消息也赶来了。她已经听说桑乔给唐吉诃德做了侍从。一见到桑乔，她首先打听的就是那头驴的情况是否还好。桑乔说比自己的主人还好。

"感谢上帝，"桑乔的妻子说，"能如此照顾我。不过，你现在告诉我，朋友，你当侍从得到什么好处了？给我带前开口的女裙了吗？给孩子们带鞋了吗？"

"这些都没有，"桑乔说，"我的老伴儿，不过我带回了更有用、更贵重的东西。"

"那我当然高兴，"妻子说，"让我看看那些更贵重、更有用的东西是什么，朋友。我想看看，也让我的心高兴高兴。你不在家这段时间里，我的心一直很难过。"

"等到家我再给你看，老伴儿，"桑乔说，"现在你就放心吧。若是上帝保佑，我们能再次出去征险，我很快就会成为伯爵或某个岛屿的总督，而且不是一般的岛屿，是世界上最好的岛屿。"

"但愿老天能够保佑我们，我的丈夫，咱们正需要这个呢。不过你告诉我，什么叫岛屿？我不明白。"

"真是驴嘴不知蜜甜，"桑乔说，"到时候你就知道了，娘子，待你听到你的臣民称呼你为女领主时，你就更感到新鲜了。"

"你说的女领主、岛屿和臣民到底是什么东西，桑乔？"胡安娜•潘萨问。人们都叫她胡安娜•潘萨。虽然他们并不是一个家族的，但是在曼查，女人们都习惯使用丈夫的姓。"你别急着一下子什么都知道，胡安娜。我告诉你实情，你闭着嘴听就行了。我只想告诉你，世界上再没有比为四处征险的游侠骑士当光荣的侍从更美的事情了。不过人不能处处遂愿，这也是事实，一百次征险里，往往有九十九次不能成功。我对此深有体会。我曾被人用被单扔过，被人打过。尽管如此，我还是能够翻越高山，搜索树林，攀登岩石，访问城堡，随意留宿客栈，分文都不用付，的确也是件很美的事情。"

桑乔和胡安娜说话的时候，唐吉诃德的女管家和外甥女把唐吉诃德迎进屋里，给他脱掉了衣服，让他在他原来那张旧床上躺下。唐吉诃德斜眼看着她们，到底还是没明白自己到了什么地方。神甫嘱咐唐吉诃德的外甥女好好照顾她的舅舅，让她们注意可别让唐吉诃德再跑了，又讲了这回费了多少事才把唐吉诃德弄回来。两个女人听了又喊声震天，诅咒骑士小说。她们还请求老天把那些胡编乱造的作者们都扔到深渊的最深处去。最后，她们又担心她们的主人或舅舅待身体稍微有所恢复就又会跑掉。不幸，她们言中了。

第二十一章

唐吉诃德准备第三次出征

神甫和理发师几乎一个月都没去看望唐吉诃德，以免勾起他对往事的回忆。可他们却去拜访了唐吉诃德的外甥女和女管家，嘱咐她们好好照顾唐吉诃德，给他做些可口而又能补心补脑子的食物，因为据我认真分析，唐吉诃德倒霉就倒霉在心和脑子上。外甥女和女管家说她们已经这样做了，而且将会尽可能认真仔细地这样做，看样子现在唐吉诃德已经逐步恢复正常了。神甫和理发师对此感到很高兴，觉得他们就像这个伟大而又真实的故事第一部最后一章里讲到的那样，施计用牛车把唐吉诃德送回来算是做对了。于是，他们又决定去拜访唐吉诃德，看看他到底恢复到什么程度了，尽管他们知道现在他还不可能完全恢复。神甫和理发师还商定绝不涉及游侠骑士的事，避免在他刚结好的伤口上又添新疤。

他们去看望了唐吉诃德。唐吉诃德正坐在床上，身上穿着一件绿呢紧身背心，头戴红色托莱多式帽子，干瘦得简直像个僵尸。唐吉诃德很热情地招待神甫和理发师。神甫和理发师问他的病情，唐吉诃德介绍了自己的状况，讲得头头是道。谈话又涉及到了治国治民，他们抨击时弊，褒善贬恶，俨如三个新时代的立法者，像现代的利库尔戈斯或者具有新思想的梭伦。他们觉得要使国家有个新面貌，就得对它进行改造，建成一个新型社会。唐

143

吉诃德讲得条条在理，神甫和理发师都觉得他的身体和神志已完全恢复正常。

他们说话的时候，唐吉诃德的外甥女和女管家也在场。她们见唐吉诃德神志恢复得这么好，都不停地感谢上帝。这时，神甫改变了原来不谈游侠骑士的主意，想仔细观察一下唐吉诃德是否真的恢复正常了，就一一列数了一些来自京城的消息，其中之一就是有确切的消息说，土耳其人的强大舰队已经逼近，其意图尚不清楚，也不知道如此强大的力量究竟目标是哪里。这种大军逼近的消息几乎年年有，所有基督教徒都对此感到紧张。国王陛下已经向那不勒斯和西西里沿岸以及马耳他岛等地区部署了兵力。唐吉诃德闻言说道：

"陛下决策英明，为他的国土赢得了时间，做好了迎战的准备。不过，如果陛下愿意听听我的建议，我就会向陛下提出一种他现在无论如何也不会想到的防御办法。"

神甫听到此话心中暗自说道：

"天啊，可怜的唐吉诃德，你真是疯狂至极，愚蠢透顶。"

理发师本来也同神甫一样，想看看唐吉诃德是否完全恢复健康了，就问唐吉诃德，他说的那个防御之策是什么，也许类似于有些人向国王提出的那类不着边际的建议呢。

"理发师大人，"唐吉诃德说，"我的建议绝不会不着边际，肯定切实可行。"

"我不是这个意思。"理发师说，"但事实证明，以前向国王陛下提的各种建议常常不可能实现，或者纯粹是胡说八道，要不就是损害了国王或王国的利益。"

"我的建议既不是不可能实现的，也不是胡说八道，"唐吉诃德说，"而是最简易可行的，是任何人也想不到的巧妙办法。"

"可您始终没说您那建议到底是什么内容呢，唐吉诃德大人。"神甫说。

"我可不想今天在这儿说了之后，明天就传到陛下的谋士耳朵里去，"唐吉诃德说，"然后让别人拿着我的主意去请功。"

"我在这里向上帝发誓，"理发师说，"保证不把您对陛下的建议向任何人透露。我这是从一首神甫歌谣里学到的誓言。那个神甫在做弥撒的开场白里向国王告发了一个强盗，此人偷了他一百个罗乌拉和一匹善跑的骡子。"

"我不知道这类故事，"唐吉诃德说，"但这誓言还是不错的，而且我知道理发师大人是个好人。"

"即使他不是好人，"神甫说，"我也可以为他担保，保证他会绝口不提此事。如果他说出去了，我甘愿掏钱替他受罚。"

"那么，神甫大人，谁又能为您担保呢？"唐吉诃德问。

"我的职业，"神甫说，"我的职业规定我必须保密。"

"确实。"唐吉诃德这时才说，"国王陛下应当下旨，宣召西班牙境内的所有游侠骑士在指定的日期到王宫报到。即使只能来几个人，说不定其中就有人能只身打掉土耳其人的威风呢。难道还有什么比这更好的办法吗？你们注意听我说，一个游侠骑士就可以打败一支二十万人的军队，就好像那些人只有一个脖子，好像他们都是些弱不经风的人，这种事情难道还算新鲜吗？否则，你们说，为什么会有那么多充满了这类奇迹的故事？我生不逢时，不用说别人，就说著名的唐贝利亚尼斯或者高卢的阿马迪斯家族的人吧，如果他们当中某个人还健在，同土耳其人交锋，土耳其人肯定占不着便宜！不过，上帝肯定会关照他的臣民，肯定会派一个即使不像以前的游侠骑士那样骁勇，至少也不会次于他们的人来。上帝会明白我的意思，我不必多说了。"

"哎呀，"唐吉诃德的外甥女这时说，"如果我舅舅不是又想去当游侠骑士了，我就去死！"

唐吉诃德说："不管土耳其人从天上来还是从地下来，不管他们有多强大，我都可以消灭他们。我再说一遍，上帝会明白我的意思。"

他们继续说着话，忽然听见已离开的唐吉诃德的女管家和外甥女在院子里吵吵嚷嚷，大家立刻循声赶去。原来那是唐吉诃德的外甥女和女管家冲桑乔喊的。桑乔非要进来看望唐吉诃德，她们把住门不让进，还说：

"你这个笨蛋进来干什么?回你自己家去，兄弟，不是别人，正是你骗了我们大人，还带着他到处乱跑。"

桑乔说道：

"真是魔鬼夫人！被骗被带着到处乱跑的是我，而不是你们主人。是他带着我去了那些地方，你们自己弄糊涂了。他许诺说给我一个岛屿，把我骗出了家，我到现在还等着那个岛屿呢。"

"让那些破岛屿噎死你！"外甥女说，"浑蛋桑乔，岛屿是什么东西？是吃的吗？你这个馋货、饭桶！"

"不是吃的，"桑乔说，"是一咱我可以比四个市政长官管理得还好的东西。"

"即使这样，"女管家说，"你也别进来，你这个一肚子坏水的家伙。你去管好你的家，种好你那点地，别想要什么岛不岛的了。"

神甫和理发师饶有兴趣地听着三个人的对话，可唐吉诃德怕桑乔把他们那堆傻事都和盘托出，有损自己的名誉，就叫桑乔和那两个女人别嚷嚷了，让桑乔进来。桑乔进来了，神甫和理发师起身告辞。他们见唐吉诃德头脑里那些胡思乱想根深蒂固，仍沉湎于骑士的愚蠢念头，不禁对唐吉诃德恢复健康感到绝望了。神甫对理发师说：

"你看着吧，伙计，说不定在咱们想不到的什么时候，咱们这位英雄就又会出去展翅高飞了。"

"我对此丝毫也不怀疑，"理发师说，"不过，侍从的头脑竟如此简单，甚至比骑士的疯癫更让我感到惊奇。他认准了那个岛屿，我估计咱们就是再费力也不会让他打消这个念头了。"

"上帝会解救他的。"神甫说，"咱们瞧着吧，这两个人全都走火入魔了，简直如出一辙。主人的疯癫若是没有侍从的愚蠢相配，那就不值得一提了。"

"是这样，"理发师说，"我很愿意听听他们俩现在谈什么。"

"我肯定，"神甫说，"唐吉诃德的外甥女或女管家事后肯定会告诉咱们。照她们俩的习惯，她们不会不偷听的。"

唐吉诃德让桑乔进了房间，关上门。房间里只有他们俩。唐吉诃德对桑乔说：

"你刚才说是我把你从家里骗出来的，我听了很难受。你知道，我也并没有留在家里呀。咱们一起出去，一起赶路，一起巡视，咱们俩命运相同。你被扔了一回，可我也被打过上百次，比你还厉害呢。"

"这也是应该的，"桑乔说，"照您自己说的，游侠骑士遇到的不幸总是比侍从遇到的多。"

"你错了，桑乔，"唐吉诃德说，"有句话说：quando caput do-let……"

"我只懂得咱们自己的语言。"桑乔说。

"我的意思是说，"唐吉诃德说，"头痛全身痛。我是你的主人，所以我是你的脑袋；你是我身体的一部分，因为你是我的侍从。从这个道理上讲，我遇到了不幸，或者说如果我遇到了不幸，你也会感到疼痛。你如果遇到了不幸，我也一样疼痛。"

"理应如此，"桑乔说，"可是我这个身体部分被人扔的时候，您作为我的脑袋却在墙头后面看着我被扔上去，并没有感到任何痛苦呀，它本来也应该感到疼痛嘛。"

148

"你是想说，桑乔，"唐吉诃德说，"他们扔你的时候，我没感到疼痛吗？如果你是这个意思的话，可别这么说，也别这么想。我的灵魂当时比你的身体疼得还厉害。不过，咱们现在先不谈这个，等以后有时间再来确定这件事吧。咱们现在说正题。你告诉我，桑乔，现在这儿的人是怎么议论我的？平民百姓都怎么说，贵族和骑士们又怎么说？他们对我的勇气、我的事迹、我的礼貌是怎么说的？他们对我要在这个世界上重振游侠骑士之道是怎么评论的？一句话，我想让你告诉我你所听到的一切。你原原本本地告诉我，不要加好听的，也不要去掉不好听的。忠实的仆人应该据实向主人报告，不要因为企图奉承而有所夸张，也不要因为盲目尊崇而有所隐瞒。你该知道，桑乔，如果当初君主们听到的都是不折不扣的事实，没有任何恭维的成分，那么世道就会不一样，就会是比我们现在更为'铁实'的时代，也就是现在常说的黄金时代。桑乔，请你按照我的告诫，仔细认真地把你知道的有关我刚才问到的那些情况告诉我吧。"

"我很愿意这样做，我的大人，"桑乔说，"不过我有个条件，就是不管我说什么，你都不要生气，因为你想让我据实说，不加任何修饰。"

"我不会生气的，"唐吉诃德说，"你放开了讲，桑乔，不必绕弯子。"

"我首先要说的就是，"桑乔说，"老百姓把您看成最大的疯子，说我也愚蠢得够呛。贵族们说，您本来就不是贵族圈子里的人，就凭那点儿家世，那几亩地，还有身上那两片破布，竟给自己加了个'唐'，当了什么骑士。而骑士们说，他们不愿意让贵族与他们作对，特别是那种用蒸汽擦皮鞋、用绿布补黑袜子的只配当侍从的贵族。"

"这不是说我，"唐吉诃德说，"我从来都是穿得整整齐齐，

149

没带补丁的。衣服破了，那倒有可能，不过那是甲胄磨破的，而不是穿破的。"

"至于说到您的勇气、礼貌、事迹等事情，"桑乔接着说，"大家就看法不一了。有的人说：'疯疯癫癫的，不过挺滑稽。'另外一些人说：'勇敢，却又不幸。'还有人说：'有礼貌，可是不得体。'还说了许多话，连您带我都说得体无完肤。"

"你看，桑乔，"唐吉诃德说，"凡是出人头地的人，都会遭到谗害，历来很少或者根本没有名人不受恶毒攻击的。像尤利乌斯·恺撒，是个极其勇猛而又十分谨慎的统帅，却被说成野心勃勃，衣服和生活作风都不那么干净。亚历山大功盖天下，号称大帝，却有人说他爱酗酒；再说赫拉克勒斯，战果累累，却说他骄奢好色。高卢的阿马迪斯的兄弟加劳尔，有人议论他太好斗，又说阿马迪斯爱哭。所以桑乔，对这些好人都有那么多议论，我又何尝不是如此呢，你说的那些就属于这种情况。"

"问题就在这儿，而且还不止是这些呀！"桑乔说。

"那么，还有什么？"唐吉诃德问。

"还有没说的呢，"桑乔说，"这些都算是简单的。如果您想了解所有那些攻击您的话，我可以马上给您找个人来，把所有那些话都告诉您，一点儿也不会漏下。昨天晚上巴托洛梅·卡拉斯科的儿子来了。他从萨拉曼卡学成归来，现在是学士了。我去迎接他的时候，他对我说您的事情已经编成书了，书名就叫《唐吉诃德》，还说书里也涉及到我，而且就用了桑乔这个名字。托博索的杜尔西内亚也有，还有一些完全是咱们之间的事情。我吓得直画十字，不懂这个故事的作者怎么会知道了那些事情。"

"我敢肯定，桑乔，"唐吉诃德说，"一定是某位会魔法的文人编了这个故事。他们要写什么，就不会有什么事能瞒住他们。"

"怎么会又是文人又是魔法师呢！刚才，参孙·卡拉斯科学士，我就是这样称呼他的，他对我说，故事的作者叫锡德•哈迈德•贝伦赫纳。"

"这是个摩尔人的名字。"唐吉诃德说。

"是的，"桑乔说，"我听很多人说，摩尔人就喜欢贝伦赫纳①。"

"你大概是把这个'锡德'的意思弄错了，桑乔。"唐吉诃德说，"在阿拉伯语里，锡德是'大人'的意思。"

"这完全可能，"桑乔说，"不过，您如果愿意让他到这儿来，我马上就去找。"

"你如果能去找，那太好了，朋友。"唐吉诃德说，"你刚才说的那些让我心里一直惦记着。不把情况完全搞清楚，我就什么也不吃。"

"那我就去找他。"桑乔说。

桑乔离开主人去找那位学士，不一会儿就同那个人一起回来了。

唐吉诃德在等待卡拉斯科这段时间里一直在仔细思考。他想问问这位学士，桑乔说的那本书里究竟写了自己什么。他不能相信真有这本书，因为自己杀敌剑上的血迹尚未干，难道就有人把他的高尚的骑士行为写到书里去了？尽管如此，他还是想象有某位文人，不管是朋友还是对头，通过魔法把他的事写到书里去了。如果是朋友这样做，那是为了扩大他的影响，把他的事迹突出到比最杰出的游侠骑士还要突出的地步。如果是对头做的，那就是为了把他贬低到比有文字记载的最下贱的侍从还要下贱的地步。因为他心里明白，书上从来不写侍从的事迹。不过，假如确有这么一本书，既然是写游侠骑士的，就一定是宏篇巨著，洋洋万言，写得高雅优美而又真实。这么一想，他又有点放心了。可

---

① 桑乔把贝嫩赫利误说成是贝伦赫纳，而贝伦赫纳是茄子的意思。

是，想到作者是摩尔人，因为那个人的名字叫锡德，唐吉诃德又不放心了。摩尔人从来都是招摇撞骗，而且诡计多端。他最担心的就是书里谈到他同托博索的杜尔西内亚的爱情时会有不得体的地方，这样会造成人们对他的贞洁的杜尔西内亚夫人的蔑视和伤害。他希望书里写自己对杜尔西内亚始终忠诚而又尊敬，克制了自己的本能冲动，鄙视女王、王后和各种身份的美女。他正在山南海北地乱想着，桑乔和卡拉斯科来了。唐吉诃德非常客气地接待了卡拉斯科。

这个学士虽然叫参孙，个子却并不很大。他面色苍白，可头脑很灵活。他二十四岁，圆脸庞，塌鼻子，大嘴巴，一看就是个心术不正、爱开玩笑的人。果然，他一见到唐吉诃德，就跪了下来，说道：

"请您把高贵的手伸出来，曼查的唐吉诃德大人。虽然我的级别只有初级四等，我凭这件圣彼得袍发誓，您是这世界上空前绝后的著名游侠骑士。多亏锡德·哈迈德·贝嫩赫利写下了这部记录您的英勇事迹的小说，多亏有心人又把它从阿拉伯语翻译成我们大众的西班牙语，才让大家都欣赏到这部小说。"

唐吉诃德扶他站起来，说道：

"看来真有一部写我的小说，而且是一位摩尔文人写的！"

"千真万确，大人，"参孙说，"而且据我估计，现在至少已经印了一万二千册。你放心，在葡萄牙、巴塞罗那和巴伦西亚都印了。据说在安特卫普也在印呢。我估计无论什么国家、什么语言，都会出版这部小说的译本。"

"在能够让品德高尚、成就突出的人高兴的事情中，"唐吉诃德说，"有一件就是他的美名能够以各种语言印成书在人们中流传。但我说的是美名，如果相反，那就还不如死了呢。"

"若论美名，"学士说，"您已经超过了所有游侠骑士。现

152

在，摩尔人已经使用他们的语言，而基督徒们也用自己的语言，向我们极其逼真地描述了您的洒脱形象。您临危不惧，吃苦耐劳，忍受了各种痛苦，此外，您还在同托博索的唐娜杜尔西内亚夫人的精神恋爱中保持了自己的忠贞。"

"我从没听说过什么唐娜杜尔西内亚夫人，"桑乔这时说，"我只听过称她为托博索的杜尔西内亚夫人。小说里这点写错了。"

"这不是什么大错。"卡拉斯科说。

"的确不是大错，"唐吉诃德说，"不过请你告诉我，学士大人，人们最称赞的是这部小说里的哪些事迹呢？"

"每个人的口味不同，所以意见也就不同。"学士答道，"有些人最喜欢大战风车的事，也就是您觉得是长臂巨人的那些东西；另外一些人爱看砑布机的事；这个人觉得描写两支军队那段好，不过那两支军队后来似乎变成了两群羊；那个人推崇碰到送往塞哥维亚的尸体那一节。"

"那位文人无一遗漏地把事情全都写下来了，"参孙又说，"面面俱到，连好心的桑乔在被单里飞腾的事也有。"

"我没有在被单里飞腾，"桑乔说，"我只是在空中飞腾，不管我愿意不愿意。"

"我觉得，"唐吉诃德说，"在世界人类历史中恐怕没有哪一段不带有波折，特别是骑士史。骑士们不可能总是一帆风顺。"

"尽管如此，"学士说，"据说有些人看过这部小说后，倒宁愿作者忘掉唐吉诃德大人在交锋中挨的一些棍棒呢。"

"这些都是真事。"桑乔说。

"为了客观，这些事情其实可以不提，"唐吉诃德说，"因为事实在那儿摆着，不会改变，所以也就没有必要写出来，假如这些事情有损主人公尊严的话。埃涅阿斯就不像维吉尔描写得那样具有同情心，尤利西斯也不像荷马说的那样精明。"

"是这样。"参孙说，"不过，诗人写作是一回事，历史学家写作又是另外一回事。诗人可以不按照事物的本来面目，而按照它们应该是什么样子来描写和歌颂那些事物。历史学家则不是按照事物应该怎样，而是按照事物的本来面目，不加任何增减地写作。"

"主人唐吉诃德鉴于我忠心耿耿，想把据他说能夺取到的许多岛屿送给我一个，我会十分高兴地接受。如果他不给我岛屿，那么我还是我，我也不用靠别人活着，我只靠上帝活着，而且不做总督也许会比做总督活得还好。况且，谁知道魔鬼会不会在我当总督期间给我设个圈套，把我绊倒，连牙齿都磕掉了呢？我生来是桑乔，我打算死的时候还是桑乔。不过，若是老天赐给我一个岛屿或是其他类似的东西，只要不用费力气，也不用冒险，我才不会那么傻，推辞不要它呢。人们常说："给你牛犊，快拿绳牵"，"好运来了，切莫错过"。"

"桑乔兄弟，"卡拉斯科说，"你讲话真够有水平的，但即使这样，你还得相信上帝，相信你的主人唐吉诃德，那么，他给你的就不是一个岛屿，而是一个王国了。"

"多和少都是一回事，"桑乔说，"不过，我可以告诉卡拉斯科大人，只要我的主人没有忘记给我一个王国，我会珍重自己的。我的身体很好，依然可以统治王国，管理岛屿。这话我已经同我的主人说过多次了。"

"你看，桑乔，"参孙说，"职业能够改变人。也许你当了总督以后，连亲妈都不认了。"

"只有那些出身低下的人才会那样。像我这样品行端正的老基督徒绝不会这样。你只要了解我的为人，就知道我对任何人都不会忘恩负义。"

"只要有做总督的机会，"唐吉诃德说，"上帝肯定会安排，而且，我也会替你留心。"

　　说完，唐吉诃德又请求学士，说如果他会写诗，就请代劳写几首诗，自己想在辞别托博索的杜尔西内亚夫人时用，而且，唐吉诃德还请他务必让每句诗的开头用上她的名字的一个字母，等把全诗写出来后，这些开头的字母就能组成"托博索的杜尔西内亚"字样。学士说自己虽然算不上西班牙的著名诗人，因为西班牙的著名诗人至多也只有三个半，但他还是能按照这种诗韵写出几首，虽然写起来会很困难。因为这个名字一共有十七个字母，如果作四首卡斯特亚纳①的话，还多一个字母；如果写成五行诗的话，就还欠三个字母。不过，尽管如此，他会全力以赴，争取在四首卡斯特亚纳里放下"托博索的杜尔西内亚"这个名字。

　　"哪儿都是一样，"唐吉诃德说，"如果诗里没有明确写明某个女人的名字，她就不认为诗是写给她的。"

　　此时，参孙已经成了这两个人心目中的权威人物，在参孙的建议和允许下，他们决定三天以后出发。在这三天中，他们要准备行装，而且还要找个头盔，唐吉诃德说无论如何得找个头盔。参孙答应送给唐吉诃德一个头盔，因为他的朋友有头盔，如果去向他要，他不会不给，尽管头盔已经不很亮，锈得发黑了。女管家和外甥女对学士大骂一通自不待言，她们还揪自己的头发，抓自己的脸，像哭丧婆一般哀号唐吉诃德的出行，好像他已经死了似的。至于学士力劝唐吉诃德再次出行的意图，下面将会谈到，这全是按照神甫和理发师的吩咐做的，他们已经事先同学士通了气。

　　三天后，唐吉诃德和桑乔觉得已准备妥当了。桑乔安抚好了

---

　　① 一种四行八音节的民歌。

他的妻子，唐吉诃德也说服了外甥女和女管家。傍晚时分，两人登上了前往托博索的路程。除了学士之外没有人看见他们。学士陪伴他们走了一西里半路。唐吉诃德骑着他驯服的罗西南多，桑乔依然骑着他那头驴，褡裢里带着干粮，衣兜里装着唐吉诃德交给他以防万一用的钱。参孙拥抱了唐吉诃德，叮嘱他不论情况如何一定要设法捎信来，以便与他们同忧共喜，朋友之间本应如此。唐吉诃德答应了。参孙回去了，唐吉诃德和桑乔走向托博索大城。

第二十二章

唐吉诃德看望杜尔西内亚的遭遇

路上只有唐吉诃德和桑乔两个人。参孙刚一离开，罗西南多就嘶叫起来，那头驴也发出咻咻的鼻息，主仆二人都觉得这是好兆头。说实话，驴的鼻息声和叫声要比那匹瘦马的嘶鸣声大，于是桑乔推断出他的运气一定会超过他的主人，其根据不知是不是他的占星术。只听说他每次绊着或者摔倒的时候，就后悔不该离家出走，因为若是绊着了或者摔倒了，其结果不是鞋破就是骨头断。桑乔虽然笨，但在这方面还是心里有数的。唐吉诃德对桑乔说：

"桑乔朋友，天快黑下来了。咱们还得摸黑赶路，以便天亮时赶到托博索。我想在我再次开始征险之前，到托博索去一趟，去领受举世无双的杜尔西内亚的祝福和准许。有了她的准许，我想，我就可以顺利地对付一切可能遇到的危险，世界上没有任何东西能比得到夫人们的赞许更激励游侠骑士的勇敢。"

"我也这样认为，"桑乔说，"不过我觉得您想同她说话，想见到她，甚至想领受她的祝福，都很困难，除非是她隔着墙头向您祝福。我第一次去见她就是隔着墙头看到她的，当时您让我带信给她，说您在莫雷纳山抽风。"

"你怎么会想起说，你是隔着墙头看到那位有口皆碑的美女佳人的呢，桑乔？"唐吉诃德说，"难道不该是在走廊、游廊、门廊或者华丽的皇宫里见到她的吗？"

"这些都有可能，"桑乔说，"但我还是觉得当时是隔着墙头，假如我没记错的话。"

"不管怎么样，咱们都得到那儿去，桑乔。"唐吉诃德说，"无论是从墙头上还是从窗户里，无论是透过门缝还是透过花园的栅栏，对我来说都一样，只要她的光芒能够照耀到我的眼睛，照亮我的思想，使我得到无与伦比的智慧和勇气。"

"可是说实话，大人，"桑乔说，"我看见托博索的杜尔西内亚夫人那个太阳时，她并不是亮得发出光来，倒像我对您说过的那样，正在簸麦子，她扬起的灰尘像一块云蒙住了她的脸，使得她黯然失色。"

"你怎么还是这么说，这么想，坚持认为我的杜尔西内亚夫人在簸麦子呢，桑乔！"唐吉诃德说，"这种事情贵人们不会做的，他们也不应该去做。贵人们生来只从事那些能够明确表现其贵族身份的活动和消遣。

"你的记性真不好，桑乔！竟忘记了咱们的诗人的那些诗，他在诗里向我们描述那四位仙女从可爱的塔霍河里露出头来，坐在绿色的草地上编织美丽的布帛。根据聪慧的诗人的描述，那些布帛是由金线、丝线和珍珠编织而成的。所以，你看到我的夫人的时候，她也应该正从事这种活动。肯定是某个对我存心不良的恶毒魔法师把我喜爱的东西改变了模样，变成了与其本来面目不相同的东西。所以我担心，在那本据说已经在印刷的记述我的事迹的书里，万一作者是个与我作对的文人，颠倒是非，一句真话后面加上千百句假话，会把这本记载真实事情的小说弄得面目全非。嫉妒真是万恶之源，是道德的蛀虫！桑乔，所有丑恶的活动都带来某种莫名其妙的快感，可是嫉妒产生的却只有不满、仇恨和疯狂。"

"我也这样认为。"桑乔说，"在卡拉斯科学士说的那本写咱们的书里，肯定也把我的名誉弄得一塌糊涂。凭良心说，我没有说过任何一位魔法师的坏话，也没有那么多的财产足以引起别人的嫉妒。我这个人确实有点不好，有时候有点不讲道理，不过，这些完全可以被我朴实无华的憨态遮住。就算我没做什么好事，我至少还有我的信仰。我一直坚定地笃信上帝和神圣的天主教所具有和信仰的一切，而且与犹太人不共戴天。所以，书的作者们应该同情我，在他们的作品里别亏待了我。不过，他们愿意怎么说就怎么说吧，反正我来去赤条条，不亏也不赚。只要能把我写进书里，供人们传阅，随便他们怎么写我都没关系。"

"这倒很像当代一位著名诗人遇到的情况，桑乔。"唐吉诃德说，"那位诗人写了一首非常刻薄的讽刺诗，讽刺所有的烟花女。其中一个女子因为他不能肯定是否烟花女，就没有写进诗里去。那个女子见自己没有被录入，就向诗人抱怨，凭什么没有把她列入诗里。她让诗人把讽刺诗再写长些，把她也写进去，否则就让诗人也当心自己的德行。诗人照办了，把她写得很坏。那女子见自己出了名非常满意，尽管是臭名远扬。还有一个故事，写的是一位牧人放火烧了著名的狄亚娜神庙，据说那座神庙被列为世界七大奇迹之一。牧人这样做仅仅是为了留名后世。虽然当时禁止任何人口头或书面提到他的名字，不让他如愿以偿，人们还是知道了那个牧人叫埃罗斯特拉托。卡洛斯五世大帝和罗马一位骑士的事情也属于这种情况。大帝想参观那座著名的圆穹殿。在古代，那座殿被称为诸神殿。现在的名称更好听了，叫诸圣殿，是世界上保留最完整的非基督教徒建造的建筑物，最能够表现出建筑者的宏伟气魄。殿呈半球状，非常高大，里面很明亮，光线全是从一扇窗户，确切地说，是从顶部的一个天窗射进去的。大帝从那个天窗俯视整个大殿。在大帝身旁，有一位罗马骑士介绍这座优美精湛的高大殿堂和值得纪念的建筑。离开天窗后，骑士对大帝说：'神圣的陛下，刚才我无数次企望抱着陛下从天窗跳下去，那样我就可以流芳百世了。'　'多谢你，'大帝说，'没有把这个罪恶念头付诸实施。以后，你再也不会有机会表现你的忠诚了。我命令你，今后再也不准同我讲话，或者到我所在的地方。'说完大帝给了骑士很大一笔赏酬。

　　"我的意思是说，桑乔，"唐吉诃德说，"在很大程度上，功名之心是个动力。你想想，除了功名，谁会让奥拉西奥全身披挂从桥上跳到台伯河里去呢？谁会烧穆西奥的手臂呢？谁会促使库尔西奥投身到罗马城中心一个燃烧着的深渊里去呢？在不利的情况下，是谁驱使恺撒渡过鲁比肯河呢？咱们再拿一些现代的例子来说吧，是谁破坏了跟随彬彬有礼的科尔特斯登上了新大陆的英勇的西班牙人的船只，又把他们消灭了呢？这些以及其他各种各样的丰功伟绩，在过去、现在和将来都是功名之举。世人总是希望他们的非凡举动得到不朽美名，我们基督教徒、天主教徒和游侠骑士更应该注重身后的天福，天福才是天国永恒的东西。眼前的虚名至多只能有百年之久，最终都会随着这个世界消失，都属气数有限。所以，桑乔，我们的行为不应该超越我们信仰的基督教所规定的范围。我们应该打掉巨人的傲慢；应该胸怀坦荡，清除嫉妒心；应该心平气和，避免怒火焚心；应该节食守夜，不要贪吃贪睡；应该一如既往地忠实于我们的意中人，戒除淫荡；应该游历四方，寻求适合于我们做的事情，避免懒惰。我们是基督徒，更是著名的骑士。桑乔，你可以看到，谁受到人们的极力赞扬，也就会随之得到美名。"

　　"您刚才说的这些我全明白，"桑乔说，"不过我现在有个疑问，希望您能给我'戒决'一下。"

　　"应该是'解决'，桑乔。"唐吉诃德说，"你说吧，我尽力回答。"

"请您告诉我，大人，"桑乔说，"什么胡利奥呀、阿戈斯特呀，还有您提到的所有那些已故的功绩卓著的骑士们，现在都在哪儿呢？"

"异教骑士们无疑是在地狱，"唐吉诃德说，"而基督教骑士，如果是善良的基督徒，那么，或者在炼狱里，或者在天堂。"

"那好，"桑乔说，"现在我想知道，在埋葬着那些贵人的墓地前是否也有银灯？或者在灵堂的墙壁上也装饰着拐杖、裹尸布、头发和蜡制的腿与眼睛？如果不是这样，在他们灵堂的墙壁上用什么装饰呢？"

唐吉诃德答道：

"异教骑士的坟墓大部分是巨大的陵宇，例如恺撒的遗骨就安放在一座巍峨的石头金字塔里，如今这座金字塔在罗马被称为'圣佩德罗尖塔'。阿德里亚诺皇帝的墓地是一座足有一个村庄大的城堡，曾被称为'阿德里亚诺陵'，现在是罗马的桑坦赫尔城堡。阿特米萨王后把她丈夫毛里西奥的遗体安放在一个被称为世界七大奇迹之一的陵墓里。不过，在这些异教徒的陵墓里，没有一座在墙上装饰裹尸布和其他供品，以表明陵墓里埋葬的是圣人。"

"我正要说呢，"桑乔说，"请您告诉我，让死人复生和杀死巨人，哪个最重要呢？"

"答案是现成的，"唐吉诃德说，"让死人复生最重要。"

"这我就不明白了。"桑乔说，"一个人若能使死者复生，使盲人恢复光明，使跛者不跛，使病人康复，他的墓前一定灯火通明，他的灵堂里一定跪着许多人虔诚地瞻仰他的遗物。无论是现在还是以后，这种人的名声一定超过了所有帝王、异教徒和游侠骑士留下的名声。"

"我承认这是事实。"唐吉诃德说。

162

"所以，只有圣人们的遗骨和遗物才具有这样的声誉，这样的尊崇，这样的殊礼。我们的圣母准许他们的灵前有灯火、蜡烛、裹尸布、拐杖、画像、头发、眼睛和腿，借此增强人们的信仰，扩大基督教的影响。帝王们把圣人的遗体或遗骨扛在肩上，亲吻遗骨的碎片，用它来装饰和丰富他们的礼拜堂以及最高级的祭坛。"

　　"你说这些究竟想说明什么，桑乔？"唐吉诃德问。

　　"我是说，"桑乔说，"咱们该去当圣人，这样咱们追求的美名很快就可以到手了。您注意到了吗，大人？在昨天或者昨天以前，反正是最近的事，据说就谥封了两个赤脚小修士为圣人。现在，谁若是能吻一吻、摸一摸曾用来捆绑和折磨他们的铁链，都会感到很荣幸，对这些铁链甚至比对陈设在国王兵器博物馆里实际上并不存在的罗尔丹的剑还崇敬。所以，我的大人，做个卑微的小修士，不管是什么级别的，也比当个勇敢的游侠骑士强。在上帝面前鞭笞自己几十下，远比向巨人或妖魔鬼怪刺两千下要强。"

　　"确实如此，"唐吉诃德说，"但并不是所有人都可以当修士。上帝把自己的信徒送往天堂的道路有多条，骑士道也可以算做一种信仰，天国里也有骑士圣人。"

　　"是的，"桑乔说，"不过我听说，天国里的修士比游侠骑士多。"

　　"是这样，"唐吉诃德说，"这是因为修士的总数比游侠骑士多。"

　　"那儿的游侠不是也很多嘛。"桑乔说。

　　"是很多，"唐吉诃德说，"但能够称得上骑士的并不多。"

　　两人说着话，已经过去了一夜一天，这中间并没有发生什么值得记述的事情，唐吉诃德因此感到悒悒不欢。第二天傍晚，他们已经看到了托博索大城。唐吉诃德精神振奋，桑乔却愁眉锁眼，因为他不知道杜尔西内亚的家在哪儿，而且，他同主人一样从没见过她。结果，一个为即将见到杜尔西内亚，另一个为从没见过她，两人都心绪不宁。桑乔寻思，如果主人叫他到托博索城里去，他该怎么办才好。后来，唐吉诃德吩咐到夜深时再进城。时辰未到，于是两人就在离托博索不远的几棵圣栎树旁待着，等到既定时间才进城去，结果后来又遇到了一连串的事情。

第二十三章

大约夜半三更时分，唐吉诃德和桑乔离开那几棵圣栎树，进了托博索城。万籁俱寂，居民们都已经入睡了，而且像人们常说的，睡得高枕无忧。夜色若明若暗，而桑乔希望夜色漆黑，那样他就可以为自己找不到地方开脱了。四周只能听到狗吠声，这吠声让唐吉诃德感到刺耳，让桑乔感到心烦。不时也传来驴嚎、猪哼和猫叫的声音。这些叫声在寂静的夜晚显得格外响亮，使得多情的唐吉诃德感到了一种不祥之兆。尽管如此，他还是对桑乔说：

"可爱的桑乔，你快领我去杜尔西内亚的宫殿吧，大概她现在还没睡哩。"

"领您去什么宫殿哟，我的老天！"桑乔说，"上次我去看她的时候，她住的不只是一间小房子吗？"

"她当时一定是带着几个侍女在宫殿的某个小房间里休息，这是尊贵的夫人和公主的通常习惯。"

"大人，"桑乔说，"您硬要把杜尔西内亚夫人的家说成是宫殿，我也没办法。可就算是那样，现在它难道还没锁门吗？咱们现在使劲叫门，把大家都叫醒了，合适吗？咱们能像到某个相好家去似的，不管什么时候，不管多晚，到了那儿就叫门，然后进去，那样行吗？"

165

"咱们先到宫殿去，"唐吉诃德说，"到时我再告诉你咱们该怎么做。你看，桑乔，如果不是我看错了，前面那一大团黑影大概就是杜尔西内亚的宫殿映出来的。"

"那就请您带路吧，"桑乔说，"也许真是这样。不过，即使我能用眼看到，用手摸到，要我相信那就是宫殿，简直是白日做梦！"

唐吉诃德在前面引路，走了大约两百步，来到那团阴影前，才看清那是一座塔状建筑物，后来弄清了那并不是什么宫殿，而是当地的一个大教堂。唐吉诃德说：

"这是一座教堂，桑乔。"

"我已经看见了，"桑乔说，"上帝保佑，别让咱们走到墓地去。这时候闯进墓地可不是件好事。如果我没记错的话，您说过这位夫人的家是在一条死胡同里。"

"真见鬼了，你这个笨蛋！"唐吉诃德说，"你什么时候见过建在死胡同里的宫殿？"

"大人，"桑乔说，"每个时期都有各自不同的习惯。也许在托博索，就是把宫殿和高大建筑物建在死胡同里。现在，我请求您让我在这大街小巷到处找一找，也许在哪个旮旯里能找到那个宫殿呢。这个该死的宫殿，害得咱们到处乱找！"

"谈到我的夫人时，你说话得有点礼貌，桑乔。"唐吉诃德说，"咱们就此打住吧，免得伤了和气又办不成事。"

"我会克制自己的，"桑乔说，"不过我只来过一次女主人的家，您就要我务必认出来，而且是在半夜三更找到它，而您大概来过几千次了，居然也找不到，您还要让我怎样耐心呢？"

"我真拿你没办法。"唐吉诃德说，"过来，你这个浑蛋！我不是跟你说过上千次，我这辈子从没见过举世无双的杜尔西内亚，也从没跨进她的宫殿的门槛，只是听说她既美丽又聪明才恋上了她吗？"

"那我告诉您，"桑乔说，"既然您没见过她，我也没见过。"

"这不可能，"唐吉诃德说，"至少你对我说过，你替我捎信又为我带来回信，曾见过她正在簸麦子。"

"您别太认真了，大人。"桑乔说，"我可以告诉您，那次说我看见她以及我给您带了回信，也都是听说的。要说我知道谁是杜尔西内亚夫人，那简直是让太阳从西边出来。"

"桑乔啊桑乔，"唐吉诃德说，"玩笑有时候可以开，但有些时候就不该再开玩笑了。不要因为我说我从没和我的心上人见过面、说过话，你也就不顾事实，说你没见过她，没有同她说过话嘛。"

两人正说着话，迎面走来了一个人，还赶着两匹骡子，并且有犁拖在地上的响声。估计是个农夫。此时农夫已经来到他们面前。唐吉诃德向农夫问道：

"好朋友，上帝会给你带来好运。你是否知道，天下无与伦比的托博索的杜尔西内亚公主的宫殿在哪儿？"

"大人，"那个农夫说，"我是外地人，几天前才来到这个地方为一个富农干农活。他家对面住着当地的神甫和教堂管事。他们或他们当中的某个人或许清楚那位公主的事情，因为他们掌管着托博索所有居民的花名册呢。不过据我所知，在整个托博索并没有什么公主，贵小姐倒是有不少，每一个在家里都可以称得上是公主。"

"朋友，在那些人里大概就有我要找的那位公主。"唐吉诃德说。

"很可能，"农夫说，"那就再见吧，天快亮了。"

不等唐吉诃德再问什么，农夫就赶着骡子走了。桑乔见主人还待在那里，一脸不高兴的样子，就对他说：

"大人，天快亮了。白天让人在街上看到咱们多不好。最好是咱们先出城去，您先藏在附近的某个小树林里，天亮以后我再回来找咱们这位夫人的房子或宫殿。如果找不到，算我倒霉；如果找到了，我就告诉您。我还会告诉她，您待在什么地方，正等待她的吩咐，好安排您去见她。这对她的名声并没有什么影响。"

"你这几句话可以说是言简意切，桑乔。"唐吉诃德说，"你的话正中我下怀，我非常愿意听。过来，伙计，咱们去找个地方，我先藏起来。你就像你说的那样，再回来寻找，看望和问候我的夫人。她聪明文雅肯定超出了我的意料。"

桑乔急于让唐吉诃德走开，以免他发现自己胡诌杜尔西内亚曾带信到莫雷纳山的谎话。因此他们赶紧离开，来到离城两西里远的一片树林里。唐吉诃德藏起来，桑乔又返回城里去找杜尔西内亚。

唐吉诃德藏在托博索附近的小树林或者圣栎树林里，让桑乔回到城里，让他代表自己去同杜尔西内亚谈，请求她允许这位心已被她俘虏的骑士去拜见她，请她屈尊为自己祝福，以便自己能逢凶化吉，遇难呈祥。如果桑乔办不到这些事情，就不要回来见他。桑乔立刻答应，一定像上次那样带回好消息来。

"你去吧，桑乔。"唐吉诃德说，"当你去寻找的那个美丽的太阳在你面前发出光芒时，你不要眼花缭乱。你比世界上所有游侠骑士的侍从都幸运！你把她接见你的情况都记住，别忘了，例如，你向她陈述我的旨意时，她的脸色是否变了；听到我的名字时，她是否显得心慌意乱；如果她本来是在她那奢华的会客厅里坐着，你看她是否忽然在垫子上坐不住了；如果她是站着，你看她是否一会儿这只脚踩着那只脚，一会儿又那只脚踩着这只脚；她回答你的话时是否总要重复两三遍；她是否一会儿由和蔼变得严肃，一会儿又由冷淡变得亲热；她的头发本来并不乱，可她是否总用手去捋理；总之，伙计，你注意观察她的所有动作。如果你能如实地向我陈述，我就能得知她内心深处与我的爱情有关的秘密。假如你原来不知道，桑乔，那么你现在就应该知道，情人之间在牵涉到他们的爱情时，外观的动作往往是他们灵魂深处信息的极其准确的反映。去吧，朋友，愿你带去一个比我顺利的机遇，又带回一个更好的结果。现在，我只好孤苦伶仃地在这里惴惴期望着这个结果了。"

"我速去速回，"桑乔说，"请您宽心，我的大人。您的心眼儿现在小得比芝麻粒大不了多少。您该想想，人们常说，'心宽愁事解'。俗话还说，'出乎意料，兔子跳来'。我是说，虽然咱们晚上没有找到咱们夫人的宫殿，可现在是白天了，我想也许会在咱们意想不到的时候找到它。等找到了，我自有办法对她说。"

"的确，桑乔，"唐吉诃德说，"咱们谈事情时，你总是能恰到好处地运用俗语。但愿上帝能让我得到比我的预期更多的佳运。"

唐吉诃德刚说完，桑乔就转身抽打他的驴走开了。唐吉诃德依然骑在马背上脚不离镫，手不离矛，满腹愁肠，思绪万千。咱们暂且不提唐吉诃德，先看看桑乔吧。桑乔此时同样忧心忡忡，思虑百般，并不亚于他的主人。刚一离开树林，他就回过头去，见唐吉诃德没跟上来，便翻身从驴背上跳下，坐在一棵树下，自问自答地说起来：

"'告诉我，桑乔兄弟，现在你到哪儿去？' '是去寻找你丢了的那头驴吗？' '不，不是。' '那你找什么？' '我要找的东西非同小可。我要寻找一位公主，可以说她把美丽的太阳和所有天空都集于一身了。' '你想到哪儿去找她呢，桑乔？' '到哪儿？托博索大城呗！' '那好，是谁派你去的？' '是除暴除孽的、逢渴者给吃的、逢饿者给喝的曼查的著名骑士唐吉诃德。' '那很好。你知道她家在哪儿吗，桑乔？' '我的主人说应该是在王宫或者深宅大院里。' '你原来是否见过她？' '我和我的主人都没见过她。' '那么，如果托博索的人知道你是来勾引公主、骚扰妇人后，棒打你的肋骨，打得你体无完肤，那不是活该吗？'

'如果他们不知道我是受托而来，那样做也许还算有道理。不过——' '你可别信这个，桑乔，曼查的人很好，但是火气也盛，不许任何人对他们不恭，所以趁人没发现，你别再找倒霉。' '婊子养的，滚蛋！' '天公，你打雷到别处去！' '真是为讨别人欢心，想找三条腿的猫，而且，这样在托博索找杜尔西内亚，简直是大海里捞针！' '我怎么这样说话呢，准是魔鬼闹的，没别人！'"

　　桑乔自言自语地说着，最后他说道："现在好了，凡事都有解决的办法。除非死亡降临到我们头上，谁都逃脱不了死亡的桎梏。种种迹象表明，我的主人是个疯子，我也快跟他差不多了。我比他笨，还得跟随他，服侍他。看来真像俗话说的，'近朱者赤，近墨者黑'，'不看在哪儿生，关键是在哪儿长'。就因为他是疯子，所以常常把这种东西说成是那种东西，把白的看成是黑的，把黑的当成白的。例如，他把风车当成巨人，把羊群看成敌军，还有其他一些诸如此类的事情。既然这样，就不难让他相信，我随便碰到的农妇就是杜尔西内亚夫人。如果他不信，我就发誓。他若还是不信，我就再三发誓。他若是坚持不信，我就一口咬定，不管怎么样，绝不松口。也许坚持到最后，他见我没把事情办好，以后就不会再派我送这类的信了。不过我想，他也许会认为是某个对他怀有恶意的魔法师跟他过不去，改变了杜尔西内亚的模样吧。"

　　这样一想，桑乔的精神就不紧张了。他觉得事情已经办妥，就在那里一直待到下午，让唐吉诃德以为他到托博索去了一个来回。事也凑巧，当他站起身，准备骑到驴背上时，看见从托博索来了三个农妇，骑着三头公驴驹或母驴驹，估计是母驴驹吧，反正是一般农妇骑的那种牲口。桑乔一看见农妇，就立刻跑回去找他的主人唐吉诃德，只见唐吉诃德正在那里长吁短叹，情语缠绵。唐吉诃德一看到桑乔就问：

"怎么样，桑乔朋友？我应该把今天记做白石日呢，还是算做黑石日①？"

"您最好把它记做红赭石日，就像讲坛上的标牌，很醒目，一目了然。"

"这么说，"唐吉诃德说，"你带来了好消息？"

"极好的消息，"桑乔说，"您只管骑上马，飞奔去见托博索的杜尔西内亚夫人吧。她已经带着两个侍女来看望您了。"

"上帝啊！桑乔朋友，你说什么？"唐吉诃德说，"你别骗我，别用虚假的喜讯来解脱我真正的伤感。"

"我骗您对我有什么好处？"桑乔说，"而且事实就在眼前。您快过来，大人，您看，咱们的女王已经来了，看穿戴她就像个女王。她和她的侍女都是浑身金光灿灿，珠光宝气，有钻石、红宝石，那锦缎足有十层厚呢。她们的头发披散在背上，迎风摆动像射出缕缕阳光。特别是她们还骑着三匹'小花牡'呢，真叫绝了。"

"你是想说'小花马'吧，桑乔？"

"'小花牡'和'小花马'没多大区别。"桑乔说，"不管她们骑的是什么，反正她们都是漂亮女子，简直美貌绝伦，特别是咱们的杜尔西内亚夫人，真令人眼花缭乱。"

"咱们过去吧，桑乔伙计，"唐吉诃德说，"作为你送来这个意想不到的好消息的报酬，我答应你，如果遇到什么征险的事，我一定把最好的战利品给你。如果你不喜欢战利品，我可以把今年我家三匹母马下的小马驹送给你。你知道的，那三匹母马现在正圈在咱们村的公地上等着下小驹呢。"

"我愿意要小马驹，"桑乔说，"因为第一次征险的战利品到

---

① 古希腊风俗，以白石志喜，以黑石志忧。

171

底好不好，我心里没底。"

　　两人说着走出了树林，这时三个农妇已经走近了。唐吉诃德向通往托博索的路上望去，可是只看见三个农妇。他满腹狐疑，问桑乔是否把杜尔西内亚等人撇在城外了。

　　"什么落在城外，"桑乔说，"难道您的眼睛长在后脑勺上了？没看见来的这三个人，她们像正午的太阳一样光芒万丈？"

　　"我没看见，"唐吉诃德说，"我只看见三个骑驴的农妇。"

　　"上帝把我从魔鬼手里解救出来吧！"桑乔说，"难道这三匹雪白的小马在您眼里竟成了驴？上帝呀，假如真是这样，我就把我的胡子拔掉。"

　　"那么我就告诉你，桑乔朋友，"唐吉诃德说，"那的确是三头驴，或许是三头母驴。确实如此，就好比我是唐吉诃德，你是桑乔一样。至少我这样认为。"

　　"别说了，大人，"桑乔说，"别这么说了，快睁开眼睛，过来向您思念的意中人致意吧，她已经走过来了。"

　　说完，桑乔抢前一步迎接三个农妇。他从驴背上跳下来，抓住其中一头驴的缰绳，双腿跪在地上，说道：

　　"美丽高贵的王后、公主和公爵夫人，请您当之无愧地接受已被您征服的骑士的致意吧。在尊贵的诸位面前，他诚惶诚恐，脉搏全无，已经呆若木鸡。我是他的侍从桑乔，他是曾历尽千辛万苦的曼查骑士唐吉诃德，别号猥琐骑士。"

　　此时唐吉诃德也挨着桑乔跪了下来。他瞪着眼睛，将信将疑地瞪着桑乔称为王后和夫人的那个女人。他发现那不过是个农妇，宽脸庞，塌鼻子，并不好看，心里既惊奇又迟疑，始终不敢开口。几个农妇见这两个如此怪异的男人跪在地上，不让她们过去，也同样感到很惊奇。最后，还是那个被桑乔拦住了的农妇恼怒地开口说道：

"倒霉鬼，让开路，放我们过去。我们还有急事呢。"

桑乔说道：

"托博索万能的公主、夫人，您的高贵之心面对跪在至尊面前的游侠骑士为何不为所动呢？"

另外两个农妇中的一个说道：

"吁！我公公的这头驴呀，我先给你挠挠痒吧。你看看这些人，竟拿我们农妇开心，以为我们不会怪他们！走你们的路吧！让我们也赶我们的路，这样大家都方便！"

"快起来吧，桑乔。"唐吉诃德这时候说道，"我已经看清了，厄运总是对我纠缠不休，已经堵死了所有可以为我这颗卑微的心灵带来快乐的途径。噢，夫人，你是我可以期望的勇气，是贵族之精华，是解除这颗崇拜你的心灵之痛苦的唯一希望！可恶的魔法师现在迫害我，在我的眼前蒙上了一层云翳，使你的绝世芳容在我眼里变成了一个可怜的农妇。假如魔法师没有使我的脸在你眼里变得丑陋可憎，就请你温情地看看我吧。从我拜倒在你的芳容面前的崇敬，你可以看到这颗崇拜你的心灵的谦恭。"

"你简直可以当我的爷爷了，"农妇说道，"竟还说这种献殷勤的话！快躲开，让我们过去。求求你们了。"

桑乔让开一条路，让农妇过去了，心里也为自己摆脱了一件棘手的事情而欢喜异常。那个被认为是杜尔西内亚的农妇见到可以脱身了，立刻用随身带的一根带刺的棍子打了一下她的小驴，向前跑去。那头驴因为这一棍而感到一种超常的疼痛，开始尥蹶子，结果把那位杜尔西内亚摔到了地上。唐吉诃德见状赶紧跑过去扶她，桑乔也跑过去把已经滑到驴肚子下的驮鞍重新放好。驮鞍放好后，唐吉诃德想把那位令他神魂颠倒的夫人抱到驴背上，可是农妇已经站起来，用不着唐吉诃德了。她向后退了退，又向前紧跑几步，双手按着驴的臀部，非常敏捷地跳到了鞍子上，那样子简直像个男人。桑乔见状说道：

"我的天啊，咱们这位夫人真比燕子还轻巧呢，即使是科尔多瓦或墨西哥的最灵巧的骑手也比不过她！她一下子就跃上了鞍子，不用马刺也能让她的小驴跑得跟斑马一样快！她的侍女也不落后，她们都能疾跑如风！"

事实确实如此。另外两个农妇见杜尔西内亚上了马，也赶着驴跟她一同飞跑，竟然头也不回地一气跑了半西里多。唐吉诃德一直目送她们远去，直到看不见她们了，才转过身来对桑乔说：

"桑乔，你觉得怎么样？你看，魔法师多恨我呀，竟恶毒到这种程度，想剥夺我见到意中人本来面目的快乐！实际上，我生

来就是最不幸的人，成了恶意中伤的众矢之的。你也看到了，桑乔，这些背信弃义的家伙把杜尔西内亚的模样改变了还不够，更把她变成像那个农妇那样愚蠢丑陋的样子，同时还剥夺了她作为贵夫人本身就具有的东西，也就是那种龙涎香和花香的香气。我可以告诉你，桑乔，刚才我要抱她骑上她的马，也就是我看着像驴的那个东西时，我闻到了一股生蒜味，熏得我差点儿没晕过去。"

"噢，恶棍，"桑乔说道，"你们这些居心叵测的魔法师，真应该像穿沙丁鱼那样把你们穿成串！你们懂得多，做得多，干的坏事也多。你们这些坏蛋，把我们的夫人明珠般的眼睛变得像栓皮栎树的虫瘿，把她纯金黄的头发变得像黄牛尾巴毛，把她漂亮的脸庞变得非常丑，还除掉了她身上的香味。有了那种香味，我们就可以知道丑陋面目的背后到底是谁。当然，说实话，我觉得她一点儿也不丑，而是很美，而且，她嘴唇右侧上方有颗痣，还有七八根一多长的金丝般黄毛，那更是锦上添花。"

"根据脸和身体相关生长的道理，"唐吉诃德说，"杜尔西内亚大腿内侧与脸上那颗痣相应的部位也应该有一颗痣。不过，你把痣边的那几根毛说得太长了。"

"我可以告诉您，"桑乔说，"那几根毛长在那儿简直再合适不过了。"

"我也这样认为，朋友。"唐吉诃德说，"杜尔西内亚身上长的东西没有一样不是十全十美的。如果她身上有一百颗你说的那种痣，那它们就不是痣了，而是明亮的星星和月亮。不过你告诉我，桑乔，你为她整理的那个我看着像是驮鞍的东西，究竟是无靠背鞍还是女用靠背鞍呢？"

"都不是，"桑乔说，"是短镫鞍，上面还有个罩子，看那华丽的样子，能价值半个城。"

"我看重的不是这些，桑乔。"唐吉诃德说，"我现在再说一遍，我要再说一千遍，我是最不幸的人。"

桑乔见主人如此愚蠢，这么容易就上了当，强忍着才没笑出声来。两人又议论了一阵，然后骑上牲口，往萨拉戈萨方向走。他们想立刻赶到那儿，参加每年一度在那个大城举行的庆祝活动。不过，在他们到达之前又发生了一些新奇的事。

第二十四章

英勇的唐吉诃德与骁勇的镜子骑士会面

　　唐吉诃德和桑乔的那天夜晚是在几棵高大茂密的树下度过的。

　　两人说着话，已经过了大半夜。桑乔想把他的眼帘放下来了，他想睡觉时常常这么说。桑乔先给他的驴卸了鞍，让它在肥沃的草地上随便吃草。不过，桑乔并没有给罗西南多卸鞍，因为主人已经明确吩咐过，他们在野外周游或者露宿时，不能给罗西南多卸鞍，这是游侠骑士自古沿袭下来的习惯，只能把马嚼子拿下来，挂在鞍架上。要想拿掉马鞍，休想。桑乔执行了主人的吩咐，但他给了罗西南多同他的驴一样的自由。他的驴同罗西南多的友谊牢固而又特殊，两个牲口凑在一

起，耳鬓厮磨累了，满足了，罗西南多就把脖子搭在驴的脖子上。罗西南多的脖子比驴的脖子长半尺多，两头牲口认真地看着地面，而且往往一看就是三天，除非有人打搅或是它们饿了需要找吃的。据说作者常把这种友谊同尼索和欧里亚诺①以及皮拉德斯和俄瑞斯忒斯②的友谊相比。由此可以看出，这两头和平共处的牲口之间的友谊是多么牢固，值得世人钦佩。与此同时，人与人之间的友谊倒让人困惑。

后来，桑乔在一棵栓皮栎树下睡着了，唐吉诃德也在一棵粗壮的圣栎树下打盹。不过，唐吉诃德很快就醒了，他感到背后有声音。他猛然站起来，边看边听声音到底是从哪儿传来的。他看见两个骑马的人，其中一个从马背上滑下来，对另一个说：

"下来吧，朋友，把马嚼子拿下来。我看这个地方的草挺肥，可以喂牲口，而且这儿挺僻静，正适合我的情思。"

那人说完就躺下了，而且躺下时发出了一种盔甲的撞击声。唐吉诃德由此认定那人也是游侠骑士。他赶紧来到桑乔身旁。桑乔正睡觉，他好不容易才把桑乔弄醒。唐吉诃德悄声对桑乔说：

"桑乔兄弟，咱们又遇险了。"

"愿上帝给咱们一个大有油水的险情吧，"桑乔说，"大人，那个险情在哪儿？"

"在哪儿？"唐吉诃德说，"桑乔，你转过头来看，那儿就躺着一个游侠骑士。据我观察，他现在不太高兴。我看见他从马上下来，躺在地上，有点垂头丧气的样子。还有，他躺下时有盔甲的撞击声。"

"那您凭什么说这是险情呢？"桑乔问。

"我并没有说这就是险情，"唐吉诃德说，"我只是说这是险

---

① 维吉尔的史诗《埃涅阿斯纪》中的一对好友。
② 在古希腊神话中，这两人既是表兄弟，又是好友。

情的开端，险情由此开始。你听，他正在给诗琴或比维尔琴调音。他又清嗓子又吐痰，大概是想唱点什么吧。"

"很可能，"桑乔说，"看来是个坠入情网的骑士。"

"游侠骑士莫不如此。"唐吉诃德说，"只要他唱，我们就可以从他的只言片语里得知他在想什么。心里有事，嘴上就会说出来。"

桑乔正要说话，传来了森林骑士的歌声，桑乔打住了。骑士的嗓音不好也不坏。

一声大概是发自肺腑的"哎"声结束了森林骑士的歌声。过了一会儿，只听骑士痛苦又凄凉地说道：

"哎，世界上最美丽又最负心的人啊！最文静的班达利亚的卡西尔德亚呀，你怎么能让这位已经被你俘虏的骑士无休止地游历四方，受苦受罪呢？我已经让纳瓦拉的所有骑士，让莱昂的所有骑士，让塔尔特苏斯的所有骑士，让卡斯蒂利亚的所有骑士，还有曼查的所有骑士，都承认你是世界上最美丽的人，难道这还不够吗？"

"不，"唐吉诃德说，"我是曼查的，我从没有承认也不可能承认，而且更不应该承认这件如此有损于我美丽的夫人的事情。你看见了，桑乔，这个骑士胡说八道。不过咱们听着吧，也许他还会说点什么呢。"

"肯定还会说，"桑乔说，"他可以念叨一个月呢。"

可事实并非如此。原来森林骑士已经隐约听到了有人在议论他。他没有继续哀叹下去，而是站起身，声音洪亮却又很客气地问道：

"谁在那儿？是什么人？是快活高兴的人，还是痛苦不堪的人。"

"是痛苦不堪的人。"唐吉诃德回答说。

"那就过来吧，"森林骑士说，"你过来就知道咱们是同病相怜了。"

唐吉诃德见那人说话客客气气，就走了过去。桑乔也跟了过去。

那位刚才还唉声叹气的骑士抓着唐吉诃德的手说：

"请坐在这儿，骑士大人。因为我在这儿碰到了你，我就知道你是干什么的了，我知道你是游侠骑士。这里只有孤独和寂静陪伴你，是游侠骑士特有的休息地方。"

唐吉诃德说道：

"我是骑士，是你说的那种骑士。我的内心深处虽然也有悲伤、不幸和痛苦，可我并未因此而失去怜悯别人不幸之心。听你唱了几句，我就知道你在为爱情而苦恼，也就是说，你因为爱上了你抱怨时提到的那位美人而苦恼。"

结果两人一同坐到了坚硬的地上，客客气气，显出一副即使苍天破了，他们也不会把对方打破的样子。

"骑士大人，"森林骑士问道，"难道您也坠入情网了？"

"很不幸，我确实如此，"唐吉诃德说，"不过，由于处理得当而产生的痛苦应该被看做幸福，而不是苦恼。"

"如果不是被人鄙夷的意识扰乱我的心，你说的倒是事实。"森林骑士说，"不过，瞧不起咱们的人很多，简直要把咱们吃了似的。"

"我可从来没受过我夫人的蔑视。"唐吉诃德说。

"从来没有，"桑乔也在一旁说，"我们的夫人像只羔羊似的特别温顺。"

"这是您的侍从？"森林骑士问。

"是的。"唐吉诃德回答说。

"我从没见过哪个侍从敢在主人说话的时候插嘴，"森林骑士说，"至少我的侍从不这样。他已经长得同他父亲一样高了，可是我说话时他从来不开口。"

"我刚才的确插话了，"桑乔说，"而且，我还可以当着其他人……算了吧，还是少说为佳。"

森林骑士的侍从拉着桑乔的胳膊说：

"咱们找个地方，随便说说咱们侍从的事吧。让咱们的主人痛痛快快地说他们的恋爱史吧，他们肯定讲到天亮也讲不完。"

"那正好，"桑乔说，"我也可以给你讲讲我是什么样的人，看我是否算得上那种为数不多的爱插嘴的人。"

两个侍从说着便离开了。他们同他们的主人一样，进行了一场有趣的谈话。

唐吉诃德和森林骑士谈了很多。据故事记述，森林骑士对唐吉诃德讲道：

"总之，骑士大人，我想让您知道，我受命运驱使，或者说由我自己选择，我爱上了举世无双的班达利亚的卡西尔德亚。说她举世无双，是因为无论比身高、比地位或是比相貌，都没有人能够与她相比。这个卡西尔德亚对我善意的想法和适度的愿望答以各种各样的危险差事，就像赫拉克勒斯的教母对赫拉克勒斯那样，每次都答应我，只要做完这件事后再做一件就可以满足我的愿望。可是事情做了一件又一件，我也不知道究竟做了多少件，究竟做完哪一件才能实现我的美好愿望。有一次，她派我去向塞维利亚那个有名的女巨人希拉尔达挑战。希拉尔达非常勇敢，她仿佛是青铜铸的，屹立在原地寸步不移，但她却又是世界上最轻浮、最易变的女人。我赶到那儿，看见了她，打败了她，让她老老实实地站在那儿，不敢乱动，要知道当时刮了一个多星期的北风呢。后来，她又让我去称两只巨大的吉桑多公牛石像的重量。这种活更适合脚夫干，而不适合骑士干。

"还有一次，她让我跳进卡夫拉深渊，那可是空前可怕的事情哟。她要我把那黑洞深处的东西都给她拿上来。我制伏了希拉尔达，我称了吉桑多公牛的重量，我又跳进深渊，把埋藏在深渊底部的东西都拿了上来，可是我的愿望仍然不能实现，而她的命令和嘲弄却没完没了。后来，她又命令我游历西班牙的所有省份，让各地所有的游侠骑士都承认只有她是最漂亮的，而我则是世界上最勇敢最多情的骑士。我按照她的要求游历了西班牙大部分省份，打败了所有胆敢对我持异议的人。不过，最令我自豪的是我在一次激烈的战斗中打败了曼查的著名骑士唐吉诃德，让他承认了我的卡西尔德亚比他的杜尔西内亚还漂亮。只此一举，我就可以说已打败了世界上的所有骑士，因为我说的那个唐吉诃德已经打败了所有骑士，而我又打败了他，那么他的光荣、名声和赞誉也就都转到了我的头上。就这样，原来记在唐吉诃德身上的无数丰功伟绩都算到我身上了。"

唐吉诃德听了森林骑士这番话深感震惊。他多次想说森林骑士撒谎，话已经到了嘴边，可他还是强忍住了。他想让森林骑士自己承认是在撒谎。于是，唐吉诃德平静地对森林骑士说：

"要说骑士大人您打败了西班牙的所有骑士，甚至是世界上的所有骑士，我都不想说什么；可要说您打败了曼查的唐吉诃德，我表示怀疑。很可能那是一个与唐吉诃德极其相似的人，尽管与他相似的人并不多。"

"怎么会不可能呢？"森林骑士说，"我向高高在上的老天发誓，我是同唐吉诃德战斗，并且打败了他，俘虏了他。他高高的个子，干瘦脸，细长的四肢，花白头发，鹰鼻子还有点钩，黑黑的大胡子向下耷拉着。他还有个名字叫猥琐骑士，带着一个名叫桑乔的农夫当侍从。他骑的是一匹叫罗西南多的马，把托博索的杜尔西内亚当做自己的意中人。那女人原来叫阿尔东萨·洛伦索，就好比我的意中人叫卡西尔德亚，是安达卢西亚人，我就叫她班达利亚的卡西尔德亚那样。如果这些特征还不能证明我说的是真的，那么还有我的剑在此，它可以证明我说的确凿无疑。"

"静一静，骑士大人，"唐吉诃德说，"您听我说。您该知道，您说的那个唐吉诃德是我在这个世界上的最好的朋友，可以说好得就像我就是他一样。您刚才说的那些特征说得很准确，但我并不能因此就认为您打败的那个人就是他本人。而且，就我本身的体验来说，也不可能是他本人，除非是他那许多魔法师冤家，而且其中有一个总是跟他过不去，变出了一个和他一样的人，把他打败，借此来诋毁他靠高尚的骑士行为在世界上赢得的声誉。为了证明这点，我还可以告诉您，就在两天前，他的魔法师冤家还把托博索的杜尔西内亚这个美人变成了粗野低下的农妇模样。这些魔法师同样也可以变出一个唐吉诃德来。如果这些还不足以让您相信我说的是真话，那么，唐吉诃德本人就在你眼前，无论是徒步还是骑马，他将以他的武器或者其他任何您认为合适的方式来证明这一点。"

说着唐吉诃德站了起来，手按剑柄，等着森林骑士的决定。可是，森林骑士不慌不忙地说道：

"您真是站着说话不腰疼。唐吉诃德大人，既然我能够打败变成您这个模样的人，也完全可能打败您本人。不过，骑士战斗最好不在暗处，就像那些强盗无赖一样。咱们最好等太阳出来了再比试，而且咱们比试还应该有个条件，那就是输者以后得听赢者的，让他干什么就得干什么，只要不辱没他的骑士身份。"

"我赞成这个条件和约定。"唐吉诃德说。

两人说完就去找自己的侍从。两个侍从自入睡以后一直鼾声不停。两人把侍从叫醒，让他们分头去备马，等太阳一出来，就要进行一场殊死非凡的战斗。桑乔一听这话吓坏了，他为主人的安全担忧，因为他已从森林骑士的侍从那里耳闻了森林骑士的勇猛。不过，两个侍从什么也没说，就去寻找自己的马。那三匹马和一头驴早已凑在一起互相嗅呢。

森林骑士的侍从在路上对桑乔说：

"知道吗，兄弟？在安达卢西亚，决斗有个规矩，那就是如果教父们发生决斗，教子们也不能闲着，也得打。我这是想提醒您，咱们的主人决斗时，咱们俩也得打得皮开肉绽。"

"侍从大人，"桑乔说，"这个规矩在您说的那些强盗恶棍当中或许还行得通，可对于游侠骑士的侍从就休想。至少我没听我的主人讲过这个规矩，而游侠骑士界的所有规定他都能背下来。就算这是真的，明确规定了在侍从的主人决斗时侍从也必须互相打，我也不执行，我宁可接受对不愿打斗的侍从的处罚。我估计也就不过是罚两磅蜡烛罢了。我倒更愿意出那两磅蜡烛。我知道买蜡烛的钱要比买纱布包头的钱少得多，如果打起来准得把脑袋打破了。还有，就是我没有剑，不能打。我这辈子从来没拿过剑。"

"我倒有个好办法。"森林骑士的侍从说，"我这儿有两个大小一样的麻袋，您拿一个，我拿一个，咱们以同样的武器对打。"

"这样也好，"桑乔说，"这样来回掸土要比受伤强。"

"不能这样。"另一个侍从说，"麻袋里还得装五六个光溜溜的漂亮的卵石，否则扔不起来。两个麻袋一样重，这样咱们扔来扔去也不会伤着谁。"

"我的天啊！"桑乔说，"那咱们还得在麻袋里装上紫貂皮或者棉花团之类的东西，以免伤筋动骨。不过我告诉您，我的大人，您就是在麻袋里装满了蚕茧，我也不会打。咱们的主人愿意打就打吧，他们打他们的，咱们喝咱们的，过咱们的。到时候咱们都得死，所以没必要不等到时候就自己赶着去找死。"

"即使这样，"森林骑士的侍从说，"咱们也得打半个钟头。"

"不，"桑乔说，"我不会那么无礼，也不会那么忘恩负义，同人家一起吃喝过后又为一点儿小事找麻烦。更何况咱们现在既

184

没动怒，也没发火，干吗像中了魔似的为打而打呢?"

"对此我倒有个好办法。"森林骑士的侍从说，"在还没开始打之前，我先麻利地来到您身边，打您三四个嘴巴，把您打倒在我脚下，这样一来，就是再好的脾气也会发火的。"

"这种办法我也会，"桑乔说，"而且绝不次于您。我可以拿根棍子，不等您勾起我的火来，我就用棍子先把您的火打闷了，让它这辈子都发不起来。这样我就可以让别人知道我可不是好欺负的。谁做事都得小心点儿，不过最好还是别动怒；别人的心思谁也搞不清，别偷鸡不成反蚀一把米。上帝祝福和平，诅咒战斗。兔子急了还会咬人呢，何况我是个人，谁知道我会变成什么样。所以，现在我就告诉您，侍从大人，咱们究竟打出什么恶果，您得好好考虑一下。"

"好吧，"森林骑士的侍从说，"咱们还是天亮了再说吧。"

此时，无数种花色的小鸟已经开始在树林中啼鸣，它们欢快的叫声仿佛在向清秀的曙光女神祝福和问候。女神已经透过门窗和阳台，从东方露出了她美丽的脸庞，从她的头发上洒下无数的液体珍珠。小草沐浴着她的露水，仿佛又从自身产生出无数白色的细珠来。柳树分泌出甘露，泉水欢笑，小溪低吟，树林喜悦，草原也由于小溪的到来而变得肥沃。天色刚刚透亮，周围的一切依稀可见，但首先映入桑乔眼帘的却是森林骑士侍从的鼻子，那鼻子大得几乎把他的全身都遮盖住了。说实话，那鼻子真够大的，中部隆起，上面长满了肉赘，而且青紫得像茄子，鼻尖比嘴还低两指。这个鼻子的体积、颜色、肉赘和隆形使那个侍从的脸变得奇丑无比，桑乔见了就开始发抖，像小孩抽羊角风似的。他心里暗暗打算，宁愿让人打自己两百个嘴巴，也不愿动怒同这个妖怪作战。

唐吉诃德正在观察自己的对手。森林骑士已经戴好了头盔，所以看不到他的脸。但唐吉诃德可以从外观看出，他个子不高，身体却很结实。他在甲胄外面还披了一件战袍或外套，看样子是金丝的，上面缀满了闪闪发光的小镜片，显得威武而又华丽。他的头盔顶上还摆动着很多绿、黄、白色的羽毛，长矛靠在树上，锋利的铁头比巴掌还大。

唐吉诃德仔细观察之后，断定这个骑士的力气一定大得很。不过，他并没有像桑乔那样感到害怕，而是大大方方地对这位镜子骑士说：

"假如您的战斗愿望并没有影响您的礼节，我请您把您的护眼罩掀起一点儿来，让我看看您的脸是否与您的打扮一样威武。"

"无论您此次战胜还是战败，骑士大人，"镜子骑士说，"您都会有时间看我。我现在不能满足您的要求，因为我觉得在您没有承认我要求您承认的东西之前，掀起眼罩，耽误时间，便是对班达利亚美丽的卡西尔德亚的明显不恭。"

"在咱们上马前，"唐吉诃德说，"您还可以告诉我，我到底是不是您说的那个被您打败的唐吉诃德。"

"我对此的回答是，"镜子骑士说，"您同我打败的那个骑士如出一辙。不过，既然您说有魔法师跟你捣乱，我也就不能肯定您到底是不是那个骑士了。"

"这足以让我相信您仍然执迷不悟，"唐吉诃德说，"为了让您清醒清醒，还是叫咱们的马过来吧。如果上帝、我的夫人和我的臂膀保佑我，我马上就会让您掀起您的眼罩，让我看到您的面孔，您也就会知道，我并不是您想的那个唐吉诃德。"

于是两人不再争论，翻身上了马。唐吉诃德掉转罗西南多的缰头向相反的方向跑去，准备跑出一段路后再折回来冲杀。镜子骑士也同样向相反的方向跑去。不过，唐吉诃德还没跑出二十步，就听见镜子骑士在叫他。两人都转过身来，镜子骑士对唐吉诃德说：

"骑士大人，请您记着，咱们搏斗有个条件，也就是我原来说过的，败者必须听从胜者的吩咐。"

"这我知道，"唐吉诃德说，"只要胜者吩咐的事情不违反骑士界的规定。"

"是这个意思。"镜子骑士说。

此时，唐吉诃德眼前出现了那个侍从少见的鼻子，把唐吉诃德吓了一跳，他被惊吓的程度并不次于桑乔。唐吉诃德以为那是个怪物，或者是世界上新发现的某个稀有人种。桑乔见主人已经开始助跑，不愿单独同大鼻子在一起，怕自己同那个侍从搏斗时，他用大鼻子一扒拉，就会把自己打倒或吓倒。于是，他抓着罗西南多鞍镫上的皮带，跟着主人，等到他认为主人该转身往回冲的时候对主人说：

"求求您，我的主人，在您准备返身冲杀之前，帮助我爬到那棵栓皮栎树上去，在那儿我可以比在地上更津津有味地观看您同这位骑士的精彩搏斗。"

"我倒是认为，桑乔，"唐吉诃德说，"你是想爬到高处去隔岸观火。"

"您说得对，"桑乔说，"那个侍从的大鼻子可把我吓坏了，我不敢和他在一起。"

"那鼻子是够吓人的，"唐吉诃德说，"要不是我胆大，也会被它吓坏了。既然这样，你过来，我帮你爬上去。"

就在唐吉诃德帮助桑乔往树上爬的时候，镜子骑士已经跑了他认为足够的距离。他以为唐吉诃德也同他一样跑够了距离。于是，他不等喇叭响或者其他信号，就掉转他那匹比罗西南多强不到哪儿去的马的辔头，飞奔起来。他刚跑了一半儿路，就遇到了自己的对手。他见唐吉诃德正帮着桑乔上树，便勒住缰绳，停了下来。他的马对此感激不已，因为它本来就跑不动了。唐吉诃德意识到对手正飞奔而来，立刻把马刺扎向罗西南多的瘦肋骨，催它跑起来。据故事说，只有这次它才算跑，其他时候都应该说是快走。它跑到镜子骑士跟前时，镜子骑士已经把马刺的整个尖头都刺进了马身里，可那匹马就是待在原地不动。马不动，长矛也没准备好，因为他的长矛仍放在矛托上。在这紧急关头，唐吉诃德已经冲了上来。唐吉诃德并没有发现对手所处的窘境，稳稳当当地用力向对手刺去，只见对手身不由己地从马背上摔到了地上，摔得手脚动弹不得，像死了一样。

桑乔见镜子骑士落地了，立刻从树上滑下来，跑到自己主人身边。这时唐吉诃德已跳下马，来到镜子骑士身旁，解开他头盔上的绳结，看他是否死了，想给他透透气，看他是否能活过来。可唐吉诃德看到的是……谁听说了会不惊奇呢？故事说，唐吉诃德看到的脸庞、脸形、脸面、脸色不是别人，正是参孙·卡拉斯科学士！唐吉诃德一见是他，便高声叫道：

"快来，桑乔！你快过来看看，你肯定不会相信！你快点儿，伙计，你来看看魔法的本事，看看巫师和魔法师的本事吧。"

桑乔过来了。他一见是卡拉斯科的脸，连忙一个劲儿画十字。看样子那位落地的骑士已经死了。桑乔对唐吉诃德说：

"依我看，我的主人，不管对不对，您先往这个貌似参孙·卡拉斯科学士的家伙嘴里插一剑，也许这一下就能杀死您的一个魔法师对手呢。"

"此话不错，"唐吉诃德说，"对手越少越好。"

说完唐吉诃德就要动手，而镜子骑士的侍从跑了过来，此时他那难看的大鼻子也不见了。他大声喊道：

"您要干什么，唐吉诃德大人，您脚下的那个人是您的朋友参孙·卡拉斯科学士，我就是他的侍从呀。"

桑乔见这张脸已经不那么可怕了，便问道：

"你的鼻子呢？"

那个侍从答道：

"放在我的衣袋里了。"

说着他把手伸向右边衣袋，拿出了一个用纸板做的用漆涂过的面具，其相貌前面已经描述过了。桑乔仔细地看了看那个人，惊奇地高声说道：

"圣母保佑！这不是邻居老弟托梅·塞西亚尔吗？"

"正是我，"那位已疲惫不堪的侍从说，"我就是托梅·塞西亚尔，桑乔的老友。待一会儿我再告诉你，我是如何上当受骗，迫不得已来到这儿的。现在我请求您，恳求您，不要碰、不要虐待、不要伤害、不要杀死镜子骑士，他确实是咱们的同乡，是勇敢却又处世不慎的参孙·卡拉斯科学士。"

此时镜子骑士已经苏醒过来。唐吉诃德看见了，把剑尖放在他脸上，对他说：

"骑士，如果你不承认托博索举世无双的杜尔西内亚比你那位班达利亚的卡西尔德亚强，我就杀死你。此外，如果经过这场战斗你能活下来，你还得答应我到托博索城去，代表我去拜见她，听候她的吩咐。如果她让你自己决定，你还得回来找我，把遇见她的情况告诉我。我所做出的丰功伟绩到处都会留下踪迹，你沿着这些踪迹就可以找到我。这些条件都是根据咱们在战前的约定提出的，而且没有违犯游侠骑士的规定。"

"我承认，托博索的杜尔西内亚夫人的开了绽的破鞋子也比卡西尔德亚干净，比她那梳理杂乱的毛发贵重。我答应去拜见您那位夫人，回来后按照您的要求，把情况向您如实汇报。"

"你还得承认和相信，"唐吉诃德说，"你战胜的那个骑士，不是也不可能是曼查的唐吉诃德，而是另一个与他相像的人，就像我承认并且相信你不是参孙·卡拉斯科学士一样。虽然你很像他，但你只是个与他很相像的人。是我的敌人把你变成了这个样子，以便遏制和缓解我的斗志，盗用我战无不胜的美名。"

"您怎么认为、怎么认定、怎么感觉，我就怎么承认、怎么认定、怎么感觉，"在地上动弹不得的骑士说，"只要我还能站起来。求求您，先让我站起来吧。您把我打翻在地，把我伤得真不轻。"

唐吉诃德把他扶了起来，而桑乔却一直盯着托梅·塞西亚尔，问了他一些事情，而他的回答证明他确实就是托梅·塞西亚尔。不过，唐吉诃德坚持认为是魔法师把镜子骑士变成了参孙·卡拉斯科学士的模样，对桑乔产生了影响，使桑乔对自己亲眼见到的事实也不敢相信了。最后，唐吉诃德和桑乔仍然坚持己见，垂头丧气的镜子骑士和侍从只得离开了唐吉诃德和桑乔，想到附近某个地方去上点儿药膏，把断骨接好。唐吉诃德和桑乔继续向萨拉戈萨赶路，故事对此暂且按下不表，先来谈镜子骑士和他的大鼻子侍从究竟是什么人。

唐吉诃德由于战胜了如此勇敢的镜子骑士而傲慢自负，得意极了。他现在只等着从那个骑士嘴里得知他的夫人是否仍然受到魔法的控制。如果那个战败的骑士还算是骑士，就得回来告诉他有关杜尔西内亚的情况。不过，唐吉诃德的想法是这样，而镜子骑士的想法却如刚才说的那样，想先找个地方上点药膏。

故事说参孙·卡拉斯科学士曾劝唐吉诃德继续进行其未竟的

骑士事业，其实，他事先已同神甫和理发师商量了既能让唐吉诃德安安静静地待在家里，又不影响他那倒霉的征险想法。卡拉斯科提出一个建议，大家一致赞同，那就是干脆先把唐吉诃德放出去，因为让唐吉诃德留在家里几乎是不可能的；然后，参孙扮成游侠骑士的模样，在半路上与唐吉诃德交战。参孙肯定会打败唐吉诃德，这样事情就好办多了。在唐吉诃德战败后，学士骑士可以命令他返回自己的家乡，在家里待两年，不许再出来，除非是学士骑士另有吩咐。唐吉诃德战败后肯定会履行诺言，从而不违犯骑士界的规定。在家里的这段时间里，也许唐吉诃德会忘记自己的狂妄之念，或者找到治疗他的疯病的合适办法。

　　卡拉斯科愿意充当骑士，而桑乔的一位老弟和邻居托梅·塞西亚尔，一位生性快活、头脑正常的人，则自告奋勇扮成侍从。参孙就像前面谈到的那样披挂了盔甲，而托梅·塞西亚尔则在自己的鼻子上安了个假鼻子，以免与他的老朋友碰面时被认出来。他们沿着唐吉诃德走过的路线行进。最后，他们在森林里追上了唐吉诃德，才发生了细心的读者前面已经看到的事情。要不是唐吉诃德突发奇想，认为学士并不是那个学士，这位打错了算盘的学士恐怕就永远也当不上教士了。托梅·塞西亚尔见他们的如意计划半路搁浅，对学士说道：

　　"参孙·卡拉斯科大人，咱们真是罪有应得。人们常常想得容易，匆忙动手，结果却很难实现。唐吉诃德疯疯癫癫，咱们神志正常，结果他倒安然无恙地笑着走了，您却浑身是伤，满心忧愁。咱们现在得搞清楚，到底谁更算是疯子，是身不由己疯了的人，还是自愿充当疯子的人？"

　　参孙回答说：

　　"两种疯子之间的区别在于，身不由己疯了的人永远是疯子，

191

而自愿充当疯子的人想不疯时就可以不疯。"

"既然这样，"托梅·塞西亚尔说，"我自己想当您的侍从，属于自愿充当疯子的人。现在我不想再当疯子了，我要回家去。"

"随你的便，"参孙说，"但不把唐吉诃德痛打一顿，就休想让我回家。我现在找他不是想让他恢复神志了，而是要找他报仇。我的肋骨还疼着呢，我不会饶了他。"

两人说着话，来到一个正巧有正骨医生的村镇上。参孙在医生那儿治了自己的伤。托梅·塞西亚尔离开他回家了。参孙仍在考虑报仇的事。

第二十五章

唐吉诃德路遇曼查的一位精明骑士

唐吉诃德得意扬扬、高傲自负地继续赶路。他打了胜仗，就把自己看成是世界上最英勇的骑士了。他觉得以后无论再遇到什么危险，他都可以征服，那些魔法和魔法师都不在话下了。他忘记了自己在骑士生涯中遭受的无数棍棒，也忘记了石头曾打掉了他半口牙齿。现在他暗自想，只要能找到解除附在他的杜尔西内亚夫人身上的魔法，他对过去几个世纪中最幸运的游侠骑士已经取得或者能够取得的最大成就都不再羡慕了。他正想着，只听桑乔对他说道：

"大人，我眼前现在还晃动着我那位托梅·塞西亚尔老弟的大鼻子，您说这是不是怪事？"

"桑乔，难道你真的以为镜子骑士就是卡拉斯科学士，他的侍从就是你那位托梅·塞西亚尔老弟？"

"我也说不清。"桑乔回答，"我只知道他说的那些有关我家、我老婆和我孩子的事，除了托梅·塞西亚尔，别人都不会知道；去掉那个鼻子之后，他那张脸就是托梅·塞西亚尔的脸，我在家里经常看到那张脸；而且，他说话的声调也一样。"

"咱们想想，桑乔。"唐吉诃德说，"你听我说，参孙·卡拉斯科学士是怎么想的，他为什么要扮成游侠骑士的模样，全副武装地同我决斗呢？我难道是他的仇敌吗？难道我做过什么对不起他的事，值得他这么恨我？难道我是他的竞争对手，或者他同我一样从武，我武艺高强，他就嫉妒我的名声？"

"不管他究竟是不是卡拉斯科学士，大人，"桑乔说，"那骑士毕竟很像他，他那位侍从也很像我那位托梅·塞西亚尔老弟，对此我们该怎么说呢？如果像您说的那样，这是一种魔法，为什么偏偏像他们俩，难道世界上就没有其他人可变了吗？"

"这全是迫害我的那些恶毒的魔法师设的诡计，"唐吉诃德说，"他们预知我会在战斗中取胜，就先让那个战败的骑士扮成我的学士朋友的模样，这样，我同学士的友谊就会阻止我锋利的剑和严厉的臂膀，减弱我心中的正义怒火，就会给那个企图谋害我的家伙留一条生路。这样的例子你也知道，桑乔，对于魔法师来说，把一些人的脸变成另外一些人的脸是多么轻而易举的事情。他们可以把漂亮的脸庞变成丑恶的脸庞，把丑恶的脸庞变成漂亮的脸庞。两天前，你不是亲眼看到，美丽娴雅的杜尔西内亚在我眼里面目全非，变成了丑恶粗野的农妇，两眼呆滞，满嘴臭味嘛！而且，既然魔法师胆敢恶毒地把人变成那个样子，他们把我的对手变成参孙·卡拉斯科和你的老弟的样子也就不足为怪了，他们想以此从我手里夺走我取胜的荣誉。尽管如此，让我感到宽慰的是，无论他们把我的对手变成什么样子，最终我都取胜了。"

"事实到底怎么样，只有上帝清楚。"桑乔说。

桑乔知道所谓杜尔西内亚变了模样的事完全是他捣的鬼，所以他对主人的诡辩很不以为然。不过，他也不愿意争论，以免哪句话说漏了嘴。

唐吉诃德和桑乔正说着话，后面一个与他们同走一条路的人已经赶上了他们。那人骑着一匹非常漂亮的黑白花母马，穿着一件绿色细呢大衣，上面镶着棕黄色的丝绒条饰，头戴一顶棕黄色的丝绒帽子。母马的马具是棕黄色和绿色的短镫装备。金绿色的宽背带上挂着一把摩尔刀，高筒皮靴的颜色也同宽背带一样。唯有马刺并非金色，只涂了一层绿漆，光泽耀眼，与整身衣服的颜色映在一起，倒显得如纯金色一般。那人赶上唐吉诃德和桑乔时客客气气地向他们问好，然后一夹马肚子，超过了他们。唐吉诃德对那人说道：

"尊敬的大人，既然咱们同路，就不必匆忙，您大概也愿意与我们同行吧。"

"说实话，"骑母马的那个人说道，"若不是怕有我的母马同行，您的马会不老实，我也就不会急忙超过去了。"

"您完全可以勒住您的母马，"桑乔说，"我们的马是世界上最老实、最守规矩的马，它从不做那种坏事。只有一次它不太听话，我和我的主人加倍惩罚了它。我再说一遍，您完全可以勒住您的母马，而且如果它愿意讲排场走在中间的话，我们的马连看都不会看它一眼。"

那人勒住母马，看到了唐吉诃德的装束和脸庞深感惊诧。唐吉诃德当时并没有戴头盔，头盔让桑乔像挂手提箱似的挂在驴驮鞍的前鞍架上。绿衣人打量着唐吉诃德，唐吉诃德更是仔细地打量着绿衣人，觉得他不是个普通人。那人年龄看上去有五十岁，头上缕缕白发，瘦长脸，目光既欢欣又严肃。总之，从装束和举止看，这是个非凡的人。绿衣人觉得像唐吉诃德这样举止和打扮的人似乎从没见过。令绿衣人惊奇的是，脖子那么长，身体那么高，脸庞又瘦又黄，还全副武装，再加上他的举止神态，像这种样子的人已经多年不见了。唐吉诃德非常清楚地察觉到过路人正在打量自己，而且也从他那怔怔的神态中猜到了他在想什么。不过，唐吉诃德对所有人都是彬彬有礼、与人为善的，因而不等人家问，他就对那人说道：

"您看我这身装束既新鲜又与众不同，所以感到惊奇，这并不奇怪。不过，如果我现在告诉您，我是什么人，您就不会感到惊奇了，我是众人议论、探险寻奇的骑士。我离开了我的故乡，抵押了我的家产，放弃了享乐，投身于命运的怀抱，听凭命运的摆布。我想重振已经消亡的骑士道。虽然许多天以来，我东磕西碰，在这儿摔倒，又在那儿爬起来，我仍然帮助和保护寡妇与少女，照顾已婚女子和孤儿，尽到了游侠骑士的职责，实现了我的大部分心愿。我的诸多既勇敢又机智的行为被印刷成书，在世界上的几乎所有国家发行。有关我的事迹的那本书已经印刷了三万册，如果老天不制止的话，很可能要印三千万册。总之，如果简单地说，或者干脆一句话，我就是曼查的唐吉诃德，别号'猥琐骑士'，虽然自卖自夸显得有些大言不惭，但如果别人不说，我就只好自己说了，我的情况确实如此。所以，英俊的大人，只要您知道了我是谁，知道了我所从事的职业，无论是这匹马、这支长矛，还是这个盾牌、这个侍从，无论是这副盔甲还是这蜡黄的脸庞、细长的身材，从此以后都不会让您感到惊奇了。"

唐吉诃德说完便不再吱声了，而绿衣人也迟迟没有说话，看样子他还没有想好自己到底该不该说。过了好一会儿，他才对唐吉诃德说道：

"骑士大人，您刚才肯定是从我发愣的样子猜到了我在想什么，不过，您并没有解除我看见您时产生的惊奇。照您说，只要知道了您是谁，我这种惊奇就可以消除，可情况并非如此。相反，我现在更糊涂、更惊奇了，当今的世界上怎么还会有游侠骑士，而且还会出版货真价实的骑士小说呢？我简直不能让自己相信，现在还会有人去照顾寡妇，保护少女；您说什么保护已婚女子的名誉，帮助孤儿，如果不是亲眼看见您做这些事，我是不会相信的。老天保佑！您说有关您的高贵的、真正的骑士生涯的书已经出版了，但愿这本书能使人们忘却那些数不胜数的有关游侠

196

骑士的伪作。这种书已经充斥于世，败坏了社会风气，影响了优秀小说的名声。"

"那些有关游侠骑士的小说是否都是伪作，"唐吉诃德说，"还值得商榷。"

"难道还有人怀疑那些小说不是伪作吗？"绿衣人说道。

"我就怀疑。"唐吉诃德说，"不过这事先说到这儿吧。如果咱们还能同路，我希望上帝能够让您明白，您盲目追随那些认为这些书是伪作的人是不对的。"

唐吉诃德这最后一句话让那位旅客意识到唐吉诃德的头脑大概有问题，想再找机会证实一下。不过，在他找到机会之前，唐吉诃德就已经要求旅客讲讲自己是干什么的，介绍一下自己的秉性和生活了。绿衣人说道：

"猥琐骑士大人，我是前面一个地方的绅士。如果上帝保佑咱们，咱们今天就得在那个地方吃饭。我是中等偏上的富人，我的名字叫迭戈·德米兰达。我同我的夫人和孩子以及我的朋友们一起生活。我做的事情就是打猎钓鱼。不过我既没养鹰，也没养猎兔狗，只养了一只温顺的石鸡和一只凶猛的白鼬。我家里有七十多本书，有的是西班牙文的，有的是拉丁文的，有些是小说，有些是宗教方面的书，而骑士小说根本没进过我家的门。我看一般的书籍要比看宗教的书籍多，只是作为正常的消遣。这些书笔意超逸，情节曲折，不过这种书在西班牙并不多。有时候我到我的邻居和朋友家吃饭，但更多的时候是我请他们。我请他们时饭菜既干净又卫生，而且量从来都不少。我不喜欢嘀嘀咕咕，不允许别人在我面前议论其他人，也不打听别人的事情，对别人的事情从不关心。我每天都去看望弥撒，用我的财产周济穷人，却从不夸耀我做的善事，以免产生虚伪和自负之心。这种东西很容易不知不觉地占据某颗本来是最谦逊的心。遇有不和，我总是从中调解。我虔诚地相信我们的圣母，相信我们无限仁慈的上帝。"

桑乔一直仔细地听着这位绅士讲述自己的生活和日常习惯，觉得他一定是个善良的圣人，能够创造出奇迹。于是，他赶紧从驴背上跳下来，迅速跑过去，抓住绅士的右脚镫，十分虔诚又几乎眼含热泪地一再吻他的右脚。绅士见状问道：

"你在干什么，兄弟？你这是什么意思？"

"让我吻吧，"桑乔说，"我觉得您是我平生遇到的第一位骑在马上的圣人。"

"我不是圣人，"绅士说道，"是个大罪人。兄弟，看你这淳朴的样子，一定是个好人。"

桑乔又骑到了他的驴背上。桑乔的举动引得本来忧心忡忡的唐吉诃德发出了笑声，这笑声又让迭戈感到惊奇。唐吉诃德问迭戈有几个孩子，又说古代哲学家由于并不真正了解上帝，认为人的最高利益就是有善良的天性，有亨通的福运，有很多的朋友，有很多很好的孩子。

"唐吉诃德大人，"绅士说，"我有一个孩子。假如我没有这个孩子，我倒觉得我更幸运些。并不是他坏，而是他不像我希望的那么好。他大概有十八岁了，其中六年是在萨拉曼卡学习拉丁语和希腊语。我本来想让他改学其他学科，却发现他已经被诗弄昏了脑袋。难道诗也可以称做学问吗？想让他学习法律已经是不可能的事了，其实我更愿意让他学习神学，那才是万般学问之上品呢。我希望他能为我们家族争光。在这个世纪里，我们的国王一直大力勉励德才兼备的人，因为有才而无德就好比珍珠放在了垃圾堆上。他每天都在探讨荷马的诗《伊利亚特》写得好不好，马西亚尔的箴言警句是否写得不正派，维吉尔的哪首诗应该这样理解还是那样理解，反正他的所有话题都是以上几个诗人以及贺拉斯、佩修斯、尤维那尔和蒂武洛的诗集。至于西班牙现代作家的作品，他倒不在意。尽管他对西班牙诗歌很反感，却不自量力地想根据萨拉曼卡赛诗会给他寄来的四行诗写一首敷衍诗。"

唐吉诃德回答说：

"大人，孩子是父母身上的肉，不管孩子是好是坏，做父母的都应该像爱护灵魂一样爱护他们。做父母的有责任引导孩子从小就走正路，有礼貌，养成良好的生活习惯，等长大以后，他们才能成为父母的拐杖，后辈的榜样。强迫他们学这门或那门学问，我觉得并不合适，虽然劝劝他们学什么也没什么坏处。如果这个孩子很幸运，老天赐给他好父母，他不是为了求生，而仅仅是上学，我倒觉得可以随他选择他最喜欢的学科。虽然诗用处并不大，主要是娱乐性的，但也不是什么有伤大雅的事。绅士大人，我觉得诗就像一位温柔而年轻的少女，美丽非凡，其他侍女都要服侍她，装点修饰她。这些侍女就是其他所有学科。这位少女应该受到所有侍女的侍奉，而其他侍女都应该服从她。不过，这位少女不愿意被拉到大街上去让大家随意抚摸，也不愿意在广场的一角或者宫殿的一隅被展示于众。她的品德如此纯正，如果使用得当，她就会变成一块无价的纯金。拥有她的人，对她也必须有所限制，绝不能让整脚的讽刺诗或颓废的十四行诗流行。除了英雄史诗、可歌可泣的悲剧和刻意编写的喜剧之外，绝不能编写待价而沽的作品。不能让无赖和凡夫俗子作什么诗，这种人不可能理解诗的宝贵价值。

"大人，您不要以为我这里说的凡夫俗子只是指那些平庸之辈。凡是不懂得诗的人，不管他是什么达官显贵，都可以纳入凡夫俗子之列。反之，凡是能够按照我刚才说的那些条件对待诗的人，他的名字就将在世界所有的文明国家里得到传颂和赞扬。大人，您说您的儿子不太喜欢西班牙文的诗，我认为他或许在这个问题上错了，理由就是，伟大的荷马不用拉丁文写作，那是因为他是希腊人；维吉尔不用拉丁文写作，那是因为他是罗马人。总之，所有古代诗人都是用他们自幼学会的语言写诗，并没有用其他国家的语言来表达自己高贵的思想。既然情况是这样，所有国家也都理应如此。德国诗人不应该由于使用自己的语言写作而受到轻视；西班牙人，甚至比斯开人，也不应该由于使用自己的语言写作而受到鄙夷。我猜想，大人，您的儿子大概不是对西班牙文诗歌不感兴趣，而是厌恶那些只是单纯使用西班牙文的诗人。那些人不懂得其他语言以及其他有助于补充和启发其灵感的学科。不过，在这点上他也许又错了。实际上，诗人是天生的，也就是说，诗人从娘胎里出来的时候就是诗人，有了这个天赋，他不用学习或培育，就可以写出诗来，表明'上帝在我心中'，成为真正的诗人。我还认为，天赋的诗人借助艺术修养会表现得更为出色，会大大超过那些为艺术而艺术的诗人。其原因就在于艺术修养不可能超越天赋，而只能补充天赋，只有将天赋和艺术修养、艺术修养和天赋结合在一起的时候，才能培育出极其完美的诗人来。

"我这番话的最终意思，绅士大人，就是让您的儿子听从命运的安排，走自己的路。既然您的儿子是一位如此优秀的学生，想必他已经顺利地登上了做学问的第一个台阶，那就是语言，通过它就可以登上文学的高峰，这就好比一位威风凛凛的骑士一样令人羡慕，人们对他将会像对待主教的冠冕、法官的长袍一样赞美、崇敬和颂扬。如果您的儿子写了损害别人荣誉的讽刺诗，您就得同他斗争，惩罚他，把他的诗撕掉；不过，如果他能像贺拉斯一样进行说教，抨击时弊，您就应该赞扬他，他这样做才称得上高尚。诗人写抨击嫉妒的作品，在他的作品中揭露嫉妒的害处，只要他不确指某人，完全是理所当然的事情。当然，有的诗人宁愿冒着被放逐到庞托岛的危险，也要批评某种不良现象。诗人的品行如果纯洁，他的诗也会是纯洁的。笔言心声，内心是什么思想，笔端就会流露出来。当国王或王子从这些严谨、有道德、严肃的诗人身上看到了诗的神妙之处时，就会非常尊重他们，给他们荣誉，使他们富有，甚至还会给他们加上桂冠，使他们免遭雷击。头顶这种月桂树叶，太阳穴上贴着这种树叶，这样的人不该受到任何人的侵犯。"

　　绿衣人听了唐吉诃德的慷慨陈词不胜惊诧，不再认为他头脑有毛病了。刚才两人的谈话进行到一半的时候，桑乔就已经不愿意听下去了。他离开大路，向附近几个正在挤羊奶的牧人要了点羊奶。绿衣人对唐吉诃德头脑机敏、能言善辩深感满意，于是想继续谈下去。可是唐吉诃德此时一抬头，发现路上来了一辆车，车上插满了旌旗，以为又碰到了新的险情，就喊桑乔赶紧给他拿头盔来。桑乔听见主人喊他，急忙撇下牧人，牵上驴，来到主人身边。这次，唐吉诃德又遇到了一番可怕离奇的险情。

第二十六章

唐吉诃德勇气登峰造极，与狮子对峙圆满结束

    故事说到，唐吉诃德大声喊桑乔给他拿头盔来。桑乔正在一个牧人那儿买奶酪。他听主人喊得急，慌了手脚，不知拿什么装奶酪好。既然已经付了钱，他舍不得丢掉，匆忙之中想到可以用主人的头盔装奶酪。他抱着这堆东西跑回来，看主人到底要干什么。他刚赶到，唐吉诃德就对他说：

    "赶紧把头盔给我，朋友，我看要有事了。或许前面的事非我不能解决呢。快去拿我的甲胄来。"

    绿衣人听到此话，举目向四周望去，只见前方有一辆大车迎面向他们走来，车上插着两三面小旗，估计是给皇家送钱的车。他把这意思对唐吉诃德说了，可唐吉诃德不相信，仍以为凡是他遇到的事情都是险情。

    "严阵以待，稳操胜券。我已做好准备，不会有任何失误。根据我的经验，我的敌人有的是看得见的，有的是隐身的，不知什么时候、什么地方，他们就会以某种方式向我进攻。"

    唐吉诃德转过身去向桑乔要头盔。桑乔来不及把头盔里的奶酪拿出来，只好把头盔连同奶酪一起交给了唐吉诃德。唐吉诃德接过头盔，看也没看，就匆忙扣到了脑袋上。奶酪一经挤压，流出了浆汁，弄得唐吉诃德脸上胡子上都是汁液。唐吉诃德吓了一跳，问桑乔：

"怎么回事，桑乔？是我的脑袋变软了，还是我的脑浆流出来了，或者是我从脚冒到头上来的汗？如果是我的汗，那肯定不是吓出来的汗水。我相信我现在面临的是非常可怕的艰险。你有什么给我擦脸的东西，赶紧递给我。这么多汗水，我都快看不见了。"

桑乔一声不响地递给唐吉诃德一块布，暗自感谢上帝，没有让唐吉诃德把事情看破。唐吉诃德用布擦了擦脸，然后把头盔拿下来，看里面到底是什么东西把他的脑袋弄得凉飕飕的。他一看头盔里是白糊状的东西，就拿到鼻子前闻了闻，说：

"我以托搏索的杜尔西内亚夫人的生命发誓，你在头盔里放了奶酪，你这个叛徒！不要脸的东西！没有教养的侍从！"

桑乔不慌不忙、不露声色地说道：

"如果是奶酪，您就给我，我把它吃了吧……不过，还是让魔鬼吃吧，准是魔鬼放在里面。我怎么敢弄脏您的头盔呢？您真是找对人了！我敢打赌，大人，上帝告诉我，肯定也有魔法师在跟我捣乱，因为我是您一手栽培起来的。他们故意把那脏东西放在头盔里面，想激起您的怒火，又像过去一样打我一顿。不过，这次他们是枉费心机了。我相信我的主人办事通情达理，已经注意到我这儿既没有奶酪，也没有牛奶和其他类似的东西。即使有的话，我也会吃到肚子里了，而不是放在头盔里。"

"这倒有可能。"唐吉诃德说。

绅士把这一切看在眼里，心里惊讶，特别是看见唐吉诃德把脑袋、脸、胡子和头盔擦干净后，又把头盔扣到了脑袋上，更是愕然。唐吉诃德在马上坐定，让人拿过剑来，又抓起长矛，说道：

"不管是谁，让他现在就来吧！即使魔鬼来了，我也做好了准备！"

这时，那辆插着旗子的车已经来到跟前，只见车夫骑在骡子上，还有一个人坐在车的前部。唐吉诃德拦在车前，问道：

"你们到哪儿去，兄弟们？这是谁的车，车上装的是什么东西，那些旗子又是什么旗？"

车夫答道：

"这是我的车，车上是两只关在笼子里的凶猛的狮子。这是奥兰的总督送给国王陛下的礼物。旗子是我们国王的旗，表示这车上是他的东西。"

"狮子很大吗？"唐吉诃德问。

"太大了，"坐在车前的那个人说，"从非洲运到西班牙的狮子里，没有比它们更大的，连像它们一样大的也没有。我是管狮人。我运送过许多狮子，但是像这两只这样的，还从来没有运送过。这是一雄一雌。雄狮关在前面的笼子里，雌狮关在后面的笼子里。它们今天还没吃东西，饿得很。您让一下路，我们得赶紧走，以便找个能够喂它们的地方。"

唐吉诃德笑了笑，说道：

"想拿小狮子吓唬我？用狮子吓唬我！已经晚了！我向上帝发誓，我要让这两位运送狮子的大人看看，我到底是不是那种怕狮子的人！喂，你下来！你既然是管狮人，就把笼子打开，把狮子放出来。我要让你看看，曼查的唐吉诃德到底是什么人，即使魔法师弄来狮子我也不怕！"

"这下可好了，"绅士心中暗想，"这下我们的骑士可露馅了，肯定是那些奶酪泡软了他的脑袋，让他的脑子化脓了。"

这时桑乔来到绅士身旁，对他说：

"大人，看在上帝的分上，想个办法别让我的主人动那些狮子吧。否则，咱们都得被撕成碎片。"

"难道你的主人是疯子吗？"绅士问道，"你竟然如此害怕，相信他会去碰那些凶猛的野兽？"

"他不是疯子，"桑乔说，"他只是太鲁莽了。"

"我能让他不鲁莽。"绅士说。

唐吉诃德正催着管狮人打开笼子。绅士来到唐吉诃德身旁，对他说道：

"骑士大人，游侠骑士应该从事那些有望成功的冒险，而不要从事那些根本不可能成功的事情。勇敢如果到了让人害怕的地步，那就算不上勇敢，而应该说是发疯了。更何况这些狮子并不是冲着您来的，它们根本就没这个意思。它们是被当做礼物送给陛下的，拦着狮子，不让送狮人赶路就不合适了。"

"绅士大人，"唐吉诃德说，"您还是跟您温顺的石鸡和凶猛的白鼬去讲道理吧。每个人管好自己的事就行了。这是我的事，我知道这些狮子是不是冲着我来的。"

唐吉诃德又转过身去对管狮人说：

"我发誓，你这个浑蛋，如果你不赶紧打开笼子，我就要用这支长矛把你插在这辆车上。"

赶车人见唐吉诃德这身古怪的盔甲，又见他决心已下，就对他说：

"我的大人，求您行个好，在放出狮子之前先让我把骡子卸下来吧。如果狮子把骡子咬死，我这辈子就完了。除了这几匹骡子和这辆车，我就没什么财产了。"

"你这个人真是胆小！"唐吉诃德说，"那你就下来，把骡子解开吧，随你便。不过，你马上就可以知道，你是白忙活一场，根本不用费这个劲。"

赶车人从骡子背上下来，赶紧把骡子从车上解下来。管狮人高声说道：

"在场的诸位可以作证，我是被迫违心地打开笼子，放出狮子的。而且，我还要向这位大人声明，这两只畜生造成的各种损失都由他负责，而且还得赔偿我的工钱和损失。在我打开笼子之前，请各位先藏好。反正我心里有数，狮子不会咬我。”

绅士再次劝唐吉诃德不要做这种发疯的事，这简直是在冒犯上帝。唐吉诃德说，他知道自己在做什么。绅士让他再好好考虑一下，就会知道他是在自欺欺人。

“大人，”唐吉诃德说，“假如您现在不想做这个您认为是悲剧的观众，就赶快骑上您的母马，躲到安全的地方去吧。”

桑乔听到此话，眼含热泪地劝唐吉诃德放弃这个打算。若与此事相比，风车之战呀，砑布机那儿的可怕遭遇呀，以及他以前的所有惊险奇遇，都是小巫见大巫了。

“您看，大人，”桑乔说，“这里并没有什么魔法之类的东西。我看见笼子的栅栏里伸出了一只真正的狮爪。由此我猜，既然狮子的爪子就有那么大，那只狮子肯定是个庞然大物。”

“你因为害怕，”唐吉诃德说，“所以觉得那只狮子至少有半边天那么大。你靠边儿，桑乔，让我来。如果我死在这儿，你知道咱们以前的约定，你就去杜尔西内亚那儿。别的我就不说了。”

唐吉诃德又说了其他一些话，看来让他放弃这个怪谲的念头是没指望了。绿衣人想阻止他，可又觉得自己实在难以和唐吉诃德的武器匹敌，而且跟一个像唐吉诃德这样十足的疯子交锋，也算不上什么英雄。唐吉诃德又催促送狮人打开笼门，而且还不断地威胁他。绿衣人利用这段时间赶紧催马离开了。桑乔也骑着他的驴，车夫骑着自己的骡子，都想在狮子出笼之前尽可能地离车远一些。桑乔为唐吉诃德这次肯定会丧生于狮子爪下而哭泣。他还咒骂自己运气不佳，说自己真愚蠢，怎么会想到再次为唐吉诃德当侍从呢。不过哭归哭，怨归怨，他并没有因此就停止催驴跑开。管狮人见该离开的人都已经离开了，就把原来已经软硬兼施过的那一套又软硬兼施了一遍。唐吉诃德告诉管狮人，他即使再软硬兼施，也不会有什么效果，还是趁早离开为好。

在管狮人打开笼门的这段时间里，唐吉诃德首先盘算的是与狮子作战时，徒步是否比骑马好。最后他决定步战，怕罗西南多一看见狮子就吓坏了。于是他跳下马，把长矛扔在一旁，拿起盾牌，拔出剑，以非凡的胆量和超常的勇气一步步走到车前，心中诚心诚意地祈求上帝保佑自己，然后又请求他的夫人杜尔西内亚保佑自己。应该说明的是，这个真实故事的作者写到此处，不禁感慨地说道："啊，曼查的孤胆英雄唐吉诃德，你是世界上所有勇士的楷模，你是新的莱昂·唐曼努埃尔二世，是西班牙所有骑士的骄傲！我用什么语言来形容你这骇人的事迹呢？我如何才能让以后几个世纪的人相信这是真的呢？我即使极尽赞颂之词，对你来说又有什么过分呢？你孤身一人，浑身是胆，豪情满怀，手持单剑，而且不是那种镂刻着小狗的利剑，拿的也不是锃亮的钢盾，却准备与来自非洲大森林的两只最凶猛的狮子较量！你的行为将会给你带来荣耀，勇敢的曼查人，我已经找不到合适的词语来赞颂你了。"

管狮人见唐吉诃德已摆好了架势，看来再不把狮子放出来是不行了，否则那位已经暴跳如雷的骑士真要不客气了。他只好把第一个笼子的门完全打开。前面说过，这个笼子里关的是一头雄狮，体积庞大，面目狰狞。它本来躺在笼子里，现在它转过身来，抬起爪子，伸个懒腰，张开大嘴，又不慌不忙地打了个呵欠，用它那足有两尺长的舌头舔了舔眼圈。做完这些之后，它把头伸到笼子外面，用它似乎冒着火的眼睛环顾四周。它那副眼神和气势，即使再冒失的人见了也会胆寒。只有这位唐吉诃德认真地盯着狮子，准备等狮子走下车后同它展开一场搏斗，把它撕成碎片。

唐吉诃德的癫狂此时已达到了空前的顶峰。可是宽宏大量的狮子却并不那么不可一世，无论小打小闹或者暴跳如雷，它仿佛都满不在乎。就像前面讲到的那样，它环视四周后又转过身去，把屁股朝向唐吉诃德，慢吞吞、懒洋洋地重新在笼子里躺下了。唐吉诃德见状让管狮人打狮子几棍，激它出来。

"这我可不干，"管狮人说，"如果我去激它，它首先会把我撕成碎片。骑士大人，您该知足了，这就足以表明您的勇气了。您不必再找倒霉了。狮笼的门敞开着，它出来不出来都由它了。不过，它现在还不出来，恐怕今天就不会出来了。您的英雄孤胆已经得到了充分证明。据我了解，任何一位骁勇的斗士都只是向对手挑战，然后在野外等着他。如果对手没有到场，对手就会名誉扫地，而等待交手的那个人就取得了胜利的桂冠。"

"这倒是真的，"唐吉诃德说，"朋友，把笼门关上吧。不过，你得尽可能为你亲眼看到的我的所作所为作证，那就是你如何打开了笼子，我在此等待，可它不出来；我一再等待，可它还是不出来，而且又重新躺下了。我只能如此了。让魔法见鬼去吧，让上帝帮助理性和真理，帮助真正的骑士精神吧。照我说的，把笼门关上吧。我去叫那些逃跑的人回来，让他们从你的嘴里得知我这番壮举吧。"

管狮人把笼门关上了。唐吉诃德把刚才用来擦脸上奶酪的白布系在长矛的铁头上，开始呼唤。那些人在绅士的带领下正马不停蹄地继续逃跑，同时还频频地回过头来看。桑乔看见了白布，说道：

"我的主人正叫咱们呢。他肯定把狮子打败了。如果不是这样，就叫我天诛地灭！"

大家都停住了，认出那个晃动白布的人的确是唐吉诃德，这才稍稍定了神，一点一点地往回走，一直走到能够清楚地听到唐吉诃德喊话的地方，最后才来到大车旁边。他们刚到，唐吉诃德就对车夫说：

"重新套上你的骡子，兄弟，继续赶你的路吧。桑乔，你拿两个金盾给他和管狮人，就算我耽误了他们的时间而给他们的补偿吧。"

"我会很高兴地把金盾付给他们，"桑乔说，"不过，狮子现在怎么样了？是死了还是活着呢？"

于是管狮人就断断续续而又十分详细地介绍了那次战斗的结局。他尽可能地夸大唐吉诃德的勇气，说狮子一看见唐吉诃德就害怕了。尽管笼门有很长一段时间都是敞开的，可是狮子却不愿意也没胆量从笼子里走出来。骑士本想把狮子赶出来，但由于他对骑士说，那样就是对上帝的冒犯，骑士才很不情愿地让他把笼门关上了。

"怎么样，桑乔？"唐吉诃德问，"难道还有什么魔法可以斗得过真正的勇气吗？魔法师可以夺走我的运气，但要想夺走我的力量和勇气是不可能的。"

桑乔把金盾交给了车夫和管狮人。车夫套上了骡子。管狮人吻了唐吉诃德的手，感谢他的赏赐，并且答应到王宫见到国王时，一定把这件英勇的事迹禀报给国王。

"假如陛下问这是谁的英雄事迹，你就告诉他是狮子骑士的。从今以后，我要把我以前那个猥琐骑士的称号改成这个称号。我这是沿袭游侠骑士的老规矩，也就是随时根据需要来改变称号。"唐吉诃德说道。

大车继续前行，唐吉诃德和桑乔也继续赶自己的路。

第二十七章

乘魔法船的险遇

　　且说唐吉诃德和桑乔这天来到了埃布罗河边。一看到河，唐吉诃德不禁心旷神怡。只见岸边一片秀丽景色，河流平缓，河水清清，如水晶一般源源不断。

　　他们再往前走，眼前出现了一只小船。船拴在岸边的一棵树上，船上既没有桨，也没有渔具。唐吉诃德向四周看了看，不见一个人影。他没说什么，翻身下了马，让桑乔也下了驴，把马和驴都拴在旁边的一棵杨树或者柳树上。桑乔问唐吉诃德为什么要这样，唐吉诃德说：

　　"你应该知道，桑乔，这条船肯定是在召唤我上去，乘着它去援救某个骑士或者其他有难而又急需帮助的贵人。这是骑士小说里魔法师常做的事情。某位骑士遇到了麻烦事，仅靠自己的力量已经不足以摆脱出来了，就必须求另外一位骑士帮助。虽然两个骑士相隔两三千里，或许更远，魔法师常常借助一块云，或者放上一条小船，让那个骑士上了小船，转眼之间，就从空中，或者海上，把骑士送到了需要他帮助的地方。所以我说，桑乔，这条小船肯定也是起这个作用的，这点可以确信无疑。不过在上船之前，你要先把马和驴拴在一起。我必须按照上帝的指引上船去，谁阻拦我也没有用。"

　　"如果是这样，"桑乔说，"您又要弄出点儿我不知道是不是该称为胡说八道的东西了。不过我只好低头服从了，就像俗话说的，'照主人的吩咐办，方能吃饱饭'。尽管如此，我还是于心不忍，想告诉您，我觉得这条船并不是遭受魔法的人的船，而是一条渔船。这条河里有世界上最好的鲱鱼。"

桑乔边说边把驴和马拴在一起。把两头牲口撇下，让它们听天由命，桑乔心疼得很。唐吉诃德让桑乔不用担心，说那个要把他们送到千里迢迢之外的人会喂好这些牲口的。

"我不懂'千里迢迢'是什么意思，"桑乔说，"我从来没有听说过这个词。"

"'千里迢迢'就是遥远的意思，"唐吉诃德说，"你不懂，这不新鲜，你又没学过拉丁文，而且不像某些人那样，自以为懂，其实一无所知。"

"牲口已经拴好了，"桑乔说，"现在该怎么办了？"

"该怎么办？"唐吉诃德说，"画个十字起锚啊。我是说，上船去，砍断缆绳。"

唐吉诃德说着一跃就跳上了小船，桑乔也跟着跳了上去，并且砍断了缆绳，小船慢慢离开了河岸。小船离河岸将近两西里远的时候，桑乔开始哆嗦，唯恐船会沉到河里去。不过，最让他难过的还是听见他的驴在叫，看见罗西南多正在拼命企图挣脱缰绳。于是，他对唐吉诃德说：

"驴离开了咱们，难过得直叫唤，罗西南多也想挣脱出来，以便跟随咱们。最尊贵的朋友们，你们安静下来吧。疯癫把我们分开了，但愿随之而来的如梦初醒还会让我们回到你们身边！"

说到这儿，桑乔竟痛心地哭起来。唐吉诃德又气又恼地说道：

"你怕什么，胆小鬼？你哭什么，软骨头？谁打你了还是追你了，你这个耗子胆！难道你还缺什么吗？真是生在福中不知福。难道让你赤脚穿越里弗山了？难道你不是像一位大公爵似的乘坐小船风平浪静地穿过这段迷人的河流，马上就要到达辽阔的大海了吗？咱们至少已经走出七八百里了。如果咱们这儿有仪器，可以量量北极的角度。那么我就可以告诉你，咱们已经走出多远了。虽然我懂得不多，我也可以说，咱们现在已经穿过或者很快就要穿过将南北极等距离平分的赤道线了。"

"等咱们到达您说的那条赤道时，"桑乔问，"咱们就走出多远了？"

"已经很远了，"唐吉诃德说，"因为据已知最伟大的宇宙学家托勒密的计算，地球连水带陆地共有三百六十度。只要咱们到了我说的那条线，咱们就已经走了一半。"

"上帝保佑，"桑乔说，"您引证的是一位多么高级的人物呀！什么芋头和蒜，还加上什么蜜之类的，我真搞不清楚。"

唐吉诃德听到桑乔把宇宙学家、计算和托勒密等都搞错了，忍不住大笑。他对桑乔说道：

"你大概听说过，桑乔，西班牙人或者从加的斯上船去东印度群岛的人，要想知道自己是否已经过了我刚才对你说的那条赤道线，其中一个方法就是看船上所有人身上的虱子是否都死光了。船只要一过赤道线，你就是拿金子换，全船也找不出一个活虱子了。所以桑乔，你可以伸手往自己腿上摸一摸。如果摸到了活东西，咱们就算把这件事搞清楚了。如果没摸到活东西，就是已经过了赤道线。"

"我才不信呢，"桑乔说，"不过即使这样，我还是按您说的去做，尽管我不知道有什么必要做这种试验。凭我自己的眼睛看，咱们离开岸边并不远，而且离拴牲口的地方也很近，罗西南多和驴仍在原地。这么一看，我敢发誓，咱们走得像蚂蚁一样慢。"

"你就照我说的去做，桑乔，别的不用管。你不懂什么叫二分二至圈、经线、纬线、黄道带、黄道、极地、至日、二分点、行星、天体符号、方位、等量呀等等，这些东西构成了天体和地球。如果你懂得这些东西，或者只懂一部分，你就可以知道咱们现在处于什么纬线，现在是什么黄道带，咱们已经经过了什么星座，下面还要经过什么星座。我再说一遍，你往自己身上摸摸，我估计你现在肯定比白纸还干净。"

桑乔用手去摸，逐渐摸到了左膝窝里。他抬起头，看着主人说道：

"这个经验恐怕是假的，要不然就是离您说的那个地方还远着呢。"

"怎么回事？"唐吉诃德问，"你摸到点什么？"

"岂止是一点儿呢！"桑乔说。

桑乔甩甩手指头，又把整只手放进河里洗。小船随着河流平稳地向前漂移，没有任何神秘的魔力或者隐蔽的魔法师暗中推动，只有轻柔的河流缓缓流淌。

这时他们发现前面有几座高大的水磨房。唐吉诃德一看到水磨房就高声对桑乔说道：

"你看到了吗，朋友？前面出现了一座城市、城堡或者要塞，那位受困的骑士或者落难的女王、公主或王妃，肯定就在那儿，我就是为了解救他们而被召唤到此的。"

"您说什么见鬼的城市、城堡或要塞呀，大人？"桑乔说，"您没看清那只是磨小麦的水磨房吗？"

"住嘴，桑乔，"唐吉诃德说，"即使它们像水磨房，也根本不是水磨房。我不是说过嘛，魔法可以使任何东西改变自己的本来面目。不是真把它们改变了，而是把它们变得看上去像某种东西，例如，我唯一的希望杜尔西内亚就被改变了模样。"

他们说话时，小船已经进入河的主流，不像刚才那样缓慢了。磨房里的工人看见一条小船顺流而来，眼看就要撞进水轮，急忙拿起长竿子出来拦挡小船。他们的脸上和衣服上都是面粉，所以样子显得挺怪的。他们高声喊道：

"活见鬼！你们往哪儿去？不想活了？你们想干什么？你们是不是想掉进河里淹死，再被打成碎片呀？"

"我不是说过嘛，桑乔，"唐吉诃德说，"咱们已经到了可以让我大显身手的地方！你看，妖魔鬼怪已经出来了。跟咱们作对的妖怪可真不少，而且面目都那么丑恶……好吧，那就来吧，你们这群浑蛋！"

唐吉诃德从船上站起来，对磨房工人厉声喝道：

"你们这群不知好歹的恶棍，赶紧把关在你们的要塞或牢狱里的人放出来，不管他们的身份是高是低，不管他们是什么人，我是曼查的唐吉诃德，又叫狮子骑士。我受上天之命，专程来解除这场危难。"

说完他拔出剑向磨房工人们挥舞。磨房工人们听了唐吉诃德一通乱喊，并不明白他喊的是什么意思，只顾用长竿去拦小船。此时，小船眼看就要进入水轮下的急流了。

桑乔跪了下来，诚心诚意地恳求老天把他从这场近在眼前的危难中解救出来。多亏磨房工人们手疾眼快，用长竿拦住了他们的船。船虽然被拦住了，可还是翻了个底朝天，唐吉诃德和桑乔都掉进水里。算唐吉诃德走运，他会游泳，但是身上的盔甲太重，拖累他两次沉到了河底。若不是磨房工人们跳进河里，把他们俩捞上来，情况就糟了。两人上了岸，浑身上下都湿透了，这回他们可不渴了。桑乔跪在地上，双手合拢，两眼朝天，虔诚地祈求了半天，祈求上帝保佑他从此摆脱主人的胡思乱想与胆大妄为。

小船的主人是几位渔民，此时也到了，可是小船已经被水轮撞成了碎片。看到小船坏了，几位渔民开始动手剥桑乔的衣服，

并且要唐吉诃德赔偿小船。唐吉诃德十分镇静和若无其事地对磨房工人和渔民说，只要他们放了关押在城堡里的那个人或那几个人，他可以高价赔偿小船。

"什么人，什么城堡，"一个磨房工人说，"你有毛病呀？你难道想把到这儿来磨小麦的人都带走吗？"

"够了！"唐吉诃德自言自语道，"看来，要说服这些强盗做件好事只不过是对牛弹琴。这回准是有两个本领高强的魔法师在较劲儿，一个想干，另一个就捣乱。一个让我上船，另一个就跟我对着干。上帝帮帮忙吧，这个世界到处都充满了尔虞我诈，我也没办法了。"

唐吉诃德提高了嗓门，看着水磨房说道：

"被关在里面的朋友们，无论你们是什么人，都请你们原谅我。由于我和你们的不幸，我现在无法把你们从苦难中解救出来。这项任务只好留给其他骑士去完成了。"

然后，唐吉诃德同渔民们讲好，赔偿了五十雷阿尔的船钱。桑乔很不情愿地付了钱，然后说道：

"再碰上两回这种乘船的事，咱们的钱就光了。"

216

渔民和磨房工人见他们两人与众不同，又听不懂唐吉诃德那些话的意思，感到十分惊奇，觉得他们像是疯子，便离开了他们。磨房工人进了水磨房，渔民回到自己的茅屋去了。唐吉诃德和桑乔也回到了他们拴牲口的地方。唐吉诃德和桑乔的魔船奇遇到此结束。

第二十八章

唐吉诃德路遇一位美丽的女猎人

骑士和侍从垂头丧气地回到了自己的牲口旁边。特别是桑乔，用掉那些钱简直让他心疼死了，从他那儿拿钱就像挖了他眼珠似的。两人最后默默无言地骑上了牲口，离开了那条有名的大河。唐吉诃德仍沉浸在他的情思里，桑乔却在盘算，要想发财，看来前途已经很渺茫了。他虽然不聪明，却完全可以看清楚，主人的所有行动或大部分行动都是疯疯癫癫的。他想寻找机会，某一天神不知鬼不觉地回自己老家去。可是，命运偏偏让他越不愿意怎样就越得怎样。

第二天，太阳刚下山，他们就走出了树林。唐吉诃德向绿草地极目望去，只见草地尽头正有一群人向他们走来。唐吉诃德看清了，那是一群放鹰打猎的猎人。待他们走得更近时，又发现其中有一位体态优美的夫人，骑着

一匹浑身雪白的小马，绿色的宝石镶嵌座儿，还有个白银的靠背马鞍。那位夫人也穿了一身绿衣服，显得雍容华贵而又英姿飒爽。她的左手托着一只苍鹰，唐吉诃德一见那苍鹰，就猜到她一定是位贵夫人，而且是那群猎人的主子。唐吉诃德果然没猜错。唐吉诃德对桑乔说道：

"你赶紧过去，桑乔小子，告诉那位骑小马、擎苍鹰的夫人，就说我狮子骑士希望吻这位尊贵夫人的手。如果她允许，我就过去吻，并且愿意全力为她效劳，听凭她的吩咐。不过，你说话注意点儿，桑乔，别总是带上你那些乱七八糟的俗语。"

"您这回可算是说错人了！"桑乔说，"您这话竟是对我说的！我这辈子又不是第一次向高贵的夫人传话！"

"除了向杜尔西内亚夫人传过话外，"唐吉诃德说，"我不知道你是否还对别人传过话，至少在我这儿没有。"

"这倒是真的，"桑乔说，"不过，'兜里有钱，不怕欠账；家里有粮，做饭不慌'。我是说，您什么也不用提醒我，我什么都会，什么都知道一点儿。"

"我也相信，桑乔，"唐吉诃德说，"上帝会帮助你，祝你走运。"

桑乔催着他的驴跑起来。跑到那位美丽的狩猎夫人面前时，他下了马，跪倒在夫人面前，说道：

"美丽的夫人，那边的那位骑士名叫狮子骑士，是我的主人。我是他的侍从，家里人都叫我桑乔。这位狮子骑士不久前也叫猥琐骑士，他派我来对您说，请您赏光允许他心甘情愿地实现他的愿望。根据他说的和我想的，这个愿望不是别的，就是为您这位高贵美丽的夫人效劳。如果您能同意这件事，不但对您有利，也可以为他脸上增光。"

"说得对，优秀的侍从，"那位夫人说，"你已经十分得体地

219

完成了你的使命。站起来吧，像猥琐骑士这样伟大的骑士我们早有耳闻，他的侍从跪在地上就不合适了。站起来吧，朋友，告诉你的主人，我和我的公爵丈夫欢迎他到我们这儿的别墅来做客。"

桑乔站了起来。他对这位夫人的美貌和气质修养深感惊讶。不过更让他惊奇的是，这位夫人竟然听说过他的主人猥琐骑士。她没称他狮子骑士，大概因为狮子骑士这个称号是最近才提出来的。公爵夫人又问道：

"告诉我，侍从兄弟，你的主人是否就是现已出版的小说《唐吉诃德》里的那个人？而且，他还把托博索一个叫杜尔西内亚的女人当做自己的意中人？"

"就是他，夫人。"桑乔说，"他还有个侍从，这本小说里也应该有，除非是从一开始就漏掉了，我是说，在印刷的时候漏掉了。侍从的名字叫桑乔，就是我。"

"我为此非常高兴，"公爵夫人说，"去吧，桑乔兄弟，去告诉你的主人，说我们欢迎他到我们这儿来，再没有任何事能比这件事更让我高兴了。"

桑乔带着这个令人愉快的答复，非常高兴地跑回到主人那儿，把那位贵夫人对他讲的话又重复了一遍，并且用自己那套粗言俗语把贵夫人的美貌和风雅的举止捧上了天。唐吉诃德在马鞍上气宇轩昂地坐好，把脚在马镫里放正，戴好护眼罩，催动罗西南多，风度翩翩地去吻公爵夫人的手。公爵夫人此时也把公爵丈夫叫来，把自己刚才对桑乔说的那番话告诉了丈夫。两人都是骑士小说的爱好者，原来都读过这部小说的上卷，了解唐吉诃德缺乏理智的可笑行为，所以非常愿意也非常高兴认识唐吉诃德。他们打算按照小说里记述的各种习惯和礼节来接待唐吉诃德，在唐吉诃德同他们在一起的几天里继续看他的热闹，他说什么都依着他。

这时唐吉诃德到了。他掀起护眼罩，看样子是想下马。桑乔赶紧过去为唐吉诃德扶住马镫，可是很不幸，他下驴时，一只脚被驮鞍的绳子绊住，挣脱不出，结果脚吊在绳子上，嘴和胸着地摔了下来。唐吉诃德已经习惯了有人为他扶住马镫下马，这回也以为桑乔已为他扶好了马镫，便猛然翻身下马。那鞍子大概没捆好，结果他连人带鞍摔到了地上。唐吉诃德很不好意思，心里暗暗诅咒桑乔，其实桑乔的一只脚那时仍被绊着呢。

公爵连忙吩咐那些猎手把唐吉诃德和桑乔扶起来。唐吉诃德摔得浑身疼痛，一瘸一拐地想向公爵夫妇跪拜。可是公爵无论如何也不同意。相反，公爵却跳下马来，抱住了唐吉诃德，对他说道：

"我很抱歉，猥琐骑士大人，您第一次到我这儿来就发生了这样不幸的事情。侍从不小心往往会招致很严重的麻烦。"

"我见到了您，勇敢的公爵大人，"唐吉诃德说，"就不可能存在任何不幸了。即使我摔进深渊，见到您的荣耀也会让我重新腾飞，从深渊里脱身。我这个侍从，让上帝诅咒他吧，他只会张嘴胡说八道，连个鞍子都捆不结实。可是无论我怎么样，无论我摔倒了还是站立着，无论我步行还是骑马，我都时刻准备为您和您尊贵的夫人——美女之王、风雅公主之典范即我们的公爵夫人效劳。"

"且慢，我的唐吉诃德大人！"公爵说，"只要有托博索的杜尔西内亚夫人在，您就不该称赞其他美人。"

桑乔此时已从绳子的纠缠中解脱出来，正站在旁边。他不等主人答话，就抢先说道：

"无可否认，我们的杜尔西内亚夫人确实很美丽。不料，能人又遇到高手，我听说这叫自然规律。这就好比一个陶器工匠做出一只精美的陶杯，也就可以做出两只、三只、上百只精美的陶杯那样。我这样说是因为我们的公爵夫人肯定不次于我的女主人杜尔西内亚夫人。"

唐吉诃德转身向公爵夫人说道：

"您完全可以想象到，世界上所有游侠骑士的侍从都不如我这个侍从多嘴而又滑稽。如果您能允许我为您效劳几天，他就会证明我说的是真的。"

公爵夫人答道：

"要是这位好桑乔滑稽，那我就更喜欢他了，滑稽证明他很机灵。滑稽与风趣，唐吉诃德大人，您知道，并不是愚蠢的人能够做到的。所以，如果说桑乔滑稽而又风趣，那么，我可以肯定他很机灵。"

"还爱多嘴。"唐吉诃德又补充了一句。

"那就更好了，"公爵说，"很多滑稽的事情不是三言两语可以说完的。咱们先不要在这个问题上耽误时间了，伟大的猥琐骑士，请您……"

"您该称狮子骑士，"桑乔说，"猥琐骑士已经不存在了，现在是狮子骑士的形象了。"

公爵接着说道：

"我说狮子骑士大人，请您到附近我的城堡里去吧，您将在那里享受贵人的待遇。我和我的夫人常常在那里接待路过的游侠骑士。"

桑乔此时已把罗西南多的鞍具收拾妥当，并且捆好，唐吉诃德骑了上去。公爵也骑上一匹漂亮的马，让公爵夫人走在两人中间，一起向城堡走去。公爵夫人吩咐桑乔跟在她旁边，说她喜欢听桑乔说话。桑乔也不客气，夹在三人中间，一起说着话。公爵和公爵夫人很高兴，觉得在他们的城堡里接待这样一位游侠骑士和一位侍从游子，真是一件很有趣的事情。

第二十九章

唐吉诃德和桑乔受到公爵及夫人的热情款待

据说公爵派人抢先一步回到了别墅或者城堡，向用人们吩咐接待唐吉诃德的方法。唐吉诃德刚同公爵夫人来到城堡门口，就有两个穿着洋红色细缎晨衣的仆役或马夫从城堡里出来，把唐吉诃德从马上迅速扶了下来。

唐吉诃德要去扶公爵夫人下马，结果两人客气了半天，公爵夫人坚持要公爵抱她下马，说不能让堂堂的大骑士做这种小事。最后，还是公爵出来把她抱下了马。他们刚走进一个大院子，就有两位美丽的少女往唐吉诃德肩上披了一条红色大披巾。院子的走廊里立刻挤满了男女用人，他们高声喊道：

"欢迎游侠骑士的精英！"

所有人，或者说大

部分人，还往唐吉诃德、公爵和公爵夫人身上洒香水。唐吉诃德又惊又喜，这是他第一次切切实实地体验到自己是个游侠骑士了。这并非幻觉，他亲身体验到了过去只有在书里才能看到的游侠骑士所享受的待遇。

大家登上城堡高处，把唐吉诃德让进一座装饰着极其贵重的金色锦缎的客厅。六名少女帮助唐吉诃德脱下盔甲。这些少女事先已被公爵和公爵夫人教过，应当如何招待唐吉诃德，以便让他觉得自己是被当做游侠骑士款待的。唐吉诃德脱去盔甲后，身上只剩瘦腿裤和羊皮紧身坎肩，显得又细又高又瘦又干瘪，两颊瘦得几乎贴在一起了。看他那个样子，若不是主人事先嘱咐的几点注意事项里有一项是必须忍住笑，这几位少女早就笑出声来了。

她们请求唐吉诃德把衣服都脱下来。她们要给他换件衬衣。唐吉诃德坚决不同意，说游侠骑士的尊严同勇气一样重要。不过，他让人把衬衣交给了桑乔，自己则同桑乔一起躲进了一个小房间。房间里有个豪华床，唐吉诃德脱光衣服，换上了衬衣。

唐吉诃德穿好衣服，把皮肩带连同剑披挂在身上，再披上红色的披巾，戴上少女们为他准备的绿缎帽子。穿戴停当，他走出小房间，来到一个大厅里。少女们分排站立，手里都端着洗手水，毕恭毕敬地请他洗手。十二个侍者连同管家又来请他去吃饭，说主人已经在恭候了。这些人前呼后拥地围着唐吉诃德来到了另一个大厅，厅里已经摆好一桌丰盛的酒席，桌子上只有四套餐具。公爵和公爵夫人在大厅门口迎接，他们身旁还有一位庄重的教士，这种教士是专为贵族管家的。这种教士并非出身于贵族，所以并不知道该如何教育贵族，而是以小人之心去度君子之腹。所以，他们只希望他们管理的贵族家庭心胸狭隘，成为可怜人。我说的这位陪同公爵和公爵夫人出来迎接唐吉诃德的教士，大概就是这种人。他们极其客气地寒暄一番，又左右相伴地陪同唐吉诃德来到桌前。公爵请唐吉诃德坐在首席上。尽管唐吉诃德再三推辞，公爵还是坚持，唐吉诃德只好从命。教士坐在唐吉诃德的对面，公爵和公爵夫人分坐在唐吉诃德两侧。

公爵夫人就问唐吉诃德，有没有关于杜尔西内亚的消息；此外，他一定又打败了不少巨人和坏蛋，是不是又派他们去拜见杜尔西内亚了。唐吉诃德答道：

"夫人，我的不幸从来都是有始有终的。我打败过巨人，我派遣过坏蛋和恶棍去拜见杜尔西内亚夫人，可是她已经被魔法变成一个难以想象的丑农妇了，我派去的那些坏蛋又怎么能找到她呢？"

"这我就不知道了，"桑乔说，"我觉得她是世界上最漂亮的人；另外，若论轻盈和灵巧，她不亚于一个翻筋斗的演员。她能像猫一样从地面一下子蹿到驴背上。"

"你看见过那个被魔法改变了模样的杜尔西内亚夫人吗？"公爵问。

"什么看见呀！"桑乔说，"是哪个家伙第一个发现她被魔法改变了模样的？不就是我吗？此事千真万确！"

教士听他们讲什么巨人呀、恶棍呀、魔法呀，意识到旁边这个客人大概就是曼查的唐吉诃德。关于唐吉诃德的那本小说公爵经常阅读。教士曾多次责怪公爵，说阅读这种胡说八道的东西本身就是一种无聊。可现在，他怀疑的事竟变成了现实。于是他十分恼火，对公爵说道：

"大人，您必须向上帝交代这个人做的好事！这个唐吉诃德，或者唐笨蛋，或者随便怎么称呼他吧，并不像您希望的那样糊涂，他只是趁机在您面前装疯卖傻。"

教士又转身对唐吉诃德说：

"还有你，蠢货，谁告诉你，说你是游侠骑士，还战胜了巨人，抓住了坏蛋？你趁早走人吧！我还告诉你，你回你的家里去，如果有孩子，养好你的孩子，管好你的财产，别再到处乱跑，装傻充愣，让认识你或不认识你的人笑话你啦。你这个倒霉鬼，无论是过去还是现在，你什么时候见过游侠骑士？西班牙有巨人吗？曼查有坏蛋吗？有你说的那个遭受魔法迫害的杜尔西内亚吗？有你说的那堆乱七八糟的东西吗？"

唐吉诃德认真倾听着那位令人尊敬的教士慷慨直言。见教士不说话了，唐吉诃德才不顾公爵和公爵夫人在座，站了起来，颤抖着全身，声音急促而又含糊地说道：

"此地此时以及我对您所处地位的一贯尊重，压抑了我的正义怒火。还有，就是我说过的，所有穿长袍的人都使用同女人一样的武器，那就是舌头。所以，我也只想同您开始一场舌战。我本来以为您会好言相劝，却没想到您竟然出口伤人。进行善意有效的指责应该选择其他场合，需要一定的条件。您刚才当众尖刻地指责我，显然已经完全超出了善意指责的范围。善意的指责最好是和颜悦色，而不是疾言厉色，而且，更不应该在还没搞清自己指责的对象究竟有没有错的时候，就无缘无故地指责人家是笨蛋、蠢货。请您告诉我，我究竟做了什么蠢事，值得您如此指责我？您让我回家去管好家，您可知道我有没有老婆孩子，就让我去管好老婆孩子？有的人自己在小家小户长大，所见识的只不过是他们村周围方圆二三十里地方的事，却钻到别人家去教训人，还规定骑士道应该如何如何，对游侠骑士评头品足，这难道不是胡闹吗？如果一个人东奔西走，不谋私利，历尽千辛万苦，最后得以流芳千古，你能说他虚度光阴、枉费年华吗？如果是各类骑士和各类出类拔萃、慷慨大方、出身名门的人把我看成傻瓜，我无可非议；可如果是那些从未涉足骑士道的学究把我说成是蠢货，我不以为然。我就是骑士，如果上帝愿意，我这个骑士可以

226

去死。有的人有追求广阔天地的雄心大志，有的人有阿谀奉承的奴颜媚骨，有的人贪图虚伪的自我欺骗，还有的人追求一种真正的信仰。而我呢，只按照我的命运的指引，走游侠骑士的狭窄之路。为此，我鄙夷钱财，却不放弃荣誉。我曾经为人雪耻，拨乱反正，惩处暴孽，战胜巨人，打败妖怪。我也多情，而游侠骑士必然如此。可我不是那种低级情人，我只追求高尚的精神向往。我一直保持着我的良好追求，即善待大家，不恶对一人。请尊贵的公爵和公爵夫人评评，一个如此情趣、如此行事、如此追求的人是否应当被人称为傻瓜？"

"天啊，说得真好！"桑乔说，"您不必再说下去了，我的大人，我的主人，因为这个世界上已经没什么可再说、再想、再主张的了。这位大人一再坚持说，无论过去还是现在，世界上都没有游侠骑士。这是因为他对此一无所知，才这样说，这又有什么可奇怪的呢？"

"大概你就是那个桑乔吧，兄弟？"教士问，"据说你的主人曾许诺过给你一个岛屿？"

"我就是桑乔，"桑乔说，"而且我也同别人一样，当得了总督。我是'近朱者赤'，属于那种'不求同日生，但要同日过'，'背靠大树好乘凉'的人。我已经找到了一个好主人，并且陪伴他很多个月了。假如上帝愿意，我也会变得同他一样。他长寿我也长寿；他不乏统帅的威严，我也会成为岛屿总督。"

"确实如此，桑乔。"公爵此时说道，"我这儿正好有一个不错的岛屿，没人管理，现在我就代表唐吉诃德大人，把它分配给你。"

"赶紧跪下，桑乔！"唐吉诃德说，"快吻公爵大人的脚，感谢他对你的恩赐。"

桑乔照办了。教士见状极其愤怒地从桌子旁站起身来，说道："我以我的教袍发誓，您像这两个罪人一样愚蠢。连明白人都变疯了，疯子岂不更疯！您接着陪他们吧。只要他们还在这儿，我就回我家去。既然说了也无济于事，我省得白费口舌。"

教士不再多说，什么也没吃便离去了。公爵夫妇请求他留下也无济于事，公爵就不再说了。他觉得教士如此生气大可不必，他已经笑得说不出话来了。

公爵最后终于止住了笑，对唐吉诃德说道：

"狮子骑士大人，您回答得太高明了，使得他无言以对。虽然他觉得这是对他的冒犯，可事实决非如此。您很清楚，这就如同妇女不冒犯别人一样，教士也从不冒犯别人。"

唐吉诃德终于平静下来了。宴请结束，撤去台布，又来了四个侍女。其中一个手里端着一个银盘，另一个端着一个洗手盆，也是银的，还有一个肩上搭着两块极白极高级的毛巾，最后一个裸露着半截胳膊，她那双雪白的手上托着一块那不勒斯出产的圆形香皂。托盘的侍女走过来，潇洒而又灵活地把盘子举到唐吉诃德的胡子下面。唐吉诃德一句话也没说，对眼前这个侍女的举动感到惊奇，以为这是当地的什么习惯，不洗手反倒洗胡子，于是他尽可能地把胡子往前凑。端洗手盆的侍女立刻往唐吉诃德的脸上撩水，拿香皂的侍女用手在唐吉诃德的脸上急速地抹香皂，唐吉诃德老老实实地任凭她涂抹，结果不仅他的胡子，而且他的整个脸甚至眼睛上都是雪花似的香皂沫了，唐吉诃德只好使劲闭上眼睛。公爵和公爵夫人不知其中实情，只是眼睁睁地看着侍女们到底要干什么。待唐吉诃德脸上的香皂沫有一厚时，涂香皂沫的侍女推说没有洗脸水了，叫端盆的侍女去加水，让唐吉诃德等着。唐吉诃德只好等在那里，当时他那可笑的样子可想而知。

当时在场的人很多，大家都看着唐吉诃德。他们见唐吉诃德把他那深褐色的脖子伸得足有半尺长，紧闭着眼睛，胡子上全是香皂沫，实在令人忍俊不禁。侍女们都低着头，不敢看自己的主人。公爵和公爵夫人觉得这些侍女既可气又可笑，不知该如何是好，到底是对她们的恶作剧进行惩罚呢，还是为她们把唐吉诃德弄成这个样子，给大家带来了快乐而给予奖励。端水盆的侍女回来后，她们为唐吉诃德洗了脸，拿毛巾的侍女为唐吉诃德仔细擦干了脸。然后，四个侍女一齐向唐吉诃德深深鞠了一躬，准备离去。可是公爵为了不让唐吉诃德看破这个恶作剧，便叫过端盆子的侍女来，对她说：

"过来帮我洗洗，你看水还没用完呢。"

侍女很机灵，走过来像对唐吉诃德那样把盆子端给公爵，并且迅速而又认真地为公爵洗脸涂香皂，并且为公爵把脸擦干净，然后鞠躬退了出去。事后才得知，原来公爵觉得如果不像唐吉诃德那样也给他洗洗脸，侍女们肯定会因为她们的恶作剧而受到惩罚。既然同样为公爵洗了脸，事情就可以巧妙地掩饰过去了。

桑乔仔细地看着这种洗脸方式，心里想："上帝保佑，这个地方是否像给骑士洗胡子一样，也有为侍从洗胡子的习惯？无论对上帝而言还是对我而言，显然都需要这么洗洗。若是再能用剃刀刮刮胡子，那就更妙了。"

"你说什么，桑乔？"公爵夫人问。

"我是说，夫人，"桑乔说，"我听说过在别处王宫贵府吃完饭要洗手，但从没听说过要洗胡子。到底还是活得越久越好，这样见识就更多。谁说活得越长，倒霉就越多呀？这样洗洗胡子毕竟不是受罪嘛。"

"别着急，桑乔，"公爵夫人说，"我让侍女们也给你洗洗胡子，以后必要时甚至可以给你大洗一通。"

"只要现在能给我洗洗胡子我就知足了，"桑乔说，"至于以后怎么样，那就看上帝怎么说了。"

"当差的，"公爵夫人对餐厅侍者说，"你就按这位好桑乔要求的去做吧，他要怎么办就怎么办。"

侍者说他愿全力为桑乔效劳，说完就带着桑乔出去了。只剩下公爵夫妇和唐吉诃德天南海北地聊天，不过，都没离开习武和游侠骑士的话题。

公爵夫人又请唐吉诃德描绘一下杜尔西内亚的美貌，说唐吉诃德对此肯定有幸福的回忆，据她所知，杜尔西内亚夫人的美貌不仅名扬四海，而且连曼查都知道了！唐吉诃德听了公爵夫人的话，长叹一声说道：

"假如我能够把我的心掏出来，放在您面前这张桌子上的一个盘子里，您就可以看见印在我心上的倩影，用不着我再费口舌描述她那难以形容的美貌了。不过，为什么要让我来仔细描述举世无双的杜尔西内亚的美貌呢？这件事也许别人更能胜任，像帕拉西奥、蒂曼特斯、阿佩勒斯，可以用他们的画笔，利西波可以用他的镂刀，把杜尔西内亚的相貌刻画在大理石和青铜器上；还有西塞罗和德摩斯梯尼，可以用他们的文辞来赞美她。"

"什么是德摩斯梯尼文辞，唐吉诃德大人？"公爵夫人问，"我还从来没听说过呢。"

"'德摩斯梯尼文辞'就是'德摩斯梯尼的文辞'，就好比说'西塞罗文辞'是'西塞罗的文辞'一样。他们两位是世界上最伟大的文辞家。"

"原来是这样。"公爵说，"夫人糊涂了，竟提出这种问题。尽管如此，如果唐吉诃德大人能向我们描述一下杜尔西内亚的情况，我们还是很高兴的。我敢肯定，哪怕您只是大略地描述一下，她也一定漂亮得足以让最美丽的女人嫉妒！"

"我怕把她不久前遭受的不幸从我心头抹掉，"唐吉诃德说，"不然我就加以描述了。现在，我更为她难过，而不是描述她。二位大概知道了，前些天我曾想去吻她的手，得到她的祝福，指

230

望她允许我第三次出征，可我碰到的却是一位与我所寻求的杜尔西内亚完全不同的人。她受到魔法的迫害，从贵夫人变成了农妇，从漂亮变成了丑陋，从天使变成了魔鬼，从香气扑鼻变成了臭不可闻，从能言善辩变成了粗俗不堪，从仪态大方变成了十分轻佻，从春风满面变成了愁眉不展，总之一句话，托博索的杜尔西内亚变成了萨亚戈的一个乡下妇女。"

"上帝保佑！"公爵喊了一声，说道，"是谁制造了世界上这样大的罪恶？是谁夺走了她的美貌、气质和荣誉？"

"谁？"唐吉诃德说，"除了某个出于嫉妒而跟我过不去的恶毒的魔法师，还能有谁呢？这种坏东西生在世上就是为了污蔑诋毁好人的业绩，宣扬他们的丑恶行为。以前有魔法师跟我过不去，现在有魔法师跟我过不去，将来还会有魔法师跟我捣乱，直到把我和我的骑士精神埋葬进被遗忘的深渊。在这方面，他们选择了最能触痛我的方式，因为夺走游侠骑士的情人就好比夺走了他用于观看的眼睛，夺走照亮他的太阳，夺走养活他的食粮。我已多次说过，现在还要再说一遍，没有夫人的游侠骑士就好比没有树叶的大树，没有根基的建筑物，没有形体的阴影。"

"说得太对了，"公爵夫人说，"不过，假如我们相信前些天刚刚出版的那本已经受到了普遍欢迎的有关唐吉诃德的小说，假如我没有记错的话，那么，您好像从没见过杜尔西内亚夫人，而且这位夫人压根儿就不存在，她只是您幻想之中的一位夫人，是您在自己的意识里造就了这样一个人物，并且用您所希望的各种美德勾画了她。"

"关于这点，我可要说说。"唐吉诃德说，"上帝知道世界上到底有没有杜尔西内亚，她到底是不是虚构的人物，这种事没有必要去追根寻底。并非我无中生有，我确实把她当做一位具有各种美德、足以扬名于世的贵夫人，非常崇拜。她美丽无瑕，端庄而不高傲，多情而不失节，并且由于知恩图报而彬彬有礼，由于彬彬有礼而不失为大家闺秀，总之，正因为她出身豪门，所以才显示出她血统高贵，显示出她远比那些门第卑微的美女更完美。"

"是这样，"公爵说，"不过，唐吉诃德大人想必会允许我斗胆告诉您，我读过有关您的那本小说。按照那本小说上写的，就算在托博索或者托博索之外的什么地方有一位杜尔西内亚，而且她也像您描述得那样美丽可爱，可是若论血统高贵，她恐怕比不上奥里亚娜、阿拉斯特拉哈雷娅、马达西玛和其他此类豪门女子。像这样的豪门女子在骑士小说里比比皆是，这点您很清楚。"

"对此我要说，"唐吉诃德说，"杜尔西内亚行如其人，她的道德行为表现了她的血统。一位道德高尚的平民比一位品行低下的贵人更应当受到尊重，况且，杜尔西内亚完全有条件成为头戴王冠、手持权杖的女王呢。一位貌美品端的女子的地位应当奇迹般地提高，即使没有正式提高，也应当从精神上得到承认。"

"唐吉诃德大人，"公爵夫人说，"您说起话来真可谓是小心翼翼，就像人们常说的，字斟句酌。我从此相信，必要的话还要让我家里的所有人，包括我的丈夫相信，在托博索有个杜尔西内亚。她依然健在，而且容貌艳丽，出身高贵，值得像唐吉诃德这样的骑士为她效劳。不过，我还有一丝怀疑，并且因此对桑乔产生了一点儿说不出来的反感。我的怀疑就是那本小说里说过，桑乔把您的信送到杜尔西内亚那儿时，她正在筛一口袋麦子，而且说得很明确，是荞麦，这就让人对她的高贵血统产生怀疑了。"

唐吉诃德回答说：

"夫人，您大概知道，我遇到的全部或大部分情况都与其他游侠骑士遇到的情况不同，也许这是不可捉摸的命运的安排，也许这是某个嫉贤妒能的魔法师的捉弄。有一点已经得到了证实，那就是所有或大多数著名的游侠骑士都各有所长。他们有的不怕

232

魔法，有的刀枪不入，譬如法国的十二廷臣之一，那个著名的罗尔丹。据说他全身只有左脚板能受到伤害，而且必须用大号针的针尖，其他任何武器都不起作用。所以，贝尔纳多·德尔卡皮奥在龙塞斯瓦列斯杀他的时候，见用铁器奈何不了他，就想起了赫拉克勒斯把据说是大地之子的凶恶巨人安泰举起杀死的办法，用双臂把罗尔丹从地上抱起，扼死了他。

"我说这些话的意思是，我也可能在这些方面有某种才能，不过不是刀枪不入的本领，因为我的经历已多次证明，我皮薄肉嫩，决非刀枪不入。而且，我也无力抵制住魔法，因为我曾经被关进笼子里。不过，从我那次脱身之后，我相信已经没有任何魔法可以遏制我了。所以，魔法师见他们的恶毒手段对我已经不起作用，就下手害我心爱的人来报复我，想采取虐待杜尔西内亚的办法置我于死地，因为杜尔西内亚就是我的命根子。因此我觉得，当我的侍从为我送信去的时候，他们就把她变成了一个正在干筛麦子之类粗活儿的农妇。不过我已经说过，那麦子决非荞麦或小麦，而是一颗颗东方明珠。为了证明这点，我可以告诉诸位，前不久我去了一趟托博索，却始终没找到杜尔西内亚的宫殿。第二天，我的侍从看到了她的本来面目，真可谓是世界美女之最；但在我眼里，她却成了一个粗俗丑陋的农妇，本来挺聪明的人，却变得语无伦次。我并没有身中魔法，而且照理我也不可能再中魔法了，所以，只能说是她受到了魔法的侵害，被改变了模样，是我的对手们想以她来报复我。在见到她恢复本来面目之前，我会始终为她哭泣。我说这些，是想让大家不要相信桑乔说的杜尔西内亚筛麦子的事。杜尔西内亚既然可以在我眼里被改变模样，也完全可以在桑乔眼里被改变模样。杜尔西内亚属于托博索的豪门世家，当地有很多这种高贵古老的世家。我相信，杜尔西内亚的家族一定有举足轻重的地位。在未来的几个世纪里，她的家乡一定会以她的名字命名，并且因此而名噪一时，就如同特洛伊以海伦而闻名，西班牙以卡瓦而著称一样，甚至比她们的影响还大得多。

"此外，我还想让公爵夫人知道，桑乔是有史以来游侠骑士最滑稽的侍从，而且有时候，他又傻又聪明，让人在想他到底是傻还是聪明时觉得很有趣。有时他办坏事，人家骂他浑蛋；有时他又犯糊涂，人家骂他笨蛋。他怀疑一切，又相信一切。有时我以为他简直愚蠢透了，可后来才发现他真是聪明极了。总之，如果用另外一个侍从来同我换，即使再另加一座城市，我也不换。我现在正在迟疑，把他派到您赐给他的那个岛上去是否合适。至于当总督的能力，我觉得只要指点他一下，他肯定能像其他人一样当好总督。而且，我们多次的经历也证明了，做总督不一定需要很多知识和文化，现在几乎有上百个总督不识字，可是他们却管理得很好。其中的关键就在于，只要他们有良好的意图，又愿意把事情做好，就会有人为他们出主意，告诉他们应该怎样做才好。那些没有文化的优秀总督，就是靠谋士来决断事情的。我只想劝您不要贪不义之财，也不放弃应得之利。还有其他一些小建议，我暂且先留在肚子里不说，到必要的时候再说，这对于您起用桑乔以及他管理岛屿都是有益处的。"

公爵、公爵夫人和唐吉诃德刚说到这儿，忽听得城堡内一片喧闹。只见桑乔惊慌失措地猛然闯了进来，脖子上像戴围嘴儿似的围着一条围裙。他身后跟着很多用人，更确切地说，是厨房里的杂役和一些工友，其中一个人手里还端着一小盆水。看那水的颜色和混浊的样子，大概是洗碗水。拿盆的人紧追桑乔，十分热切地要把盆送到桑乔的胡子底下，另外一个杂役看样子是想帮桑乔洗胡子。

"这是干什么，诸位？"公爵夫人问，"这是什么意思？你们想要对这位善良的人干什么？你们怎么不想想，他已经被定为总督了？"

那个要给桑乔洗胡子的杂役说：

"这位大人不愿意让我们按照规矩给他洗胡子，而我们的公爵大人和他的东家大人都是这样洗的。"

"我愿意洗，"桑乔说，"但是我想用干净点儿的毛巾，更清点儿的水，他们的手也别那么脏。我和我的主人之间不该有这么大的差别，让侍女用香水给他洗，却让这些见鬼的家伙用脏水给我洗。无论是百姓之家还是王宫的习惯，都必须不使人反感才好，更何况这儿的洗胡子习惯简直比鞭子抽还难受。我的胡子挺干净，没必要再这么折腾。谁若是想给我洗，哪怕他只是碰一碰我脑袋上的一根毛，我是说我的胡子，对不起，我就一拳打进他的脑袋。这种怪'鬼矩'和洗法不像是招待客人，倒像是耍弄客人呢。"

公爵夫人见桑乔气成这个样子，又听他说了这番话，不禁笑了。唐吉诃德见桑乔这副打扮，身上围着斑纹围裙，周围还有一大群厨房的杂役，便有些不高兴。唐吉诃德向公爵和公爵夫人深深鞠了一躬，像是请求他们允许自己讲话，然后就声音平缓地对那些用人说道：

"你们好，小伙子们，请你们放开他吧。你们刚才从哪儿来的，现在请回到哪儿去，或者去你们想去的地方吧。我的侍从现在脸很干净，这套东西只能让他感到难受。听我的话，把他放开吧。他和我都不习惯开玩笑。"

桑乔又接过话来说道：

"你们这是拿笨蛋开心！我现在简直是活受罪！你们拿个梳子或者别的什么来，把我的胡子梳一梳，如果能梳出什么不干净的东西，那就给我剃个阴阳头！"

公爵夫人并没有因此而止住笑，她说道：

"桑乔说得很有道理，他说什么事儿都有道理。就像他说的，他现在挺干净的，没必要洗，既然他不习惯我们这儿的习惯，就请他自便吧。你们这些人也太不在意，或者说你们太冒失了，对于这样一位人物，对于这样的胡子，你们不用纯金的托盘和洗手盆以及德国毛巾，却把木盆和擦碗用的抹布拿来了。反正一句话，你们是一群没有教养的浑蛋。正因为你们是一群坏蛋，才对游侠骑士的侍从不由自主地表现出恶意。"

那些杂役和与他们同来的餐厅侍者以为公爵夫人真是在说他们，便赶紧把围裙从桑乔脖子上拿下来，慌做一团地退了出去，撇下了桑乔。桑乔见自己已经摆脱了他认为是天大的危险，立刻跪到公爵夫人面前，说道：

"夫人尊贵，恩德无限。您对我的恩德，我唯有在来世被封为游侠骑士后终生服侍您才能报答。我是个农夫，名叫桑乔·潘萨，已婚，有子女，给人当侍从。如果我有什么能为您效劳的地方，只要您吩咐一声，我俯首听命。"

"桑乔，"公爵夫人说，"看来你已经在礼貌中学到了礼貌。我是说，你已经在唐吉诃德大人的熏陶下学会了礼貌，可以说是礼貌的规矩或者如你所说的'鬼矩'的榜样了。有这样的主人和仆人多好！一位是游侠骑士的北斗，一位是忠实侍从的指南。起来吧，桑乔朋友，对于你的礼貌，我也予以回报。我要敦促公爵大人尽快履行让你做总督的诺言。"

公爵和公爵夫人不禁对唐吉诃德的疯癫和聪慧感到意外，于是决定把这个玩笑继续下去。当天下午，他们派了不少人陪着桑乔到了准备让桑乔当总督的地方，而领队的就是公爵的管家。这个人很机灵，也很风趣。管家已从主人处得知应当如何对付桑乔，结果扮演得十分成功。

第三十章

伟大的桑乔就任总督，开始行使职权

太阳啊，大地的永恒观察者，地球的火炬，天空的眼睛！你促使人们使用凉杯；有人称你是廷布里奥，有人称你是费博①；在这儿你是射手，在那儿你是医生；你是诗歌之父，你又是音乐的创始者！你只升不落，虽然看起来你也沉落。我要告诉你，太阳，在你的帮助下，人们一代代繁衍。我要告诉你，太阳，是你在黑暗中照亮了我的智慧，让我能逐一叙述出伟大的桑乔担任总督的事情。没有你，我会感到虚弱无力，迷茫彷徨。

且说桑乔带着他的全体随行人员来到了有一千多居民的地方，那是公爵最好的领地之一。小岛的名字叫巴拉托里亚岛，这也许是因为那个地方本来就叫巴拉托里亚，也许是因为给桑乔的是个便宜的总督位置。小岛上围了一圈城墙。桑乔刚到城门口，城内的全体官员就出来迎接。人们敲起了钟，大家显示出一片欢腾的样子。桑乔被前呼后拥着送到当地最大的教堂，向上帝谢恩。在举行了一些滑稽的仪式之后，人们向桑乔赠送了该城的钥匙，接受他为巴拉托里亚岛的永久总督。

新总督的服装、大胡子和胖身子使所有不明底细的人都感到惊奇，就连知道底细的人也不无诧异。从教堂出来后，桑乔又被

---

① 廷布里奥和费博都是太阳神的意思。

送到审判厅的椅子上。公爵的管家对桑乔说：

"总督大人，这个岛上有个老习惯，就是新总督上任，必须回答向他提出的一个问题，而这个问题可能有点棘手，以便让人们了解一下新总督的智慧，由此看出他的到来究竟是可喜还是可悲。"

管家对桑乔说着这些话，桑乔却在观看椅子对面墙上的很多大字。他不识字，便问墙上画的是什么。有人告诉他：

"大人，那上面注明了您就任这个岛屿总督的日期。上面写着：今天，某年某月某日，唐桑乔·潘萨就任本岛总督，祝愿他享职多年。"

"谁叫唐桑乔·潘萨？"桑乔问。

"就是您呀，"管家说，"在这个岛上，除了您这位坐在椅子上的潘萨，再没有其他人了。"

"那你听着，兄弟，"桑乔说，"我没有什么'唐'的头衔，我家世世代代也没有过这个头衔，称我桑乔·潘萨就行了。我的父亲叫桑乔，我的祖父叫桑乔，所有的桑乔都没什么唐不唐的。我估计这个岛上的'唐'准比石头还多，这已经够了。上帝会理解我。只要我做上四天总督，就会把这些'唐'都清除掉。他们一群一群像苍蝇一样讨厌。管家，请提问吧，不管老百姓伤心不伤心，我都会尽我所知来回答。"

这时有两个人走进了审判厅，一个人是农夫的打扮，另一个人像是裁缝，手里还拿着把剪刀。裁缝说道：

"总督大人，我和这个农夫是来请您明断的。这个农夫昨天到我的裁缝店来。诸位，对不起，上帝保佑，我是个经过考核的裁缝。他拿着一块布问我：'大人，这块布能够做一顶帽子吗？'我量了量布，说行。我想，他肯定怀疑我会偷他一小块布。果然，我想对了。这完全是出于他对裁缝的恶意和偏见。他又问我做两顶帽子行不行。我猜透了他的心思，对他说行。他仍然贼心

238

不死，还要加做帽子，我也同意了。最后，我们一直加到了五顶帽子。现在，他来取帽子，我把帽子给了他，可是他不愿意掏钱，还让我赔他钱或者还他布。"

"就这些吗，兄弟？"桑乔问。

"是的，大人，"农夫说道，"不过，您还是让他把他给我做的那五顶帽子拿出来看看吧。"

"那没问题。"裁缝说。

裁缝立刻把手从短斗篷里抽了出来，手的五个手指头上各戴着一顶小帽子。裁缝说道：

"这就是这个人让我做的五顶帽子。我凭良心向上帝发誓，我没留下一点儿布。我可以让裁缝行业的监察员来检验。"

看见这几顶帽子，听了这场官司，所有在场的人都笑了。桑乔考虑了一下说道：

"我觉得这个案子不用拖延很久，明眼人马上就可以裁断。现在我判决：裁缝不许要工钱，农夫不许要布料，帽子送给牢里的囚徒，行了。"

大家对刚才那牧主钱包案的判决感到佩服，对这个判决却不由得哄堂大笑。不过，他们还是按照总督的吩咐去做了。这时又来了另外两位老人，一位手里拿着竹杖。没拿竹杖的老人说道：

"大人，不久前我为了满足他的要求，做点好事，曾借给他十个金盾，讲好在我向他要的时候他就还我。我不想让他因为还钱而过得比向我借钱时还窘迫，因此就很长时间没催他还钱。后来我觉得他好像不想还了，就再三找他要。可是他不仅不还我钱，还矢口否认，说他从来没有向我借过十个金盾；如果真借了，他早就还了。我没有证人能证明我把钱借给了他，他也没有证人证明他把钱还给了我，因为他根本就没还给我钱。我想请您让他发个誓。如果他敢发誓说已经把钱还给我了，我今生来世都

不要这笔钱了。"

"你有什么好说的，拿竹杖的好老头？"桑乔问。

老人答道：

"大人，我承认他曾借钱给我。请您垂下您的权杖吧。既然他让我发誓，那我就对着权杖发誓吧，我确确实实把钱还给他了。"

总督把权杖交给拿竹杖的老人。老人把他的竹杖交给另一位老人，似乎有些行动不便地走过去，手摸着权杖的十字架说，他的确借了十个金盾，但他已经把钱还到了另一位老人手里，而那位老人忘记了，现在又来要他还钱。

伟大的总督于是问债主怎么回答，说欠债人肯定是已经把钱还了，他觉得欠债人是个好人，是善良的基督徒，估计是债主忘记了欠债人在什么时候和什么地方已经把钱还给他了，所以以后再也不许向欠债人讨债了。欠债人拿过竹杖，低着头退出了审判厅。桑乔见状也立刻要退堂。可是他看到原告仍等在那里，便垂头到胸前，把右手的食指放在眉毛和鼻子之间，若有所思了一会儿，然后抬起头，叫人把拿竹杖的老人找回来。老人回来了，桑乔一见到他便说道：

"善良的人，请您把竹杖交给我，我有用。"

"我十分愿意交给您，"老人说，"请您拿去吧，大人。"

竹杖交到了桑乔手里。桑乔一拿到竹杖，就把它交给另一位老人，并对那位老人说道：

"上帝保佑您，欠您的钱已经还给您了。"

"还给我了，大人？"老人问，"这么一根竹杖就值十个金盾吗？"

"是的，"总督说，"如果不是这样，我就是世界上的头号笨蛋。现在，就可以看出我是否有能力管理一个王国啦。"

桑乔命令当众把竹杖打开。竹杖打开后，在里面发现了十个金盾。众人都惊奇不已，觉得他们的总督真是个新萨洛蒙①。大家问桑乔怎么会想到竹杖里面藏有十个金盾。桑乔回答说，他见那个老头把竹杖交给了对方，才发誓说确实把钱还了，可是发完誓以后又把竹杖要了回来，于是他就猜到那十个金盾在竹杖里面。由此人们可以推断出，有些总督虽然笨，却有上帝指引他们断案。另外，桑乔曾听村里的神甫讲过一个类似的案子。若不是桑乔偶尔会把他想记住的事情忘掉，整个岛上恐怕找不出比他更好的记性呢。最后，两位老人一个满面愧色，另一个拿到了钱，一同离去了。在场的人都深感意外，为桑乔写传的人也拿不定桑乔到底是愚蠢还是聪明了。

这个案子刚了结，又进来一个女人。她紧紧抓着一个男人，看打扮，那男人是个富裕的牧主。女人边走边喊：

"请您主持公道啊，总督大人，请您主持公道！如果我在地上找不到公道，就只好上天去找了！尊贵的总督大人，这个臭男人在田里抓住了我，像用破抹布似的把我糟蹋了。我真倒霉，我

---

① 古代一贤王，以善断疑案著称。

守了二十三年多，躲过了摩尔人和基督徒，躲过了当地人和外来人。我一直守身如玉，平安无事或是逢凶化吉，结果到头来却让这个家伙坐享其成了。"

"这个男人是否坐享其成，还得调查呢。"桑乔说。

桑乔转身问那个男人，对于那女人的指责有什么可说的。那人已慌成一团，答道：

"诸位大人，我是个可怜的牧主。今天上午我出去卖——对不起，恕我失言，卖了四头猪。交了贸易税和其他各种苛税杂税后，刚刚够本。在回村的路上，我碰到了这个臭婆娘，我们竟鬼使神差地混到了一起。我付了她足够的钱，可她还不满足，揪住我不放，把我拽到这儿，说我强奸了她。我发誓，我马上就发誓，她撒谎。这就是全部真相，一点儿不假。"

总督问他身上是否带着钱。牧主说他怀里的一个皮钱包里有二十杜卡多。总督让他把皮钱包拿出来，原封不动地交给那女人。牧主颤抖着把钱包掏了出来。女人把钱包拿过去，向所有人千恩万谢，又祈求上帝让保护苦难弱女的总督健康长寿，然后双手抓着钱包走出了审判厅。不过，在走出去之前，她已经看到了钱包里确实有钱。牧主眼含泪水地一直盯着自己的钱包。那女人刚走出去，桑乔就对牧主说：

"喂，你去跟着那女人，不管她答应不答应，都要把钱包抢回来，然后再同她一起回到这儿来。"

桑乔这句话可没白说。牧主立刻闪电般地冲出去抢钱包。所有在场的人都莫名其妙，等着看这个案子怎样收场。过了一会儿，这一男一女就回来了，两人比先前扭得还紧。那女人提着裙子，把钱包放在裙兜里。牧主想把钱包夺回来，可那女人一直死死护着，竟夺不回来。那女人大声喊道：

"让上帝和世人主持一下公道吧，您看看，总督大人，这个

242

没心没肺的东西多不要脸，多大的胆子，竟敢在光天化日之下把您判给我的钱包抢回去！"

"他把钱包抢走了吗？"总督问。

"抢走？"那女人说，"谁要想抢走这钱包，得先要了我的命。这个宝贝儿！别人或许还能吓唬吓唬我，但不是这个令人恶心的倒霉鬼！即使用钳子、锤子、榔头、凿子，他也休想把钱包从我手里抢走，就是用狮爪子也不行，除非先把我杀了！"

"她说得对，"牧主说，"我服输了。我承认我没那么大力气把钱包从她那儿夺回来。只好这样了。"

于是，总督对那女人说：

"正直而又勇敢的女人，把那钱包拿出来让我看看。"

女人把钱包递给总督，总督又把钱包递给了牧主，然后对那个力大无比的女人说道：

"我说大姐呀，如果你用你刚才保护钱包的勇气和力量来保护自己的身体，即使是赫拉克勒斯也不能奈何你！你趁早滚蛋吧，滚出这个岛屿，滚得远远的，否则就打你二百鞭子。赶紧滚吧，你这个骗子，不要脸的东西！"

那女人吓坏了，低着头，垂头丧气地走了。

"臭东西，带着你的钱滚回去吧。如果你不想再赔钱的话，从今以后就再也不要跟谁鬼混了。"

牧主十分尴尬地道了谢，然后走了。周围的人再次对新总督的判断感到佩服。

第三十一章

桑乔·潘萨总督仓促离职

　　"若想让生活中的事物永远保持永恒不变的状态，那只能是一种妄想。相反，人们应该想到一切都是循环往复的：春去夏来，夏过秋至，秋往冬到，冬逝春临，时间就是如此循环不已的。只有人的生命有其尽头，而且赛过日月穿梭，除非在天国英灵长存，否则永远不得复生。"这是伊斯兰哲学家锡德·哈迈德的话，让人懂得了人生如梦，永存只是一种企盼。人们不必靠信仰指点，只靠自己天生的感应就能领悟到这一点。我们作者的这段话只是想说明桑乔当总督不过是过眼烟云，转瞬即逝。

　　这是桑乔当总督的第七天晚上。他在床上躺着，不仅因为面包没饱酒未足，而且因为忙于批文审卷，制定法规法令，所以困意袭来，虽然饥肠辘辘，眼皮还是慢慢地合上了。这时，忽然响起了巨大的钟声和喊声，似乎整个岛屿都要沉陷下去了。桑乔从床上坐起来，仔细倾听着，想辨明究竟发生了什么事，外面竟这样乱哄哄的。可是他不仅没把骚乱的原因搞清楚，反而听到除了喊声和钟声之外，还增加了号角声和鼓声。于是桑乔更加慌乱了，恐惧万分。他赶紧下地。地上潮，他穿上拖鞋，来不及披上外衣，就跑出门外，恰巧看见二十多个人手里拿着火炬和剑跑过来，边跑边大声喊道：

　　"拿起武器，赶快拿起武器，总督大人！已经有无数敌人上

244

了咱们的岛，如果您不用您的智慧和勇气拯救我们，我们就完了！"

桑乔对这些喊声和狂乱感到惊慌失措，目瞪口呆。这时，有人跑到他身边对他说：

"大人，如果您不想完蛋，不想让这座岛完蛋，就赶紧拿起武器！"

"我有什么武器呀，我又能帮你们干什么呢？"桑乔说，"这种事情最好让我的主人唐吉诃德去做，他三下五除二就可以完事大吉。我这个上帝的罪人，对这些事情一窍不通呀。"

"哎呀，总督大人，"另一个人说，"您怎么这么窝囊呀！我们给您带来了进攻和防御的武器，您赶紧拿起武器，带领我们杀敌吧。您是我们的总督，这是您的分内之事。"

"那就给我武器吧。"桑乔说。

于是，有人立刻给他拿来两个大盾牌，一前一后地扣在他的衬衣上，来不及让他再套一件外衣，就从盾牌的凹处把桑乔的胳膊掏出来，用绳子把盾牌牢牢地捆在桑乔身上，弄得桑乔像根木头似的直直地站在那儿，既不能弯腿，也不能

挪步。有人往桑乔手里塞了一根长矛，让他当拐棍撑着，以免跌倒。弄好以后，大家让桑乔在前面带路，给大家鼓劲，说他是北极星、指路灯、启明星，有了他一定会取得最后的成功。

"可是，"桑乔说，"我觉得真别扭，两块盾牌捆在我身上，膝盖动弹不得，我怎么走得了路呢？你们把我抬着或者架着弄到道口去，让我用我的长矛或者我的身体守住道口吧。"

"行了，总督，"另一个人说，"是恐惧而不是盾牌让您迈不开步子。您快点挪步吧，否则就晚了。敌人越来越多，喊声越来越大，危险也更大了。"

大家连劝带骂，可怜的总督只好试着挪动步子，结果一下子就重重地摔倒在地上，他还以为自己摔成了几块呢。桑乔趴在地上，就像一只缩在龟壳里的乌龟，像半扇夹在木槽中的腌猪肉，或者像一只扣在沙滩上的小船。那些拿桑乔开心的人并没有因为看到他倒在地上而生出一点儿怜悯之心，相反却熄灭了火把，又重新提高了嗓门，不断喊着"拿起武器"，在他身上快速地跑来跑去，而且用剑向他身上的盾牌不断地刺。若是桑乔没有把头缩在两个盾牌之间，他可就遭了大殃了。桑乔蜷缩在两块盾牌之间，大汗淋漓，一心只求上帝保佑他脱险。有的人被桑乔绊倒，有的人摔倒在他身上，还有人竟在他身上站了半天，拿他的身体当瞭望台，一边指挥着队伍一边大声喊道：

"现在全看我们了，让敌人都往这儿来吧！守住那个缺口！关上那座大门！截断那个楼梯！赶紧上燃烧罐！把松脂放到油锅里去煮！用垫子把那几条通道堵住！"

那个人把守城时能够用得着的术语和武器弹药都起劲地数了一遍，被压在下面的桑乔浑身疼痛，心里说道："哎哟，但愿上帝保佑，让这个岛赶紧失守吧，让我赶紧死掉或者赶紧摆脱这场苦难吧！"老天听到了他的请求，桑乔出乎意料地听见人们在喊：

"胜利了！胜利了！敌人被打败了！噢，总督大人，您赶紧起来，享受胜利的欢乐吧。靠您战无不胜的勇气，我们从敌人那儿得到了不少战利品，您把这些战利品给大家分了吧！"

　　"你们把我扶起来。"浑身疼痛的桑乔痛苦地说道。

　　大家把他扶了起来，桑乔站好后说道：

　　"我可不相信我打死了某个敌人，我也不想去分配从敌人那里夺来的战利品。如果有谁还同我是朋友，就请这位朋友给我一口葡萄酒吧，我快要渴死了，再帮我擦擦汗吧，我浑身都湿透了。"

　　大家给桑乔擦了擦汗，给他拿来葡萄酒，又把他身上的盾牌解了下来。桑乔连惊带吓，坐在盾牌上竟昏了过去。于是大家都为恶作剧搞得太过火而发慌了。不过，桑乔马上又苏醒过来，大家这才放了心。桑乔问现在是什么时候，大家说是凌晨。桑乔一声不响地开始穿衣服。大家也都默不作声地看他穿衣服，看他这么早穿上衣服到底要干什么。桑乔穿好了衣服，慢慢地走向马厩。他浑身疼痛，根本走不快。大家都跟在他后面，只见他走到他的驴前，亲热地吻了一下驴的额头，噙着眼泪对驴说道：

　　"来吧，我的伙计，我的朋友，与我

同苦共难的伙伴，我同你在一起的时候，只想着别忘了给你修补你的鞍具，喂饱你的肚子。对于我来说，那些时光、那些年月都是幸福的。可是自从我离开了你，爬上了野心和狂妄的高塔之后，心中却增加了数不尽的苦恼和不安。"

桑乔一边说一边给他的驴套上驮鞍，旁边的人都一言不发。套好驮鞍后，桑乔十分伤心地骑了上去，嘴里对管家、文书、餐厅侍者、佩德罗·雷西奥大夫和其他人嘟囔着。他说道：

"请让开路吧，诸位大人，让我回到往日自由自在的生活里去吧，让我去寻找往日那种生活，使我从现在这种死亡中复生吧。我生来就不是当总督的料，敌人向我们进攻的时候，我却不能带着大家保卫岛屿和城市。我更善于耕田锄地，修剪葡萄枝，压葡萄蔓，而不是颁布命令，也不懂得保卫辖区或王国的事。'维持现状，再好不过'，我是说每个人生来就注定了干什么。我一把镰刀在手，胜过握着总督的权杖；我宁愿饱饱地喝一顿冷汤，也不愿忍受一个劣等医生的折磨，那样非把我饿死不可；我宁愿夏日躺在圣栎树的树荫下，冬天穿着只有几根毛的羊皮袄，逍遥自在地生活，也不愿床上铺着白亚麻细布，身上穿着紫貂皮大衣当总督。再见吧，诸位大人，请告诉公爵大人，我来去赤条条，不多也不少，我的意思是说，我来当总督的时候身无分文，离开总督职务时也两袖清风，与其他岛屿总督离任时的情况完全相反。请你们靠边点儿，让我过去，我要去上点儿膏药。我觉得肋骨疼得厉害，这全是敌人昨晚在我身上踩的。"

"您不必这样，总督大人。"雷西奥大夫说，"我给您一点治摔伤的汤药，您喝了以后很快就会精力充沛如初。至于吃的，我向您保证一定改正，让您想吃什么就痛痛快快吃个够。"

"晚矣！"桑乔说，"想让我留下来，那是不可能的事。这种捉弄已经不是一两回了。我向上帝发誓，当总督的事情仅此一回，以后就是再大张旗鼓地请我，也休想叫我当总督了。我们潘萨家族的人都很固执，说不行就是不行，怎么说也不行。让蚂蚁的翅膀留在马厩里吧，就是这副翅膀，把我带到了天空，想让燕子或其他鸟儿把我吃掉。还是让我回到陆地上踏踏实实地走路吧。即使这双脚没有网眼羊皮鞋，至少我不缺草鞋穿。物以类聚，人以群分，谁也别想跑出自己那个圈儿去。还是让我过去吧，已经晚了。"

管家说道：

"总督大人，尽管我们非常惋惜，但我们还是会痛痛快快地放您过去。您机智灵敏，品行端正，我们也愿意放您走。可是大家都知道，每个总督在离任之前都有责任谈谈自己这段时间的工作情况。那么，您就谈谈您当这十天总督的情况，然后您爱到哪儿就到哪儿去吧。"

"除了公爵大人，谁也不能要求我做什么。"桑乔说，"待我见到公爵大人，我会向他如实禀告的。况且，我走时两袖清风，这就足以说明我这个总督当得多好了。"

"我向上帝发誓，"雷西奥大夫说，"桑乔说得很对。我觉得咱们现在可以让他走了，公爵大人现在也一定很想见到他。"

大家都同意让桑乔走，而且愿意送他一段路，再送他一些礼物和路上需要的东西。桑乔说他只需要一点儿喂驴的大麦和他自己吃的半个面包。路并不远，所以没必要多带，也最好别带那么多东西。大家拥抱了桑乔，桑乔含泪拥抱了大家，然后离去。大家对桑乔那番议论和他果断而又明智的决定表示钦佩。

第三十二章

唐吉诃德平生最倒霉的遭遇

唐吉诃德觉得自己应该摆脱城堡里这种安逸的生活了。他觉得让自己无所事事地留在这里，让公爵和公爵夫人像对待所有游侠骑士那样，每天都沉溺在歌舞升平之中，实在有负于上帝。于是有一天，他请求公爵和公爵夫人准许自己离开。公爵和公爵夫人表现出很依依不舍的样子，同意了唐吉诃德的请求。公爵夫人还把桑乔的妻子给丈夫的信交给了桑乔。桑乔看完信，不禁泪流满面，说道：

"我老婆特雷莎听说我当了总督，对我寄托了如此大的希望，哪里会想到到头来，我还得跟着主人唐吉诃德四处漂泊呢？但即使这样，我还是很高兴我的特雷

莎不忘本分，给公爵夫人送来了橡子，否则她就显得忘恩负义了，那么我会很伤心的。令我宽慰的是，这礼物不能算贿赂，因为在她送橡子之前，我已经当上了总督。如果得到了别人的好处，哪怕只送一点儿小小的礼物，也算是知恩图报了。实际上，我当总督来去都是赤条条，因此我可以心安理得地说：'我生来赤条条，现在也是赤条条，没亏也没赚。'这就不错了。"

即将起程的这天清晨，唐吉诃德全身披挂地在海滩上散步。就像他常说的，甲胄即服装，战斗即休息，所以他总是甲胄不离身。此时他忽然发现，前面有一个同样全副武装的骑士向他走来，骑士的盾牌上还画着一个亮晶晶的月亮。那人走到两人相互听得见的距离，便提高嗓门对唐吉诃德说道：

"受到举世称赞的杰出骑士，曼查的唐吉诃德啊，我是白月骑士，我的英雄业绩也许你还记忆犹新。我特来向你挑战，试试你臂膀的力量，要你承认我的情人，别管她是谁，都显而易见地比托博索的杜尔西内亚漂亮。如果你痛痛快快地承认这个事实，我可以免你一死，我也就不用再劳神动手了。假如你同我比试，而且我战胜了你，我只要求你放下武器，并且不再征险，回到你的家乡一年内不许出来。在这期间，你不许舞刀弄剑，老老实实地过日子，这样才能增加你的财富，拯救你的灵魂。假如你打败了我，我的脑袋就交给你了，我的盔甲和马匹成为你的战利品，我的功名也都转让到你的名下。你看怎么办好吧，马上告诉我，我今天就要把这件事了结。"

唐吉诃德对这位趾高气扬的白月骑士的挑战甚感意外和惊奇。他心平气和但又神态严肃地对白月骑士说道：

"白月骑士，你的业绩我至今没听说过。我可以向你发誓，你从未见过尊贵的杜尔西内亚。如果你见过她，就不会向我提出这种要求了。你的亲眼所见就会让你明白，世界上没有也不可能有能与杜尔西内亚相比的美貌。所以，我不说你撒了谎，只说你讲得不对。你刚才提出的挑战条件我接受，而且，咱们马上就进行决斗吧，今天决定的事情就别拖到明天。不过，你提出的条件中有一条我不能接受，就是你要把你的功名让给我那条。我不知道你有什么业绩，而且我有自己的业绩就够了，且不管我的业绩如何。你任意选择你的位置站好吧，我也选择好我的位置，现在，就请上帝保佑，老天祝福吧。"

城里有人发现了白月骑士，马上报告了公爵，说白月骑士正在同唐吉诃德说话。公爵估计，肯定又是某位绅士出的点子，便带着人一起赶到了海滩。他们赶到时，唐吉诃德正掉转马的缰绳，准备站到自己的位置上去。公爵见两个人眼看就要对冲过去，便站到了两人中间，问他们为什么忽然想起要进行这次决斗。

白月骑士说是为了决定两个女人究竟谁最漂亮，接着便介绍了他对唐吉诃德说的那些话，以及唐吉诃德接受了他的挑战条件等情况。公爵悄声问身旁的人是否知道白月骑士是什么人，他是不是想同唐吉诃德开个玩笑。旁边的人都说不知道这究竟是玩笑还是真的决斗。听这么一说，公爵也拿不定主意这场决斗该不该进行了。不过，他估计是个玩笑，便退到一旁说道：

"两位骑士大人，既然已经无法调和，就只能决一雌雄了。那好，让唐吉诃德在他的位置上准备好，白月骑士您也准备好，开始吧。"

白月骑士客客气气地感谢公爵慷慨准许他们进行决斗，唐吉诃德也同样表示了谢意。唐吉诃德虔诚地祈求上帝和他的杜尔西内亚保佑他。唐吉诃德每次准备开始战斗时都这样。唐吉诃德见对手纵马跑开，准备把距离拉大一点儿，就自己也催马往远处跑了一点儿。没有号角或其他什么进攻的信号，两个人同时掉转了马头。白月骑士的马跑得比较快，所以，它跑了三分之二的距离才与唐吉诃德相遇。白月骑士并没有用长矛去碰唐吉诃德，好像故意把长矛抬高了一些，只是凭借巨大的惯性，把唐吉诃德连人带马撞倒在地上，而且撞得不轻。然后，白月骑士居高临下地用长矛指着唐吉诃德的护眼罩说道：

"你输了，骑士，如果你不认可我提出的挑战条件，你就死定了。"

唐吉诃德摔得浑身疼痛，头晕目眩。他并没有掀开护眼罩，声音就像是从坟墓里发出的一样，有气无力地说道：

"托博索的杜尔西内亚是世界上最美丽的女人，我是世界上最倒霉的骑士。我不能因为自己的无能而抹杀这个事实。握紧你的长矛，骑士，杀死我吧，我已经名誉扫地了。"

"我肯定不会杀死你，"白月骑士说，"托博索的杜尔西内亚夫人的美貌和名声也不会受到损害。我只要你像咱们开始决斗前商定的那样，回到你的老家去，一年之内，除非我另有吩咐，不准再出来，这就够了。"

公爵和其他许多在场的人都听到了这些话。他们还听到唐吉诃德说，只要不损害杜尔西内亚，他作为一个说到做到的真正骑士，一切都可以执行。白月骑士听到唐吉诃德这几句话，便掉转马头，向总督点头致意，然后不慌不忙地向城里走去。

公爵吩咐人在后面跟着，以便弄清那个白月骑士到底是什么人。大家扶起唐吉诃德，为他卸下面具，只见他面无血色，大汗淋漓。罗西南多伤得不轻，当时已动弹不得。桑乔忧心忡忡，愁眉不展，不知该说什么做什么才好。这件事简直如一场噩梦，他觉得这一切都是魔法操纵的。他见主人已经认输，答应在一年之内不再动兵器，便联想到主人的英名已经暗淡，主人兑现新近答应的诺言的希望已经化为乌有。他担心罗西南多被摔坏了，担心主人骨头脱臼了。不过，如果因此把主人的疯病摔没了，那倒也算是一件幸事。后来，公爵派人送来了轿子，大家把唐吉诃德抬到城里。公爵也回到城里，急于打听那个把唐吉诃德打得一败涂地的白月骑士究竟是何许人也。

第三十三章

　　公爵派的人跟着白月骑士一直走进城里的客栈，想弄清他到底是谁。一路上，一群孩子也跟着白月骑士起哄。一个侍从自客栈里出来，为白月骑士卸去了盔甲。白月骑士走进一间客房，公爵派的人也跟了进去，他迫不及待地想看到白月骑士的本来面目。白月骑士见来人紧追不放，便对他说道：

　　"大人，我知道你想弄清我到底是谁。我没有必要隐瞒你。趁着侍从为我卸去盔甲的工夫，我可以把事情的真相一五一十都告诉你。大人，我是参孙·卡拉斯科学士，与唐吉诃德同住一村。看见他那疯呆模样，我们所有认识他的人都可怜他，特别是我。我们觉得要想让他恢复健康，就得让他回到村里去，在家好好休养。我正是为此而来的。三个月前，我扮成游侠骑士的样子，自称是镜子骑士，在路上等着他，想同他交锋，打败他却又不伤害他，条件是谁败了谁就服从胜利者。我想如果他败了，我向他提出的条件就是让他回到村里去，一年之内不准再出村，也许在这段时间里，他的病可以治愈。谁知天有不测，他把我打败了，把我掀下了马。结果我没有达到预期的目的，他继续走他的路。我被打败了，满心惭愧，而且摔得不轻，只好回家了。不过，我并没有因此就放弃再次找他并打败他的想法。你们今天也看到了，

255

他是个恪守游侠骑士规矩的人，因此，他既然答应了我向他提出的条件，就肯定会说到做到。

"大人，这就是事情的全部原委。我请求您不要暴露我的身份，也不要告诉唐吉诃德我是谁，以免我的良好愿望落空。他本来是个很聪明的人，只要他放弃那愚蠢的骑士道，就会恢复他的神志。"

"噢，大人，"来人说，"愿上帝饶恕您吧！您想让世界上最滑稽的疯子恢复正常，就等于冒犯了大家。您难道没看到吗，大人？一个头脑正常的唐吉诃德给人们带来的利益，并不如一个丑态百出的唐吉诃德给人们带来的乐趣多。我估计，学士大人的计策并不能让一个如此疯癫的人恢复正常。若不是于心不忍，我倒真希望唐吉诃德别恢复正常。因为他一旦恢复正常，我们就不仅失掉了从他身上得到的乐趣，而且也失掉了从他的侍从桑乔那儿获得的乐趣。这两种乐趣都足以给人带来欢乐，排忧解愁。尽管如此，我会守口如瓶的，绝不向唐吉诃德透露半点儿实情。我想以此来证实我怀疑卡拉斯科大人的计策能否奏效是正确的。"

卡拉斯科说，无论怎样，既然事情已经有了开头，他就希望有个圆满的结局。他问来人还有什么吩咐，然后向他告别，把自己的兵器收拾好，放到骡背上，又骑上他刚才同唐吉诃德交战时骑的那匹马，当天就出城返乡了，一路上并没有遇到什么值得记述的事情。安东尼奥把卡拉斯科对他讲的话告诉了公爵，公爵听了有些沮丧。他觉得唐吉诃德一旦返乡隐居，就失去了可以借他的疯癫开心的那种欢乐。

唐吉诃德在床上躺了几天，闷闷不乐，情绪低落，反反复复地想他被打败的倒霉事。桑乔来宽慰他，对他说道：

"大人，抬起头来，若是可能就高兴起来吧。您得感谢老天，虽然您被打翻在地，却并未摔断一根肋骨。您应该知道，恶有恶报，'以为那儿有咸肉，其实连挂肉的钩子都没有'。您也别理医生，现在并不需要他们为您看病。咱们还是回家去吧，别再在异地他乡征什么险了。其实您想想，虽然您最倒霉，最吃亏的却还是我。我放弃了总督的位置，不再想当总督了，可是我并没有放弃当伯爵的愿望。如果您放弃做游侠骑士，不当国王，我也就当不成伯爵，我的希望就全部化为乌有了。"

"住嘴，桑乔，你明白，我退居家乡只不过是一年时间，然后，我还要重操我的光荣事业，那时候还会有王国等着我去征服，也还有伯爵的头衔可以授予你。"

"愿上帝听见此话，"桑乔说，"充耳不闻的是罪人！我常听人说，'良好的希望胜过菲薄的实物'。"

唐吉诃德因为摔伤了，不便赶路，因此和桑乔又待了两天才走。两天之后，唐吉诃德和桑乔离开了。唐吉诃德没有穿盔甲，只是一身便装。桑乔的驴驮着盔甲，因而桑乔只能步行跟在后面。

如果说唐吉诃德在被打倒之前就总是忧心忡忡，这次吃了败仗更显得烦躁不安了。他脑子里乱哄哄的。他一会儿想到如何面对杜尔西内亚，一会儿又想到他迫不得已隐退后的生活。桑乔过来了，向他夸奖托西洛斯的慷慨大方。

"桑乔啊，"唐吉诃德说，"你仍然以为他真是那个仆人吗？你曾亲眼看到杜尔西内亚变成了农妇，镜子骑士变成了卡拉斯科学士，这些都是同我作对的魔法师们干的。

他们边说边赶路，来到了一片草地。唐吉诃德对桑乔说道：

"咱们可在这片草地上重现当年的牧羊人乐园。这倒是个挺新奇的想法。桑乔，如果你觉得合适，咱们也可以学学他们，做做牧羊人，至少在我隐退的这段时间里可以这样。我去买些羊和其他牧人需要的东西。我可以取名为牧人吉诃蒂斯，你就叫牧人潘西诺。咱们可以漫步在山间、森林和草地上，这儿唱唱歌，那

儿吟吟诗，饮着晶莹的泉水，清澈的溪水，或者汹涌的河水；圣
栎树以它极其丰富的枝叶供给我们香甜的果实，粗壮的栓皮栎树
干是我们的坐凳，柳树为我们遮荫，玫瑰给我们送来芳香，广阔
的草原就像是一块五彩斑斓的地毯；夜晚，空气清新，星月皎
洁，咱们纵情歌唱，忧愁化为欢乐，阿波罗给我们带来诗兴，爱
情为我们创造灵感，这样咱们就可以在现在和未来的世纪里闻名
遐迩，功垂史册了。"

"天哪，"桑乔说，"我仿佛已经置身于这种生活之中了。参
孙·卡拉斯科学士和理发师尼古拉斯师傅要是看见这种生活，也
会来同咱们一起当牧羊人；冲这快活劲儿，就连神甫也会身不由
己地钻进羊圈里来呢。"

"你说得很对，"唐吉诃德说，"如果参孙·卡拉斯科加入我
们这个牧人乐园，他肯定会来，可以叫他参索尼诺或者牧人卡拉

斯孔；理发师尼古拉斯可以叫尼库洛索，就像博斯坎叫内莫罗索一样；至于神甫，我就不知道该起什么名字了，除非起个派生的名字，叫库里昂布罗。至于那些可以做咱们情人的牧羊姑娘的名字，咱们不妨再仔细斟酌。不过，我的意中人叫牧羊姑娘或牧羊公主就行了，不必再费心另外寻找，没有比这更合适的名字了。桑乔，你的意中人叫什么名字，你可以随便起。"

"她块头大，"桑乔说，"原名又叫特雷莎，我只能给她起个名字叫特雷索娜。此外，我还要在诗里赞颂她，以表现我的忠贞，并没有到外面去找野食。神甫应该以身作则，不应该有牧羊女做情人。如果学士想要情人，那就随他的便吧。"

"上帝保佑，"唐吉诃德说，"那是一种什么样的生活啊！木笛声飘送到我们耳边，还有萨莫拉风笛、长鼓、铃鼓和三弦琴！在这些乐器的音乐声中还能听到钹的声音，这样牧人的乐器就基本上全有了。"

"什么是钹呀？"桑乔问，"我这辈子还没听说过这个名字，也没见过这种东西呢。"

"钹就是两块烛台形的铜片，"唐吉诃德说，"中间隆起的部分撞击在一起时发出一种声音，即使算不上和谐悦耳，也不难听，而是像风笛和长鼓一样质朴。你刚才问到钹，我想起了这些，顺便说说。我还有点儿诗才，这你知道，参孙·卡拉斯科更有了不起的诗才，这有助于使咱们的这种生活更加美满。至于神甫，我就不说什么了。不过我敢打赌，他也准有几分诗人的才气。尼古拉斯师傅肯定也是这样，我对此毫不怀疑，因为所有或大多数理发师都能弹弹吉他，念念诗。到时候我倾诉我的离情别绪，你自夸是忠实的情人，牧人卡拉斯孔为遭到鄙夷而愤愤不平，神甫库里昂布罗随便当什么角色都行，那种日子该多美呀！"

桑乔说道：

"大人，我总是很不幸，恐怕永远也不会有那么一天了。等我成了牧人，我得做光滑的木匙，还得做油煎面包，甜奶酪、花冠和许许多多牧人要做的事情呀！虽然别人并没有说我心灵，但我手巧是出了名的。我女儿桑奇卡可以给咱们送饭来。不过，也得小心，她相貌不错，有的牧人并不那么单纯，总是不怀好意。本来是好事，可别闹出个坏结局来。无论是乡村还是城里，无论是牧人的茅屋还是王宫的大殿，都有爱情，都有叵测的居心。'祸根不存，罪恶不生'，'眼不见，心不动'，'与其操心，不如脱身'。"

"别说那么多俗语了，桑乔，"唐吉诃德说，"你说了那么多，其实一句话就足以表达你的意思。我说你多少次了，别说那么多俗语，这等于对牛弹琴，可你总是'你说你的，我干我的'。"

"而我觉得您总是'煎锅嫌炒锅黑'。"桑乔说，"您总怪我说俗语，其实您说起俗语来也是一串一串的。"

"可是桑乔，"唐吉诃德说，"我说俗语总是用得恰到好处，而你却是不管三七二十一，抓来就说。如果我没记错的话，我曾对你说过，俗语是历代聪明人从他们的经验里提炼出来的警句，如果用得不当，就成了胡言乱语。咱们先别说这个了，天已经晚了，咱们得找个地方过夜。谁知道明天的情况会怎么样呢。"

他们离开大路去找住处。晚饭吃得很晚，也吃得不好，桑乔很不满意。桑乔想到游侠骑士只能在荒郊野岭凑合着吃，虽然有时也能在城堡或大户人家里饱餐一顿。不过，世界上不能总是白天，也不能总是黑夜，他想着想着就睡着了。唐吉诃德却彻夜未眠。

第三十四章

唐吉诃德与桑乔在回乡路上遇到的事

战败以后失魂落魄的唐吉诃德一直郁郁不乐，特别是想到了杜尔西内亚还被魔法缠身，依然是农妇的样子。他对桑乔说道：

"从我方面来说，如果你原来提出为解除附在杜尔西内亚身上的魔法而要报酬，我早就付你一大笔钱了。现在你如果鞭打自己就可以为解除杜尔西内亚身上的魔法出大力，而且你自己也可以得到一笔收入。不过，我不知道拿了钱以后再解除魔法是否还奏效。我可不想让金钱影响效力。尽管如此，我觉得咱们不妨试试。桑乔，你先说，你想要多少钱，然后你就鞭打自己吧，钱最后扣除，反正我的钱都在你手里呢。"

桑乔一听这话立刻睁大了眼睛，把耳朵伸出一长。只要能得到优厚的报酬，他打心眼里愿意自己打自己。他对唐吉诃德说：

"那么好吧，大人，我愿意满足您的愿望，那样我自己也可以得到好处。我非常爱我的孩子和老婆，而这使得我需要钱。您说吧，我每打自己一鞭子您给我多少钱？"

"桑乔，"唐吉诃德说，"你这本是件功德无量的事，我即使把威尼斯的财宝和波托西的矿藏全都给你也不为过。你估计你身上有我多少钱，开个价吧，每打一鞭子给你多少钱。"

"一共得打三千三百多下，"桑乔说，"我已经打了自己五下，其余的还没动呢。把这五鞭子算做零头去掉，还剩下三千三百鞭子。就算每鞭一个夸尔蒂约吧，如果再少，谁逼我干我也不干了，那就是三千三百个夸尔蒂约；三千个夸尔蒂约就是一千五百个二分之一的雷阿尔，相当于七百五十个雷阿尔；三百个夸尔蒂约就是一百五十个二分之一的雷阿尔，相当于七十五个雷阿尔；再加上七百五十个雷阿尔就是八百二十五个雷阿尔。这钱我得从您的钱里扣出来。那么我虽然挨了鞭子，回家时毕竟有钱了，心里也高兴。要想抓到鱼……我不说了①。"

"积德行善的桑乔啊，可爱的桑乔啊，"唐吉诃德说，"我和杜尔西内亚这辈子该如何报答你呀！如果这次能成功，她肯定会恢复原貌，她的不幸就会转化为幸运，我的失败也就会转化为极大的成功。桑乔，你看你什么时候开始鞭打呀？为了让你早点儿动手，我再给你加一百个雷阿尔。"

"什么时候？"桑乔说，"就今天晚上吧。你准备好，咱们今晚露宿在野外，我一定把自己打得皮开肉绽。"

唐吉诃德急不可耐地等着夜晚到来。他觉得太阳神的车子好像车轮坏了，他就像情人期待幽会那样，觉得那天特别长，而没有意识到是自己太着急了。夜晚终于到来了。他们来到离大路不远的一片葱郁的树林中，从马背上和驴背上下来，躺在绿色的草地上吃着桑乔带来的干粮。吃完东西后，桑乔用驴的缰绳做成一根粗而有弹性的鞭子，来到离主人大约二十步远的几棵山毛榉树中间。唐吉诃德见到桑乔那副毅然决然的样子，对他说道：

"朋友，别把自己打坏了，打几下就停一停，别急着使劲打，中间歇口气儿。我是说你别打得太狠了，结果还没打够数就送了命。为了避免你计错数，我在旁边用念珠给你记着鞭数。但愿老天成全你的好意。"

"没有金刚钻，就不揽瓷器活儿。"桑乔说，"我自有办法既不把自己打死，也不把自己打疼，这样才算显出我的神通。"

桑乔说完脱光了自己上半身的衣服，抓过鞭子开始抽打自

---

① 下半句是"就得湿裤子"。

己，唐吉诃德则开始为他计数。刚打了七八下，桑乔就意识到这个玩笑开得太重了，自己开的价也太低了。他停了一下，对唐吉诃德说刚才自己吃亏了，他觉得每鞭应该付半个雷阿尔，而不是一个夸尔蒂约。

"你接着打吧，桑乔朋友，"唐吉诃德说，"别松劲儿，我把价钱提高一倍。"

"既然这样，"桑乔说，"那就听天由命吧，让鞭子像雨点一般地打来吧！"

可是，狡猾的桑乔并没有把鞭子打在自己的背上，而是打到了树干上，而且每打一下还呻吟一下，仿佛每一下都打得非常狠似的。唐吉诃德心肠软，怕桑乔不小心把自己打死，那么他的目的也就达不到了，便对桑乔说道：

"喂，朋友，为了你的性命，咱们这次还是到这儿为止吧。我觉得这服药太厉害了，得慢慢来。一口吃不成胖子。如果我没数错的话，你已经打了自己一千多下。这次打这么多就够了，驴虽然能负重，太重了也驮不动。"唐吉诃德说话就是这么粗鲁。

"不，不，大人，"桑乔说，"我可不想让人说我拿了钱就不认账。您让开一点儿，让我再打一千下，有这么两回就可以完事了，也许还能有富余呢。"

"既然你能受得了，"唐吉诃德说，"愿老天助你一臂之力。你打吧，我走开一点儿。"

桑乔又继续抽下去，把好几棵树的树皮都抽得脱落了。由此可见他抽得有多狠。有一次他狠命地抽打一棵山毛榉，竟提高了嗓门喊道：

"参孙啊，我宁愿与他们同归于尽！"

听到这凄厉的喊声和猛烈的抽打声，唐吉诃德赶紧跑了过来。他抓住桑乔那根用缰绳做的鞭子，对桑乔说道：

"桑乔，命运不允许你为了我的利益而牺牲你的性命。你还

得养活老婆孩子呢，还是让杜尔西内亚再等个更好的机会吧。实现我的愿望已经指日可待，我知足了。你还是先养足精神，找个大家都合适的时候再了结这件事情吧。"

"我的大人，"桑乔说，"既然您愿意这样，就先打到这儿吧。您把您的外衣披到我背上吧。我出了一身汗，可千万别着凉，初次受鞭笞的人最怕着凉。"

唐吉诃德把自己的外衣脱下来给桑乔披上，自己仅穿着内衣。桑乔裹着唐吉诃德的外衣睡着了，一觉睡到了日出。两人继续赶路，走了三西里远。

他们在一个客栈前下了马和驴。唐吉诃德认出那只是一个客栈，而不是什么带有壕沟、望塔、吊门和吊桥的城堡。自从吃了败仗以后，唐吉诃德比以前清醒多了，下面就可以证明这一点。他们被安排到楼下的一个房间里。在房间的墙壁上，按照当时农村的习惯挂着几幅旧皮雕画，其中一幅拙劣地画着海伦被特洛伊王子帕里斯从墨涅拉俄斯那儿拐走的情景，另一幅画的是狄多和埃涅阿斯的故事。狄多站在一座高塔上，挥舞着半条床单，向海上乘着三桅船或双桅船逃亡的远客示意。唐吉诃德发现画上的海伦并非不情愿，因为她正在偷偷地笑；而美丽的狄多脸上则淌出了胡桃般大小的泪珠。唐吉诃德说道：

"这两位夫人没有出生在当今的时代真是太不幸了，而我没

264

有出生在她们那个年代也很不幸。那几个人若是遇到了我，特洛伊就不会被烧掉，伽太基也不会被毁掉，我一个人就可以把帕里斯杀掉，就可以免除这些灾难！"

"我敢打赌，"桑乔说，"不用多久，所有酒店、客栈、旅馆或者理发店，都不会不把咱们的事迹画上去。我希望有比这些人更优秀的画家来画出咱们的事迹。"

"你说得对，桑乔，"唐吉诃德说，"而且，这个画家应该像乌韦达的画家奥瓦内哈那样，人家问他画的是什么东西时，他说：'像什么就是什么。'如果他偶然画出了一只公鸡，他就会在下面注上：'这是一只公鸡。'免得别人以为他画的是一只狐狸。桑乔，绘画和写作其实是一回事，我觉得那个出版了唐吉诃德新传的家伙，大概就是这样的人，他写的像什么就算什么。不过，咱们暂且不谈这些吧。桑乔，你告诉我，你是否愿意今天晚上再打自己一顿？而且，你是愿意在屋里打呢，还是愿意在露天打？"

"大人呀，"桑乔说，"我觉得在屋里打和在野外打都一样，不过最好还是在树林里，这样我就会觉得有那些树同我在一起，可以神奇地同我分享痛苦。"

"那就算了，桑乔朋友，"唐吉诃德说，"你还是养精蓄锐，等咱们回到村里再打吧。最迟后天，咱们就可以到家了。"

桑乔说随唐吉诃德的便，但他愿意趁热打铁，一鼓作气，尽快把这件事了结："'拖拖拉拉，事情就玄'，'板上钉钉事竟成'，'一个在手胜过两个在望'，'手里的鸟胜过天上的鹰'嘛。"

"看在上帝的分上，你别再说俗语了。"唐吉诃德说，"我看你老毛病又犯了。你有话就直说，别绕弯说那么多乱七八糟的东西。我跟你说过多少次了，你以后会知道这对你有多大好处。"

"我也不知道这是什么毛病，"桑乔说，"不说点俗语，我就觉得没说清楚。不过，以后我尽可能改吧。"

第三十五章

唐吉诃德和桑乔如何返乡

唐吉诃德和桑乔那天在客栈里等待天黑。他们一个想在野外把自己那顿鞭子打完，另一个想看看打完之后，自己的愿望是否能够实现。这时，一个骑马的客人带着三四个用人来到了客栈。一个用人向那个看样子是主人的人说道：

"阿尔瓦罗·塔费大人，您可以先在这儿睡个午觉，这个客栈既干净又凉快。"

唐吉诃德听到此话，对桑乔说道：

"你看，桑乔，我随手翻阅那本写我的小说下卷时，常见到这个阿尔瓦罗·塔费的名字。"

"那很可能，"桑乔说，"咱们等他下了马，然后去问问他。"

那人下了马，来到唐吉诃德对面的房间。

原来店主也给了他一个楼下的房间。在那间房子里也挂着同唐吉诃德这个房间一样的皮雕画。新来的客人换了身夏天的衣服，来到客栈门口。门口宽敞凉爽。他见唐吉诃德正在门口散步，便问道：

"请问您要到哪儿去，尊贵的大人？"

唐吉诃德答道：

"离这儿不远的一个村庄。我是那儿的人。您准备到哪儿去？"

"我嘛，大人，"那人说道，"要去格拉纳达，那儿是我的故乡。"

"多好的地方啊！"唐吉诃德说，"请问您尊姓大名，这对我来说很重要，只是说来话长。"

"我叫阿尔瓦罗·塔费。"那个客人答道。

唐吉诃德说道：

"有一位文坛新手刚刚出版了一本《唐吉诃德》下卷，里面有个阿尔瓦罗·塔费，大概就是您吧。"

"正是我，"那人答道，"书里的那个主人公唐吉诃德是我的老朋友，是我把他从家乡带出去的。他去萨拉戈萨准备参加擂台赛也是我鼓动他去的。说实在的，我真帮了他不少忙，多亏我才使他背上免受了皮肉之苦。他这个人太鲁莽。"

"那么请您告诉我，您看我有点儿像您说的那个唐吉诃德吗？"

"不像，"那人说道，"一点儿也不像。"

"那个唐吉诃德还带了一个名叫桑乔的侍从吧？"唐吉诃德问道。

"是有个侍从。"阿尔瓦罗说道，"虽然我听说这个侍从很滑稽，却从来没听他说过一句俏皮话。"

"这点我完全相信，"桑乔这时也插嘴道，"因为俏皮话并不是人人都会说的。尊贵的大人，您说的那个桑乔准是个头号的笨蛋、傻瓜、盗贼，我才是真正的桑乔呢。我妙语连珠，不信您可以试试。您跟着我待一年，就会发现我开口就是俏皮话，常常是我还没意识到自己说了什么，就把听我说话的人全都逗笑了。曼查的那位真正的唐吉诃德声名显赫，既勇敢又聪明。他多愁善感，铲除邪恶，扶弱济贫，保护寡妇，惹得姑娘们为他死去活来，他唯一的心上人就是托博索的杜尔西内亚。他就是您眼前这位大人。他是我的主人，其他的所有唐吉诃德和桑乔都是骗人的。"

"天哪，一点儿也不错。"阿尔瓦罗说，"朋友，你开口几句就说得妙不可言。我原来见过的那个桑乔说得倒是不少，可是没你说得风趣。他不能说却挺能吃，不滑稽却挺傻。我敢肯定，那些专同唐吉诃德作对的魔法师也想借那个坏唐吉诃德来同我作对。我不知道该怎么说才好，但我敢发誓，那个唐吉诃德已经让我送到托莱多的天神院①去治疗了，现在又冒出一个唐吉诃德来，虽然这位大人与我那个唐吉诃德大不相同。"

"我是不是好人，我不知道。"唐吉诃德说，"我只知道我不是坏人。为了证明这一点，我想告诉您，阿尔瓦罗·塔费大人，我这辈子从未去过萨拉戈萨。我听说那个冒牌的唐吉诃德已经去了萨拉戈萨，准备参加擂台赛，我就不去了，以正视听。于是我直奔巴塞罗那。那儿是礼仪之邦，是外来人的安身处，是济贫处，是勇士的摇篮。它给受难之人以慰藉，给真正的朋友以交往的场所，无论地势或者风景，都是独一无二的理想之处。

"虽然我也在那儿遇到一些不愉快的事情，而且很糟糕，但毕竟亲眼见到了它，总算不虚此行。总之，阿尔瓦罗·塔费大人，我就是曼查的那位名扬四海的唐吉诃德，而不是什么欺世盗名的可怜虫。您既然是位绅士，我就请求您当着这个村的长官的面声明，您是平生第一次见到我，我不是那本书的下卷里说的那个唐吉诃德，我的这个侍从桑乔也不是您见过的那个桑乔。"

"乐于从命。"阿尔瓦罗说，"想不到我竟同时见到了两个名字完全相同、行为却大相径庭的唐吉诃德和桑乔，真让我惊讶。我简直不能相信我见到和遇到的事情了。"

"您肯定像托博索的杜尔西内亚一样中了魔法。"桑乔说，"您可以祈求老天，让我像对待她那样，为解除附在您身上的魔法而再打自己三千多鞭子。我一定尽力，而且分文不取。"

"我不明白什么鞭子不鞭子。"阿尔瓦罗说。

桑乔说，说来话长，不过既然同路，可以在路上再慢慢讲。

---

① 这里指疯人院。

这时，到了吃饭的时间，唐吉诃德和阿尔瓦罗一起进餐。恰巧该村的村长来到了客栈，还带了个文书。唐吉诃德请求村长，说他有权利让那位在场的绅士阿尔瓦罗·塔费在村长面前发表声明，这位绅士刚才居然没认出曼查的唐吉诃德，而这个唐吉诃德并不是托德西利亚斯一个叫阿韦利亚内达的人出版的一本《唐吉诃德》下卷里说的那个唐吉诃德。村长按照法律规定办理了这个声明，而且这个声明具有完全的法律效力。唐吉诃德和桑乔非常高兴，觉得这个声明对于他们很重要，似乎他们自己的言行还不足以证明两个唐吉诃德和两个桑乔之间的差别似的。阿尔瓦罗和唐吉诃德寒暄了一番，感觉这位曼查的唐吉诃德很明世理，于是阿尔瓦罗真的以为是自己错了，竟遇到了两个完全不同的唐吉诃德，以为是自己中了魔法。

当天下午，他们离开了那个客栈，走了约半西里路，来到一个岔路口，一条路通向唐吉诃德居住的村庄，另一条则是阿尔瓦罗要走的那条路。在这段短短的路程上，唐吉诃德向阿尔瓦罗讲述了他被打败的倒霉事，以及杜尔西内亚如何中了魔法和如何解脱魔法的事，令阿尔瓦罗惊讶不已。阿尔瓦罗拥抱了唐吉诃德和桑乔之后继续赶自己的路。唐吉诃德也接着往前走。当晚，他在一片小树林里过夜，以便让桑乔完成他尚未完成的那部分鞭笞。桑乔又像前一天晚上那样如法炮制，结果没伤着自己的背，倒把几棵山毛榉的树皮打得够呛。桑乔根本就没抽自己的背。假如他背上有个苍蝇，也不会被鞭笞轰走。唐吉诃德丝毫不差地计着数，加上前一夜打的，一共打了三千零二十九下。太阳好像早早就升起来了，想看看桑乔怎样折腾自己。天亮之后，他们又继续赶路，一路上谈的无非是阿尔瓦罗如何受了骗，他们又如何办理了正式的法律文件。

他们走了一天一夜，一路上没遇到什么值得记叙的事情。由

于桑乔完成了鞭笞的任务，唐吉诃德特别高兴。他期待着天明，想看看能否在路上遇到他那位已经摆脱了魔法的杜尔西内亚。路上每碰到一个女人，唐吉诃德都要看看是不是杜尔西内亚。他这样胡思乱想着，同桑乔一起爬上了一个山坡，从山坡上可以看到他们的村庄。桑乔一看到村庄，便跪下来说道：

"我渴望已久的家乡啊，睁开眼睛看看吧，你的儿子桑乔回来了。他虽然没能发财，却挨足了鞭子。张开你的臂膀，也请接受你的儿子唐吉诃德吧。他虽然败在了别人手下，却战胜了自己。他对我说过，这是他所企盼的最大胜利。我现在手里有钱了。虽然我狠狠地挨了鞭子，却也算个体面的人物了。"

"别犯傻了，"唐吉诃德说，"咱们还是径直回村吧。回去以后咱们就充分发挥咱们的想象力，筹划一下咱们的牧人乐园生活吧。"

说着两人就下了山坡，进村去了。

第三十六章

唐吉诃德生病、立遗嘱和逝世

人世间一切事物，无不经历了由兴至衰并且最后导致消亡的历程，特别是人的生命。唐吉诃德的生命也并未得到老天的特别关照，因而不知不觉地走了下坡路。也许是因为他被打败了，心中郁郁不乐，也许是因为老天的安排，他高烧不退，在床上躺了六天。神甫、学士和理发师常常来看他，桑乔也一直守在他床边。他们估计，唐吉诃德是因为被打败造成的忧伤，以及未能实现他为杜尔西内亚解除魔法的初衷而病倒的，便尽可能地为他宽心。学士叫唐吉诃德振作起精神来，准备过牧羊人的生活，为此他还写了一首牧歌，可以说超过了萨纳萨罗所有的诗；此外，他还花钱买了两只著名的牧羊犬，一只叫巴尔西诺，另一只叫布特龙，是一个叫金塔纳尔的牧人卖给他的。可是，唐吉诃德仍然愁眉不展。

朋友们又为唐吉诃德请来了大夫。大夫号了脉，说情况不好，现在无论如何得先拯救他的灵魂，他的身体已经很危险了。唐吉诃德听了以后很镇静，可是女管家、外甥女和侍从却伤心地哭了起来，好像唐吉诃德已经死到临头了。大夫认为忧郁是唐吉诃德的病根。唐吉诃德说，他想一个人待一会儿，睡一会儿觉。大家出去了，唐吉诃德一下子就睡了六个小时。女管家和外甥女生怕唐吉诃德一下子睡过去，可他醒来后却大声说道：

"感谢万能的上帝，给了我如此的恩典。上帝慈悲无量，盖过了世人所有的罪孽!"

外甥女仔细听着,觉得他的谈吐比以前清醒了,至少比生病期间清醒了,便问道:

"您说什么呀?咱们又得了什么新的恩典?慈悲是怎么回事?罪孽是怎么回事?"

"慈悲就是上帝现在对我发的慈悲。"唐吉诃德说,"外甥女,我刚才说,他的慈悲盖过了世人所有的罪孽。他恢复了我的理智,使我不再受任何干扰。过去,我老是读那些该死的骑士小说,给自己罩上了无知的阴云。现在,这些阴云已荡然无存。我已清楚那些书纯属胡说八道,只是深悔自己觉悟太迟,没有时间去研读一些启迪心灵智慧的书来补救了。外甥女啊,我发现自己死期已至,尽管我一生都被别人当成疯子,我在死时却不愿如此。孩子,去把我的好朋友神甫、卡拉斯科学士和尼古拉斯师傅叫来吧,我要忏悔和立遗嘱。"

这三个人正好进来了。唐吉诃德一见到他们就说:

"善良的大人们,我有个好消息,我不再是曼查的唐吉诃德了,而是阿隆索·基哈诺,人们习惯称我为'大好人'。我现在把高卢的阿马迪斯和他的世代家族视为仇敌,对所有荒诞不经的骑士小说弃之如敝屣。我意识到了阅读这些小说的愚蠢性和危险性。靠上帝的慈悲,我现在已翻然悔悟,对骑士小说深恶痛绝了。"

三个人听了都以为唐吉诃德又发疯了。参孙说道:

"唐吉诃德大人,您这是怎么了?我们刚刚得到消息说,杜尔西内亚夫人已经摆脱了魔法。现在咱们马上就要去当牧人,过无忧无虑、无拘无束的生活了,您怎么又临阵退缩呢?您清醒清醒,别再说了。"

"正是那些东西害了我一辈子,"唐吉诃德说,"靠老天帮忙,但愿在我临死前,它们能对我转害为益。大人们,我觉得我现在已行将就木，别再耍弄我了。请你们找个忏悔神甫和公证人来吧，我要立遗嘱。在这种时刻不应该拿人的灵魂开玩笑。所以，我请神甫听我忏悔，其他人去找公证人来。"

大家听了唐吉诃德的话十分惊奇，面面相觑。尽管他们仍有所怀疑，但还是愿意相信这件事，料想是唐吉诃德快死了，因此由疯癫变得明智了。他还说了许多虔诚而有道理的话，证明他确实已经恢复正常了。

神甫让大家出去，他自己留下听唐吉诃德忏悔。学士去找公证人，一会儿就和桑乔一起回来了。桑乔听学士介绍了唐吉诃德现在的状况，又见女管家和外甥女哭哭啼啼，也抽泣起来，泪流满面。唐吉诃德忏悔完，神甫出来说道：

"这个神智清醒的大好人阿隆索·基哈诺真是要死了，咱们进去为他立遗嘱吧。"

女管家、外甥女和唐吉诃德的好侍从桑乔听到这话泪水又夺眶而出，而且哽咽不止。前面讲过，无论在这个唐吉诃德确实是大好人阿隆索·基哈诺的时候，还是在后来成了曼查的唐吉诃德以后，都性情温和，待人厚道，所以不仅家里人喜欢他，村里所有认识他的人也都喜欢他。公证人跟着大家来到唐吉诃德的房间里，准备好了遗嘱的开头格式。在为唐吉诃德的灵魂祝福后，人们又按照基督教的规定举行了仪式，然后唐吉诃德说道：

"遗嘱内容：我曾自愿将一笔钱交给桑乔掌管。在我疯癫的时期，他充当了我的侍从。现在，我们之间的账目和纠葛我不再追究，他也不必再向我交代账目。如果除了我欠他的款项之外还略有结余，也全部都归他所有，但愿能对他有所帮助。在我疯癫之时，我曾让他出任岛屿的总督，现在我并不糊涂，如果可能的话，我将让他出任一个王国的国王，他忠厚老实，受之无愧。"

唐吉诃德又转过头对桑乔说：

"朋友，请原谅我把你害得像我和世界上的所有游侠骑士一样疯疯癫癫。"

　　"哎哟，"桑乔哭着说道，"您可别死呀。您听听我的劝，长命百岁吧。一个人最大的疯癫就是让自己无缘无故地死去！现在既没人杀您，也没人打您，您可别因为忧郁就结束了自己的性命。您别犯懒了，从床上爬起来，咱们按照约定的那样，穿上牧人的服装到野外去吧，也许咱们能在某一丛灌木后面碰到杜尔西内亚呢，肯定能碰到！如果您因为战败而忧郁致死，那全都怨我，是我没把罗西南多的肚带拴好，让它把您摔了下来。况且，您在那些骑士小说里也见到过，一些骑士被另外一些骑士打败是常有的事，今日败，明天又会胜嘛。"

　　"是这样，"参孙说道，"桑乔这些话说得确实很对。"

　　"诸位大人，"唐吉诃德说，"且听我说，一朝天子一朝臣。我过去是疯子，现在不疯了；我以前是曼查的唐吉诃德，现在就像刚才我说过的，我是大好人阿隆索·基哈诺。但愿诸位见我真心忏悔，能够像以前一样尊重我。请继续写下去吧，公证人大人。

　　"内容：除去应扣除的款项外，将我

的全部财产遗赠给我在场的外甥女安东尼娅·基哈娜，但首先应支付女管家在我家做工期间应得到的全部报酬，另外再加二十个杜卡多和一件衣服。我指定在场的神甫大人和参孙·卡拉斯科学士大人为遗嘱执行人。

"内容：如果我的外甥女安东尼娅·基哈娜愿意结婚，她必须嫁给一个经查明对骑士小说一无所知的人；若查明此人读过骑士小说，而我的外甥女仍然愿意同他结婚，并且同他结了婚，我将收回我的成命，由我的遗嘱执行人将我的财产捐赠给慈善机构。

"内容：我请求上述遗嘱执行人，如果遇到那位据说是撰写了《唐吉诃德》下卷的作者，请代我向他竭诚致歉。我竟意想不到地促成他写了这部荒谬绝伦的小说，对此我深感不安。"

立完遗嘱，唐吉诃德昏了过去，直挺挺地躺在床上。大家七手八脚地赶紧抢救，就这样醒过来又昏过去地持续了三天。

唐吉诃德家里乱成一团，不过，外甥女照常吃饭，女管家依然喝酒，桑乔情绪也还行，因为继承的财产多多少少减轻了继承者怀念垂死者的悲伤。最后，唐吉诃德接受了各种圣礼，又慷慨陈词地抨击了骑士小说之后便溘然长逝了。公证人当时在场，他说，他从未在任何一本骑士小说里看到过任何一个游侠骑士像唐吉诃德这样安然死在了床上。唐吉诃德在亲友的同情和眼泪中魂归西天，也就是说，他死了。

神甫见状立刻请公证人出具证明：人称曼查的唐吉诃德的大好人阿隆索·基哈诺已经过世，属自然死亡。神甫这样做是为了避免有人在锡德·哈迈德之后又杜撰唐吉诃德起死回生，建立了无穷无尽的英雄业绩等等。唐吉诃德从此告别了人间。关于他的家乡，锡德·哈迈德不愿明确指出来，以便让曼查所有村镇的人都以为自己是唐吉诃德的后代，就像希腊的六个城市都争说荷马是自己那个地方的人一样。

至于桑乔、外甥女和女管家如何哀悼唐吉诃德，我们姑且略去，只说参孙·卡拉斯科学士在唐吉诃德的墓碑上写的墓志铭吧：

高尚贵族，
长眠此地，
英勇绝伦，
虽死犹生，
功盖天地。
雄踞世界，
震撼寰宇，
身经百难，
生前疯癫，
死后颖异。

(全文完)

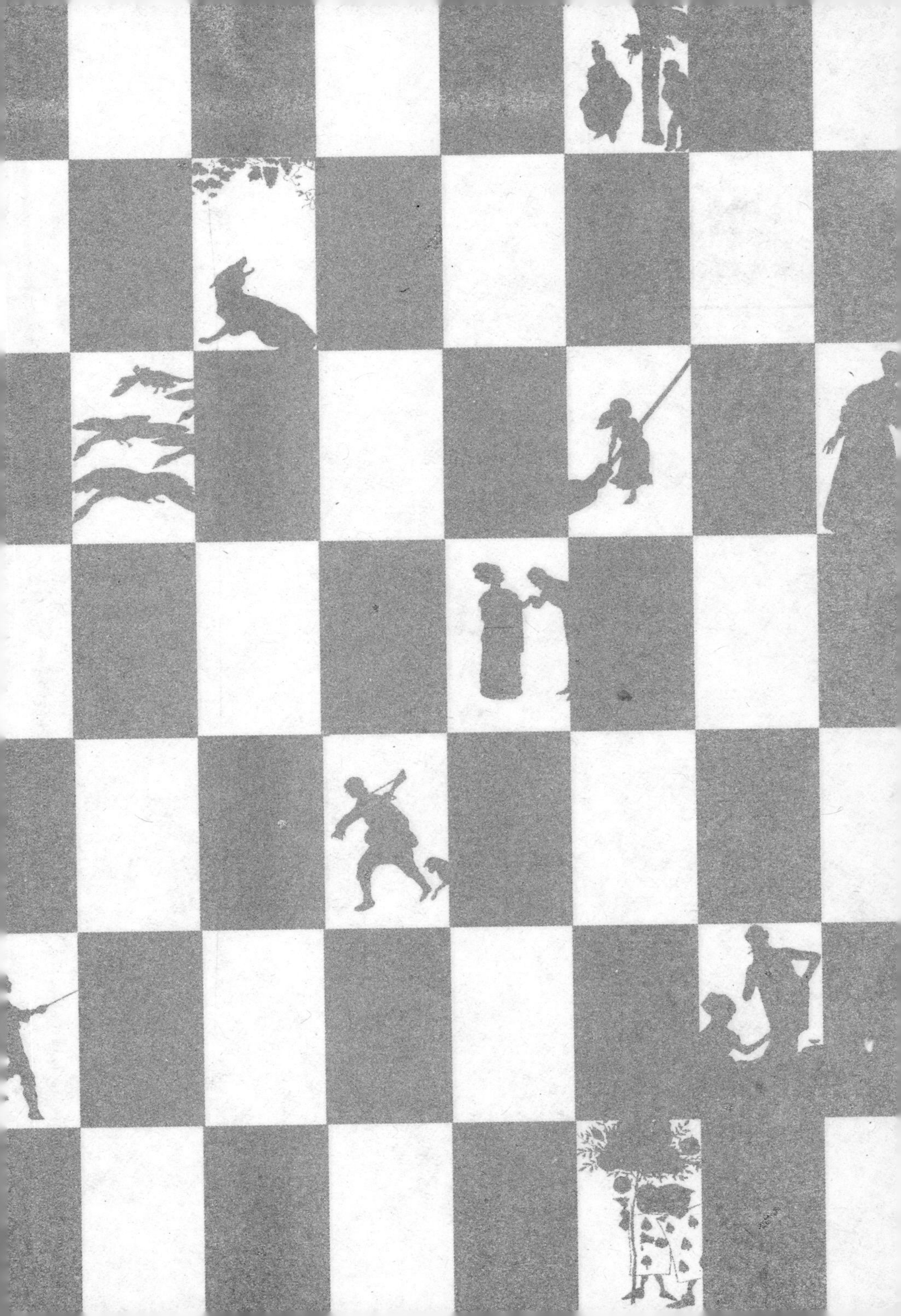